14
ゴブリンスレイヤー
GOBLIN SLAYER!
He does not let anyone roll the dice.

戦場音楽は激しさを増し、戦士の雄叫びと
断末魔の叫びが入り乱れ、また海が沸騰する。
この混沌の渦の只中に飛び込むことこそは
——紛れもなく冒険に他なるまい。

「……お次は何だ?」

Contents

GOBLIN SLAYER!

He does not let anyone roll the dice.

Hea
Female

ゴブリンスレイヤー 14

蝸牛くも

ゴブリンスレイヤー

人物紹介

CHARACTER PROFILE

——つまり俺は、奴らにとってのゴブリンだ。

ゴブリンスレイヤー

Goblin Slayer

辺境の街で活動している変わり者の冒険者。ゴブリン討伐だけで銀等級（序列三位）にまで上り詰めた稀有な存在。

——守り、癒やし、救え。『地母神の三聖句』

女神官

Priestess

ゴブリンスレイヤーとコンビを組む少女。心優しい少女で、ゴブリンスレイヤーの無茶な行動に振り回されている。

——無知なる者こそが幸福である。知ることは最上の喜びなのだから。『エルフの格言』

妖精弓手《エルフ》

High Elf Archer

ゴブリンスレイヤーと冒険を共にするエルフの少女。野伏（レンジャー）を務める凄腕の弓使い。

——彼女にとって大事なのは、いつだって天気と、家畜と、作物と、そして彼のことだ。

牛飼娘

Cow Girl

ゴブリンスレイヤーの寝泊まりする牧場で働く少女。ゴブリンスレイヤーの幼なじみ。

——ペンも紙もなしに、どうして冒険ができようものか。

受付嬢

Guild Girl

冒険者ギルドで働く女性。ゴブリン退治を率先してこなすゴブリンスレイヤーにいつも助けられている。

己を鍛えて刃《やいば》で屠《ほふ》れ。血が出るならば、敵ではない。
――鋼の秘密、その一端

重戦士 Heavy Warrior

辺境の街の冒険者ギルドに所属する銀等級の冒険者。女騎士らと辺境最高の一党を組んでいる。

――竜とは逃げぬものなれば。

蜥蜴僧侶 リザードマン Lizard Priest

ゴブリンスレイヤーと冒険を共にする蜥蜴人の僧侶。

――宝石も金属も、磨く前は全て石塊。
物事を見た目で判断する鉱人は、この世におらぬ。

鉱人道士 ドワーフ Dwarf Shaman

ゴブリンスレイヤーと冒険を共にするドワーフの術師。

愛とは互いを見つめ合うことでは無い。
同じ行く手を共に見ることである。
――ある詩人

剣の乙女 Sword Maiden

水の街の至高神の神殿の大司教。かつて魔神王と戦った金等級の冒険者でもある。

尊敬に値する敵を、明日の友とはしたくない。
少なくとも今日は。

槍使い Lancer

辺境の街の冒険者ギルドに所属する銀等級の冒険者。

――神秘と愛は舌先から紡ぐほどに
解《ほつ》れるもの、況《いわん》や女の美しさをや。

魔女 Sorceress

辺境の街の冒険者ギルドに所属する銀等級の冒険者。

カバー・口絵　本文イラスト
神奈月昇

財は失われ　一族は絶え
己《おの》が命もいずれはついえる
だが勲《いさお》しは
己が手で摑《つか》んだ最も尊《とうと》きものは
決して滅びることはなし

第1章『心を何に例えよう』

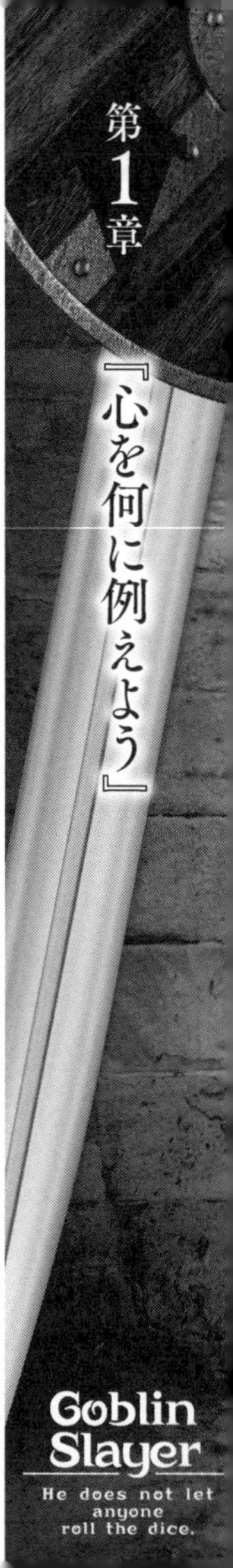
Goblin Slayer
He does not let anyone roll the dice.

「オルクボルグの様子がおかしい？」

「オルク……えと、うん。そうなの」

何度聞いても耳に慣れぬその呼び名に僅《わず》かに戸惑いながら、牛飼娘はこっくりと頷《うなず》いた。

昼前の酒場――冒険者たちも出払い、客もおらず、閑散《かんさん》とした店内での事である。

ふぅんと鼻を鳴らして野菜の葉を摘《つま》む姿まで美しい上の森人《ハイエルフ》も、これでは目立ちようがない。

見る者といえば牛飼娘と女神官、のんびり掃除する体《てい》で仕事を休んでいる獣人女給だけ。

その彼女の尖《とが》った耳は、こちらの話を聞くよりも日光を浴びることの方に夢中なようだった。

故《ゆえ》に女神官は真剣な面持《おもも》ちでスープを一口した後、こくんと頷いてから応じた。

「やっぱり、迷宮探険競技から、でしょうか――……？」

「みたいなんだよねえ」

――やっぱり。

牛飼娘は嘆息した。自分だけの細やかなものではなく、同じ一党《パーティ》の彼女も気づいている。

これはちょっと重症なのか――……あるいは。

――少し柔らかくなったのを、喜ぶべきなのかなぁ……。

そう思ってしまう辺り、自分も結構重篤《じゅうとく》な状態なのかもしれないのだが。

「オルクボルグが何か変なのは今に始まったことじゃないでしょ」

その長耳を揺らしながらしゃくしゃくと野菜を齧《かじ》り、あっけらかんと妖精弓手《エルフ》は言う。

不死《イモータル》なるものにとっては、定命《モータル》の感情変化など細やかなものなのだろうか。

あるいはその僅《わず》かな心の波打ちさえも含めて、人として見ているのやもしれない。

故に――とすべきか。妖精弓手はぴんと立てた指先でくるりと宙に円を描いて、微笑《ほほえ》んだ。

「ゴブリン、ゴブリン、ゴブリン。そこからちょっと外れたなら、むしろ喜ぶべきじゃない？」

「喜んで、良いのかな？」

ぎこちなく小首を傾《かし》げた牛飼娘を、妖精弓手は「もちろん！」と躊躇《ちゅうちょ》なく肯定する。

ほんの一瞬前に抱いた悩みを、この人は実にあっさりと解決してしまう。

牛飼娘はそれがなんとも眩《まぶ》しくて、僅かに目を細めた。

「じゃあ、うん。喜ぶ。……喜んで――……」

「どうするか、ですよね」

言葉を継いだのは、女神官だった。

彼女ははしたなく匙《さじ》を咥《くわ》えるようにしたり、指先で弄《もてあそ》んだりしながら思案する。

「原因がよくわからないですし。いいえ、意味もなく気落ちする事はあるのでしょうけれど」

「忙しすぎたんじゃない？」

葉っぱを齧るのに飽きたか、細く切った人参を咥えながら妖精弓手が言う。

ここ最近は野菜を好む長耳の仲間が増えたとかで、彼女はご満悦な様子だった。

兎人はともかく、もう一人の森人《エルフ》は微妙な顔で野菜を食べている気もするが――……。

――人見知りに違いない！

と、妖精弓手はまったく気にした風もないのだった。時ほど物事を解決するものはない。

「ええと？　御神酒《おみき》のドタバタに、砂漠行って、男三人でどっか行って、迷宮探険競技でしょ」

指折り数えてみると、なるほど、結構あっちこっちに出張ってあれこれしているではないか。

というより――ゴブリン退治以外の案件が多い。

「小鬼殺し《オルクボルグ》には荷が勝ちすぎたわね、きっと」

「いろんなこと、やってくれるのは……あたしとしては嬉《うれ》しいんだけどね」

「では、ゆっくり牧場《ウチ》にいてくれるのも、あたしとしては嬉しいんだけどね」

「ずっと牧場にいてくれるのも、あたしとしては嬉しいんだけどね」

同じ言葉をもう一度繰り返して、牛飼娘は苦笑いした。

それはやっぱり嬉しいのだけれど――彼の夢を知っている身としては、とも思ってしまう。

腰を据えてしまえば、疲れてくたびれ果てた人は、きっともう立ち上がれないだろうから。

彼はきっと歩き続けるに違いないけれど、もしも、と思うと――……。

「――少し、嫌だなって、ところもあって」

「です、か」

そんな気持ちは流石《さすが》に女神官には伝わらなかったらしく、困ったように小首を傾げている。

牛飼娘は「気にしないで」と苦笑いをして、ぱたぱたと手を振った。

「とにかく、それでどうしてあげればいいかなー、って。それを聞きたくて相談したのです」

「むむむ……」

「別に」と、何でもないことのように言ったのは、やはり妖精弓手であった。

「そんな難しいことじゃないでしょ」

「そうなんですか？」

「体が疲れてるなら休む。心が疲れてるなら楽しいことをする。それだけじゃないの」

きょとりとした顔をした女神官も、続く言葉には「ああ」と納得したように頷きを一つ。

「そうですね。無理も無茶も、してどうにかなるならともかく、そう簡単にはいきませんもの」

至極真面目《まじめ》な顔で言われるどこかで聞いたような言葉に、牛飼娘はくすりと笑った。

女神官は訝《いぶか》しんでいるけれども――ああ、うん。

今日は別に、そう、悪いことでは決してないのだけれど、それでも心が浮き立つ日ではない。

牧場にいても仕事に手が付かない。かといって、街に出て何やかやする気にもならない。

逃げ出すように、相談を建前《たてまえ》に――もちろん、相談したかったのは事実だ――食事に誘って。

まだちゃんと、友達だと呼ぶのは、心の中でも勇気のいる事だったけれど。

――二人と会って話せただけ、この食事の甲斐《かい》はあった。

「つまり、さ」

そうした牛飼娘の心根を読み取ったかのように、妖精弓手の美しい声が口ずさまれる。

神代《かみよ》から連なる上の森人は、食べかけの人参を手に、にかりと朝日のように笑った。

「連れて行けば良いのよ、冒険に」

§

「で、今度ァどこへ冒険に行くんだ？」

「……」

ゴブリンスレイヤーは、低く唸《うな》った。

「俺《おれ》か」

「他に客ァいねえ」

狭苦しい工房には、窓辺から差し込む細い光の中、白い埃《ほこり》が微《かす》かに煌《きら》めいていた。

普段ならばあくせくと下働きに精を出している丁稚《でっち》の姿も、今はない。

使いでも頼まれたのか、あるいは昼食でも食べに出たのだろうか。

他人が日々をどう過ごしているのかなど、ゴブリンスレイヤーには思いもよらない。

だから彼は少し考えた後に、補充するべく贖《あがな》った品を雑嚢《ざつのう》にしまい込んだ。

昼前、昼過ぎ。そろそろ行かねばならぬ頃合《ころあ》いであるから、あまり長居もできまい。

そして巾着《きんちゃく》から取り出した金貨を帳場の上に並べて、鉄兜《てつかぶと》を僅かに左右に動かした。

「特には」

ぼそりと、淡々と、いつも通りに声を吐き、それでは足りぬとみて一言付け加える。

「ゴブリン退治だろう」

「そうかい」

工房の親方は、さして面白《おもしろ》くもなさそうに鼻を鳴らし、頬杖《ほおづえ》を突いた。

金貨が鈍い光を放っているのに目を落とし、しかしそれに手もつけず、視線を鉄兜へ向ける。

「代わり映えがしねえな」

「うむ」

ゴブリンスレイヤーはこっくりと鉄兜を揺らし、頷いた。

まったくもってその通りであったし、それを変える気も毛頭《もうとう》なかった。

ゴブリンは、弱い。

どう言い繕《つくろ》ったところで、小鬼は最弱の怪物に過ぎず、取るに足らない脅威である。

小鬼の危険性といえば、どれほど規模が大きくても村一つの存亡程度だ。

竜、魔神、巨人、闇人《ダークエルフ》などとは比べるべくもない。

《死の迷宮《ダンジョン・オブ・ザ・デッド》》に赴《おもむ》き、雪山に行き、砂漠に行き、竜と相対し、迷宮探険競技の監督を務めた。

世の中には彼自身には思いもよらぬ脅威と、危険と、冒険に満ち満ちている。

その上で——ゴブリンと相対する事が自分の務めなのだから、否《いな》やはなかった。

と、それで思い出した事があった。

「あの娘はどうしている」

「どいつだよ」

「黒の縞瑪瑙《ブラックオニキス》を持っている娘だ」

「ああっと……あいつか」

親方は頬杖を突いたまま、つまらなさそうに窓の外、寝ぼけたような昼の往来を見やった。

「ちょこちょこと来ちゃあ、油だのを買ってくよ。今ンとこはお得意様だ」

金は落とさんが。ぼそりとぶっきらぼうに呟《つぶや》かれた言葉に、「そうか」と返す。

するとじろりと親方の片目が動いて、ゴブリンスレイヤーをねめつけた。

「どっかの誰《だれ》かの悪いとこばっか似ねえと良いがな」

「俺は必要なものだけ買っているつもりだ」

「小鬼退治にな」

忌々《いまいま》しげに吐き捨てた親方は、深々と息を吐いて、大儀そうにその首と肩を動かした。

強《こわ》ばった関節の立てる音を響かせながら、帳場の上に転がる金貨を内へ払い落とす。

そうしてから向けられた視線は、どこか先程までに比べて幾分和《やわ》らいだように思えた。

あるいは——初めてこの店を訪れた時よりは、というべきか。

「なんだ、どっか余所《よそ》へ行くとか、行きたいとかって話はねえのか」

「ふむ」

考えたこともなかった、というのが本音だった。

行く予定はない。いや、依頼があり、小鬼が出れば別だが、それは予定とはいうまい。

行きたい場所——……そんな場所が、はたして今までにもあっただろうか。

国の外か。砂漠。森人《エルフ》の里。古代の遺跡。夢にも思わぬ場所ばかりではあるまいか。

その上で、己《おのれ》の内に望みなど——…………。

「ああ」

ふと、見たこともない光景が脳裏《のうり》に浮かんだ。思い描くばかりで、夢想に留まった景色。

幼い頃から幾度となく寝物語に聞かされ、けれどきっと、生涯一度も訪れないだろう場所。

「北の、山の向こうだ」

§

「山の向こう、です？」

受付嬢はうきうき弾《はず》む心が言葉に出ないよう心がける努力を放棄し、毬《まり》のように声を発した。

「ああ」

こっくりと動く鉄兜は、昼日中の街中、雑踏の中では浮かび上がるほどに異様である。

薄汚れた革鎧《かわよろい》に、安っぽい鉄兜。腕には小振りな円盾を括《くく》り付け、腰には中途半端《ちゅうとはんぱ》な長剣。

迷宮探険競技の場に現れたぴかぴかと鈍い、銀等級の輝きはどこへやら、だ。

およそ逢引《あいびき》に来る格好ではない。仮にも女性との買い物だというのに。

きちんと今日のために予定を整え、早引けをし、家に戻って着替えた自分と並んで――。

――釣り合うかどうかでいえば、きっと釣り合わないのでしょうけれど。

清楚《せいそ》な白いブラウスは、赤黒く汚れた革鎧と並べて良い格好ではないに違いない。

念入りに梳《す》いて編み直した髪だって、ちぎれかけた兜の房飾りに並んだら滑稽《こっけい》なのだ。

だけれど、受付嬢の好きな彼はこの出で立《た》ちで、それに何の不満もないのであった。

「北の山の向こう。荒涼とした物寂《ものさび》しい土地に横たわる、暗い夜の国」

「――ああ」

そして、彼の続ける言葉ときたら。受付嬢はくすりと微笑みが落ちるのを、止められない。

――彼《か》の豪傑の物語を知らずして、益荒男《マチズモ》と笑うなかれ。

かつては多くの人々がその活躍に胸躍らせ、今や知る者の少なくなった英雄譚。

北方の蛮人、略奪者、海賊、傭兵、将軍、そして――王者。

数多《あまた》の敵を斬《き》り伏せ、財貨の山を蹂躙《じゅうりん》し、多くの玉座を踏み締めて立つ益荒男。

未《いま》だ文明の灯火《ともしび》が小さかった頃に、鋼の剣ただ一振りで世界を切り開いた大英雄。

偉大なりしその男の物語を、冒険者たらんとする男子ならば聞いておくべきだろう。

――このひとも、冒険者になりたい男の子だった、んですね。

それが何とも愛しくて、微笑ましくて、受付嬢はただそれだけで彼を抱きしめたくなる。

自重《じちょう》してしまうかどうかが――きっと自分と、牧場に住まう彼の幼馴染《おさななじみ》との差だろうけれど。

「ん――……」

受付嬢は彼の言葉を頭の中で転がす事を楽しみながら、露店に並ぶ装身具に目を向ける。

幾つも並んでいる色とりどりの飾り帯。自分の髪に似合うのはどれだろう。数本、選ぶ。

「ゴブリンスレイヤーさんは、どれが好きです？」

「……俺か」

「ええ、あなたです」

似合うかどうかではなく、好きかどうかを聞くのはズルいだろうか？

――いえいえ、これが戦略というものです。

こちらだけが彼のことで悩むのは不公平というもの。彼にも、私の事で悩んでもらわなくては。

紅色。桃色。白に、黒。濃い緑に、青。紫も、良いかなと思ってみたのだが。

秋と冬の混ざった風にそよぐ帯が飛ばぬようにしながら、彼は鉄兜越しにそれを見やる。

露店の主が胡乱《うろん》げな目線を向けてくるのを、受付嬢は明後日にうっちゃった。

それどころでは、ないのだ。

「俺は色のことはよくわからんが」

と、言って彼の無骨な籠手《こて》が選び取る色を、受付嬢は注視する。

「白、です?」

「普段の飾り帯は黄色で、ギルドの制服は黒だろう。近いものが良いのでは」

――ああ、まったく、もう!

自分でも笑ってしまうほどに安っぽい心臓は、躍るように跳ね上がる。

普段の自分を見て、知って、覚えていてくれて、それを考慮してくれるなんて。

――ですけど。

受付嬢は浮き立つ足を何とか踏みとどまらせて、意地悪く口元をつんと尖らせた。

「好きな色を聞いているんですけれど?」

「む……」

そう低く唸った彼は、黙り込み、何かを考えた末に、短く言葉を紡《つむ》いだ。

「白は嫌いではない」

「じゃあ、今日はそれで許してあげましょう」

ころころと笑いを転がして、受付嬢は「これにします」と彼の選んだ白い飾帯を手にとった。

ゴブリンスレイヤーは頷いて、店主に銀貨を放る。躊躇がないのは、彼の美徳だと思う。

受付嬢は「ありがとうございます」と、飾り帯を胸に抱きしめて、彼に微笑みかけた。

「でも、北の方ですか。……雪山の向こう側に行かれた事は、まだ？」

「ああ」と縦に揺れる鉄兜。「まだ、ない」

それは行く事もないだろうと、そう言っているような口ぶりであった。

受付嬢は「ふむん」と唇を尖らせる。その言い方はズルいと、そう思った。

「行ける、って言ったらどうします？」

ととと、と。小走りに彼の先に出て、くるりと振り返る。

視界の端、編んだ髪が尾のように翻《ひるがえ》った。

ゴブリンスレイヤーは、唸る事もせずに立ち止まる――立ち尽くしていた。

往来の真ん中。行き交う人々が不審げな目を向け、彼と彼女を避けて通り抜けていく。

その無言の圧力に押されるようにして、彼が一歩、前に動いた。

「行けるのか？」

「行きたいかどうかを聞いているんですよ？」

「……む」

彼は、低く唸った。

再び黙り込み、立ち止まる。考え込んでいるのは、一目でわかる。

——どんな顔をしているのだろう。

あの鉄兜の奥で。期待してくれているだろうか。楽しみと思ってくれるだろうか。

いいや、このひととの付き合いだってもう何年にもなる。考えている事は、わかる。

仲間——と彼は未だに呼ぶのに躊躇《ためら》いがあるらしい——のことや、牧場のこと。

そしてきっと、ゴブリンの事だ。

それは何年も前からずっと変わらない。だけれど、変わった事もある。

——ゴブリン以外の事で、考えてくれるんですものね。

変化は良い事もあれば、悪い事もある。だけれど受付嬢は、これを良い変化だと思っている。

変わらなかった人が、少しでも変わろうとしているのだ。

——良い事じゃなくて、何だって言うんですかね？

やや、あって。

「……可能であるならば」

やっと返ってきた言葉は、前向きというにはひどく消極的なものだったけれど。

受付嬢は息を吸い込み、吐いて、顔を俯《うつむ》かせた。どんな顔をするにも、勇気がいるものだ。

意を決して一歩前に飛び出し、伸ばした手でもって彼の無骨な手を掴《つか》み取る。

「でしたら、うってつけの冒険がありますよ！」

――お昼を食べるまでに、笑顔が引き締まると良いのですけれど。

§

「北ですとな……ううむ」

蜥蜴僧侶《リザードマン》がぶるりと身震いをして唸ったのは、その翌日の事だった。

冒険者ギルド、待合室の片隅。長椅子《ながいす》に集《つど》った五人の冒険者は、その依頼を前に思案する。

それは彼らが普段目にする羊皮紙――つまりは小鬼退治のものとは、まったく違っていた。

丁寧に装飾が施《ほどこ》され、文面には飾り文字が踊り、墨さえも何やら上等なものであるらしい。

何よりも、そもそも掲示板に張り出される事もなかったのだろう。穴だって開いていない。

つまり――……。

「銀等級にふさわしい依頼ってわけね！」

寒さに思いを馳《は》せる蜥蜴僧侶の横で、妖精弓手は機嫌良く長耳を振り、その薄い胸を反《そ》らす。

「良いじゃない。オルクボルグにしては滅多《めった》にない上首尾よ！」

「そうか」

こっくりと頷く鉄兜。それを見た上の森人は、にししと悪童のように得意げな顔をする。

「受けるわよ、受ける。ぜーったい私は行くからね、これ！」

「お前内容わかってねえだろ」

びしりと指を突きつける仕草すら優雅なのを無視して、鉱人道士は――……。鉱人道士《ドワーフ》が依頼書を太い指先で摘む。

ためつすがめつ眺めたそれに躍る文字は――……。

「北方辺境の視察かや？」

「ああ」と、またしても鉄兜が揺れた。

「俺も詳しくは知らんが、戦《いくさ》だ、和睦《わぼく》だ、同盟だで……先ごろ、こちらの国に加わった領らしい」

「ほう」鉱人道士は訝しみ、髭《ひげ》を扱《しご》いた。「戦なんぞやっとったのか」

「国と国との大きな戦は、先の王様の頃まで、でしたけれど」

ん、と。女神官が唇に細い人差し指をあてがって、天井《てんじょう》を見やった。確か、そうだったはず。

「《死の迷宮》の事件の後にも、ほら、魔神王が現れましたから。その時だったと思います」

「大方その戦争とやらのせいでバチが当たったんじゃないの？」

妖精弓手が揶揄《やゆ》するように言う。只人《ヒューム》としては苦笑いするより他にない。

亡者と疫病が国中を覆《おお》い尽くした恐るべき脅威。最後は混沌の軍勢との大会戦。

まあ欲呆けした只人がやらかした結果と言われれば、否定しようのないのが只人なのだ。

――とはいえ。

疲弊した国力の立て直し――などという事は女神官にはわからないが、困難な事はわかる。

この視察、調査とやらが重要なことも、やらねばならぬ事なのもわかる、が。

「それって、わたしたちがやって大丈夫なのでしょうか?」

女神官にとって気になるのはその点だった。

ちょこちょこ座る位置を変え、首を伸ばすと、鉱人道士が「おう」と書類を差し出してくれる。

礼を述べて覗《のぞ》き込んだ文面は、何とも達筆で、それだけでも普段の依頼とは大違いだ。

しかし女神官の表情に、不安や、自信のない情けなさ、といったものは滲《にじ》んでいなかった。

多少はあるにしても、顔に出てくるところまではないのだろう。

あるのは疑問と確認。十フィートの棒で迷宮の床を突き、前に進むが如《ごと》しである。

当人は決してまだ気づいていないだろう成長に、鉱人道士は気を良くして呵々《かか》と笑った。

「ま、小難しいまつりごとについちゃ、上の方が考えとるだろうて」

進んで喧嘩《けんか》しようとさえしなければ、人と人、酒を酌《く》み交わしてわかりあえぬ事もあるまい。

鉱人《ドワーフ》道士は鉱人にとっては至極当然の信念のもと、さして不安にも思わず請け負った。

それはゴブリンスレイヤーも同じらしく、彼は革籠手を伸ばし、書類の上に指を置いた。

「いずれ、向こうにも冒険者ギルドを設営したいという話だ」

「ははん。その前にわしらに見てきてもらいたい――――いやさ」

がぶり。腰の火酒を呷《あお》って、鉱人道士は髭に滴《したた》った雫《しずく》を舐《な》め取った。

「わしらを見せておきたいってとこだの」

「そういった事は俺にはわからん」

だがしかし、この偏屈な冒険者も理解はしているだろう事は明白だ。

知るべきを知れ。斥候《スカウト》の基本を守る男が、考えを巡らせぬわけもない。

なにせこの五人、異様な風体の戦士、異教の神官、鉱人、森人、蜥蜴人《リザードマン》である。

北方の人々にとっては、ずいぶんと奇妙な一党《パーティ》であり——……。

——我らこそが冒険者也や、か。

銀等級なればこそ、そう振る舞ってもらえるという期待もあるのだろう。

その辺りまで、このかみきり丸はわかっているに違いない。鉱人道士はそう見当をつけた。

——これもまた成長たぁ成長か。

乗っかってやるべきだろう。若人が前に出ようとしてるのに、足を引っ張るようでは老人だ。

「ま、この金床と同意見なのは不満だが、わしも受けっぞ」

「酒樽と並べられるのは不本意よね」

「あ、わ、わたしも行きます！」

喧々囂々《けんけんごうごう》と始まったやりとりをさっと聞き流しながら、女神官が慌てて細い手を挙げた。

鉱人と森人の口喧嘩は別に邪魔する必要もないのか、それとも慣れたのだろうか。

少なくとも今、彼女の気遣わしげな目線が向かった先は——……。

「大丈夫ですか？」

「ううむ……」

青い顔、いや元からだが、ともかく鱗《うろこ》で覆われた長首を垂らす、蜥蜴僧侶の方であった。

「ま、怯懦《きょうだ》なる者は竜に程遠く、行かねばなりますまい。なりますまいが——……」

深々と、その顎《あご》から息を吐いて、蜥蜴僧侶はぐるりと目を回した。

「さぞや寒いのでしょうなあ、北の山のさらに向こうともなれば」

しみじみとした噛《か》み締めるような言葉は、心底からの実感が込められていた。

そのあまりに悲壮な様子に、女神官は思わず零《こぼ》しそうになった笑みを噛み殺《ころ》す。

なにしろ、彼にとって寒さというのが死活問題である事を、皆は重々承知しているのだから。

「新しい外套《がいとう》でも買ったら？　あと、何か魔法の装備とか！」

あっけらかんというのは、無論のこと妖精弓手だった。

雪山で寒さに大騒ぎしながらも大事なさそうだった辺り、上の森人は浮世離れしている。

蜥蜴僧侶はそんなうきうきとした言葉にも腕を組み、ううむ、と唸った。

「あまり道具に頼るわけにもいきませぬ。恐るべき竜を目指す身としては——……」

「そんなだから寒さで滅んじゃったんじゃない」

「ぐぬう……」

ぐうの音も出ないとはこの事か。「あまり苛めるない」と鉱人道士も苦笑い。

なにせこの蜥蜴人ががっくり項垂《うなだ》れる様など、そうそう滅多に見られるものではない。

妖精弓手は珍しいものを見たと、鱗を指で突いて遊んでいる始末だ。

鉱人道士から「何とかしろい」と無言で見られ、女神官は困りながらも口を開いた。

「新しく奇跡を授《さず》かりましたので、もしかしたらそれで少しは――……」

いつ言おう、いつ言おうと、密《ひそ》かに悩んでいた事であった。

自慢気に言うのは子供っぽいし、かと言ってさも当然のように言うのも傲慢が過ぎる。

それにどうせなら褒《ほ》めてもらいたい――……いや、そう思うから子供なのだろうか。

「すごいじゃない！」

そんな女神官の葛藤《かっとう》を一言で吹き飛ばすように、妖精弓手が明るく弾む声をあげた。

風に舞う木の葉よりも奔放に、彼女の好奇心は女神官へとまっしぐらだ。

「え、いつ？　いつもらったの？」

「この間の、迷宮探険競技の後……ですね」

ばんと身を乗り出してくる年の離れた友人にテレテレと、女神官は頰《ほお》を搔《か》いた。

恥じらいもあるし、喜びもあって――下手な謙遜《けんそん》もやめようと決めて、努力している。

結局出てきた言葉は「ありがとうございます」で、きっとそれが正しいのだろう。

「地母神《ちぼしん》様から、お声がかかったような――そんな感じがしまして」

それから寺院に籠《こ》もって身を清め、数日間沈黙を貫く行《ぎょう》を経て、やっと。

――やっと？

自分の中に浮かんだ言葉は、さて、未熟故なのか、あるいは常人に困難な苦行だからか。

――……どっちなのでしょう。

わからないから自信を持つのも難しい。結局、一歩ずつ進んで行くよりほかないのだ。

「とりあえず、奇跡は授かれたので……地母神様には認めて頂けた感じです」

「よかったじゃない、おめでとう！」

それを我が事のように喜んでくれる友がいるのは、きっと幸いに違いない。

きゃあきゃあと抱きついてくる彼女の細くしなやかな体、森の香りに、どきりとする。

女神官はもう一度「ありがとうございます」と返して、その抱擁《ほうよう》を受け止めた。

「……まあ、俺は北の山の向こうのことを、話にしか聞いたことがない」

そんな賑《にぎ》やかな二人をじっと眺めた後、ややあって、ゴブリンスレイヤーが口を開いた。

重々しい口調でそう言った彼は、きっとずっと考え込んでいたのだろう。

鉄兜を巡らせて蜥蜴僧侶の方へ向けて、彼は淡々と言葉を発した。

「俺は行ってみたいとは思うが、無理に付き合えとは言わん」

答えはすぐにはなかった。

一同はちらりと顔を見合わせ、目配せを交わし、「だとよ」と鉱人道士が口火を切る。

「かみきり丸は北の山向こう、闇《やみ》と深き夜の地まで行ってみたいそうな」

「それだけ聞くと陰鬱《いんうつ》なとこよねー」と妖精弓手が歌うように口ずさむ。

「行きたいいんじゃあ仕方ないけど」

そして二人は悪童が悪戯《いたずら》を仕掛けた時のように、薄く笑みを浮かべた。

女神官もまた同じ思いで、じっと蜥蜴僧侶の、うなだれた長首の先へと目を向ける。

ややあって、その蜥蜴人は深々と、顎の奥から息を吐いた。

「……ま、致し方ありますまい。竜とは逃げぬものなれば」

「そうか」

「そうですとも」

蜥蜴僧侶が気負いもなく頷き、女神官はそっと薄い胸をなでおろす。

──やっぱり、みんなと一緒に行けた方が。

良い、と思うのだ。

ゴブリンスレイヤー、彼女が尊敬し、その背を追っている冒険者は、たしかに変わった。

変わりつつあるというのは、少しずつ変化しているという事だ。

彼は迷宮探険競技の主となった。

そして冒険に行こうと彼は言った。

今度は、北の最果てまで旅したいと。

それを叶《かな》える事が、少しでも恩返しになるのなら──と思う。

だが、それだけではない。あろうはずもない。

「みんなでの冒険は、きっと楽しいですものね！」

その言葉を聞いて、妖精弓手が「わかってきたじゃない」と星の光の目を輝かせた。

冒険とは、かくあるべきなのだ。

§

とはいえ、だ。

「ええと……どこにしまってましたっけ……?」

冒険の前に悪戦苦闘するのは常のことで、女神官はギルド二階の自室を引っ掻き回していた。

なにしろ、準備なき冒険とは無謀の極《きわ》みである。

その事を女神官は、初めての冒険で思い知らされている。

同じ轍《てつ》を踏むのは、最初の仲間たちに対してだって失礼だろう。

みんなが揃《そろ》っていたならば、きっと今頃《いまごろ》、笑いあい、軽口を叩き、準備をしたに違いない。

——違いない、のかな。

可能性の話だ。どんなに思い描いたって、夢想に過ぎまい。

女神官はふるふる首を左右に振って、よいしょと、棚の奥から遠出用の鞄《かばん》を引っ張り出した。

「……ん、ちょっとやっぱり、埃っぽい……」

装備やら何やらというのは、使っていない、置いておく、ただそれだけでも劣化するものだ。

手入れを怠《おこた》らないといえば聞こえは良いけれど、あらゆる装備を常に維持するのは大変だ。

——旅慣れた冒険者の方々は、必要な時に買って、終われば売ってしまうと聞きますけれど。

それを勿体《もったい》ないと思ったのは自分なのだから、いざとなった時に手入れせねばなるまい。

「虫食いとか、何もないと良いのですけれど——……」

鞄から取り出したるのは、冬用にと誂《あつら》えた外套やら長靴やら何やらのあれこれだ。

かつて昇級審査の折に、気を張って調達した上等なものだから愛着もある。

冬が終われば使い場所もなく、しまうしかなかったのだが、またの出番だ。

「頑張ってもらわないとですね」

よしと頷いて、一揃いを抱え、迷惑にならぬようそろそろと部屋を出て階下、外へ。

冒険者ギルド裏手の日当たりの良い場所を借りて、店を広げさせてもらうとしよう。

布をばさりと敷いて、その上に装備をずらりと並べていくのだ。

外套、長靴、綱《つな》に鉤《かぎ》。冒険者セットの中身も忘れずに。

冬用の装備に限らず今回は遠出なのだから、普段のものだって見ておくべきだろう。

いざ投げた鉤が割れて外れただとか、綱が千切《ちぎ》れただとかで落ちるのは笑えない。

きっと鉱人道士が術で落下制御してくれるだろうけれど——……。

——油断するな、迷わずやれ、術を切らすな、ですものね。

宿命にせよ偶然にせよ避け得る事はできないが、自助努力はいつだって欠かすべきではない。

「とりあえず道具は干しておくとして――問題はお洋服ですよね」

一通り並べて日に当てておくだけでもだいぶ違うのだが、念には念を入れておこう。

立ち上がった女神官はその足で、やはり予《あらかじ》め話を通しておいた厨房《ちゅうぼう》の裏口へ向かう。

「お、来た来た」

扉を開けた途端、出迎えてくれるのは満面の笑みを浮かべた獣人女給だった。

ばたばたと慌ただしく料理人が動き回る厨房は、覗き込んだだけで湯気が顔に当たる。

その美味《おい》しそうな香りだけで落ちそうな頬をしっかり引き締め、女神官は頭を下げた。

「すみません、ありがとうございます」

「良いよ良いよ。普段から色々食べに来てくれるしさ？　このぐらい平気へっちゃらだい」

獣人女給は「ちょっと離れるねー！」と料理長に声をかけ、ぱたぱたと竈《かまど》に向かう。

そしてそこにかかっていた一抱えはあろう大鍋を、ひょいと軽々持ち上げてしまった。

「よっしゃ行こっか！　えっと外だよね？」

「あ、はい！」と一瞬目を丸くした女神官は、わたわた慌てて頷いた。「こちらです！」

手伝おうと――言うか自分でどうにか運ぶつもりであったから、出遅れてしまった。

獣人の方々の膂力《りょりょく》は凄いものだなあ、と。わかっていても驚くばかりである。

女神官は友人を先導しながら、ギルド外壁に立てかけてある共用の大盥《おおだらい》を拝借。

ごろごろと転がして元の場所まで辿《たど》り着くと――……。

「よい、しょ、と……っ！」

「おっし、それじゃあ入れるねー！」

ごろんと横倒しにした盥に、ふつふつと煮えたぎった鍋の中身が一気に注《そそ》がれた。

濁った灰色のその汁は、灰を煮立てた灰汁《あく》である。

料理の香りとはまた違った匂《にお》いに、二人で顔を見合わせて、くすりと笑ってしまう。

「しっかし冒険者さんも大変だねえ。遠出の度《たび》にこんなに手入れするんでしょ？」

あたしにゃできないなあ、なんて。獣人女給はしげしげと、広げられた荷物へ目を向ける。

鉤縄《かぎなわ》に楔《くさび》、雪道で靴に巻く滑り止めなどなど、平素の暮らしではあまり見かけない品ばかり。

しげしげと前屈みに覗き込む姿は、まさに露店の前で足を止めた子供さながらだ。

ぱたぱたと揺れる尻尾《しっぽ》をなんとなし目で追いながら、女神官はこっくりと頷いた。

「虫は怖いですからね。しまっていた分、手入れの手間暇は仕方ないですし」

「蚤《のみ》とかはたしかにねえ」

「虱《しらみ》も嫌ですよね」

しみじみと娘二人は頷きあった。手間暇かかっても、付き合っていくよりはよほど良い。

虫たちに噛まれたくないのはもちろんだが、何より年頃《としごろ》の娘としては、だ。

「お貴族様とかが目の縁《ふち》に塗る、なんていうの？」

だから必然、会話はそんな方向へと流れていく。

肉球のついた手で目の周りをなぞる仕草に、女神官は「はい」と頷いた。

「眉墨《まゆずみ》？　隈取《くまどり》？　紅とか孔雀石《くじゃくいし》砕いたのと白粉《おしろい》混ぜて練ったのも、虫除けになるんだって」

「お高そうですねえ……」

「高いだろねえ。あたし様には手が出せないや」

獣人の彼女にせよ、神職である彼女にせよ無縁の品だ。憧《あこが》れこそすれど、手が届かない。

それに汗水流して料理するのによろしくないし、冒険に出ればきっと崩れてしまうだろう。

――獣人の方々はあまり汗をかかないと聞きますけれども。

湯気が当たれば、自然と滲むし、溶けてしまうか。仕方がないなと、二人は笑いあった。

「じゃ、あたしはもう戻らないといけないから」

「あ、はい。……ありがとうございました！」

ひらひらと振られる毛皮の手に、用意していた銀貨を手渡して、女神官は礼を述べた。

灰汁を拵《こしら》えてもらうのだって手間暇がかかるのだから、手間賃を支払うのは当然であろう。

そうして職場へ戻った友人を見送って、一息。

「……よし！」

ぽいぽいと長靴と靴下を脱いで服の裾《すそ》をからげ、袖《そで》をまくって気合を入れる。

そして引っ張り出してきた冬用の衣服を、盥の中、灰汁の中へと放り込むのだ。

後は盥の中に素足を入れて、ぎゅうっとその服を踏み洗うのみ。

「ん……っ」

湯気の立つ灰汁は温かく、蒸《む》れた爪先《つまさき》を浸《ひた》すだけで、じんわりとした温《ぬく》もりが心地よい。

とはいえ、それに浸っている暇はなく、じゃぶじゃぶ、じゅぶじゅぶと足を動かすのだが。

「んしょ、……よい、しょ……っ」

――皆さんの分も一緒にやってしまえば良かったでしょうか？

どうなのだろう。一党《パーティ》の仲間たちは、冬用の装備をしまいこんでいるのか、どうなのか。

熟達の冒険者ともなると、その辺りに一工夫《ひとくふう》、二工夫あるのやもしれぬ。

――ゴブリンスレイヤーさんに聞いてみましょう。

うん、と。足を動かしながら頷いて、ちらりと見上げるのはギルド二階、窓の一つ。

妖精弓手が寝泊まりしているあの魔窟を思えば、冬支度《ふゆじたく》はともかくとして――……。

――後で突入しましょう。

決意と使命感、悲壮な覚悟を胸に秘め、女神官は雄々《おお》しく頷いた。

と――……。

「うえー……」

「後輩の目がないからって気を抜かないの。……下水道から離れても汚れるのよねえ、結局」

「ややあ、ぼかぁあんま気にならんのですけどねえ？」

不意にげんなりした、けれど賑やかな明るさに満ちた声が、三つ。

ちらりと見やれば、そこには――やはり友達の顔が、三つ。

平服を纏《まと》った少年少女の横には、ひょこりと揺れる白い長耳。

皆して抱え込んでいるのは血と泥に汚れた装備の数々で――……。

「今日も大勝利、でしたか？」

なんて、女神官は頬を緩《ゆる》めて、からかい半分、ねぎらいの言葉をかけた。

「おうよ。俺の潰し丸《マッシャー》がぶんぶん物を言ってだな……！」

と、言って、見えない棍棒《こんぼう》を素振りする様子はずいぶんと様になっている。

彼が棍棒と長剣とを上手《うま》い具合に工夫して使いこなしているのは、女神官とても知っていた。

思えば遠くへ来たものだ――なんて。偉そうな事を考えるのは、先輩面《せんぱいづら》が過ぎるというもの。

「すみません、すぐに終わらせますね……っ」

気恥ずかしさから目線を逸《そ》らし、足元へ。じゃぶじゃぶと、急いで衣服を踏みしめる。

その素足に気を取られたのだろう幼馴染を小突いて、至高神《しこうしん》の聖印を下げた少女が笑った。

「良いのよ。こいつがぐだぐだしてたせいで遅くなったんだし、順番順番」

「わあ、こら冬支度ですなあ。またお山に登られるんです？」

そして今度はひょこひょこと、白兎の少女が荷物と衣服を覗き込んでくる。

ついさっきも見た光景だな、なんて。女神官は思わずまた、上下する長耳を目で追いかけた。

「お山……」前屈みな彼女の耳、背、尻《しり》、その上で揺れる丸い尻尾。「……の向こうですね」

「ほえー……。そげなとこまで、ぼかぁ行ったことないですよ。また遠くへ行くんすなぁ」

などとのんきに言うあたり、彼女も北の向こうの事はあまり知らないのだろう。

とすれば、何か情報がもらえるかもという淡い期待は、結局期待に過ぎないか――……。

「おっかない武弁《ぶべん》もんがおっから寄っちゃなんねって脅かされとったんですわ」

「ぶべん？　……武辺者《ぶへんもの》？」

「なんだつうたら、りゃくだつだー、て。じっつぁまは関《かか》わんないどこてなったそうですよう」

強い人、ということだろうか。思いがけず放り込まれた言葉に、女神官はまばたきを一つ。

お爺《じい》さんのお話。ならずっと昔の？　でも兎人の方々は世代の交代が早いそうだし……？

「くっそ、良いなあ。俺もそういうとこ行ってみてえなあ……」

そんな風に女神官が一人思案にくれている横で、少年が、しみじみと青い空を見上げて言う。

「あれだろ、剣の岸《ソードコースト》は北方の、常春の街《ネヴァーウィンター》とかさあ……」

「そういった、有名な場所ではありませんけれども……」

御伽噺《おとぎばなし》に語られる忘れ去られた地名の数々に、女神官も思わず苦笑い。

なにしろ人跡未踏《じんせきみとう》の地というわけではない――自分はまだ、話にしか知らない土地ではあるが。

「でもさ、あの闇人の野伏《レンジャー》だって北方で活躍したって聞くぜ？」

「あれは叙事詩《サーガ》」ふんと少女が鼻を鳴らす。「善き闇人なんて、滅多にいるもんじゃないわよ」

「そうですねえ……」

女神官も、収穫祭や、砂漠、後は間接的に御神酒の事件で闇人とは対面したものだけれど。

――森人のお知り合い、というのもあまり多くは――……？

あの妖精弓手が最近親しくしている、斥候の女性ともあまり自分は縁がないものだ。

善き闇人。二刀を引っさげた凄腕《すごうで》の野伏などというのは伝説で、つまり――御伽噺。

そう、御伽噺に語られるような英雄であればこそ、そういった土地に足を踏み入れるものだ。

しかし彼女が赴く場所は、そんな土地ではない――はずだ。知らないだけかもしれないが。

「私たちじゃ氷風の谷《アイスウィンドデイル》で恐怖《ホラー》に襲われて死ぬのがオチよ」

罪のない無邪気な願望も、現実的な一言の前にはがっくりと折れてしまうのは致し方ないが。

「けどよぉ、お国の依頼で辺境を調べに行く、つったら金等級とかの冒険じゃんかさ」

そしてその現実の言葉の鋭さは、女神官の身動きをぎくりと縫い止めるのに十分すぎる。

ばしゃりと足音で水が跳ねて、彼女は自分の服を素足で踏みしめた姿勢のまま硬直した。

「い、いやあ……」と声が震える。「そんな事は……ない、と……思い、ますよ？」

意識していなかった、わけではない。意識していたからこそ、考えないようにしていたのだ。

少なくとも自分は違う。一党《パーティ》の一員で、頑張ってるけれど、力量はまだまだである。

深呼吸して、気持ちを落ち着けて、無言でまたじゃぶじゃぶと洗濯物を踏みしめる。

「でも青玉《せいぎょく》じゃん」

「ねー？」

「うう……っ」

しかし友人たちは逃してくれる気配がなく、女神官は顔を俯かせるばかり。

二人がにやにやと笑っているのがわかるだけに、ぐぬぬと呻《うめ》いた所で勝ち目はない。

「あ、そーだ」

そして相変わらず兎の娘は空気を読んでおらず、ぽんとその毛皮に覆われた手を打った。

「そなら、ちょいとお姉さんにお仕事頼んでも良かですかねえ？」

「お仕事……？」

ばちゃばちゃと洗濯を続けながら顔を上げると「うん」と白い長耳が縦に揺れた。

「お手紙とお荷物をね。僕書いたんで。お山まで届けて欲しいんですよう」

「お手紙……はわかりますけれど、お荷物ですか？」

別に否やはない、というよりも喜んで引き受けるつもりだが、さて何だろう。

女神官が小首を傾げると、白兎猟兵は「えへへ」とテレテレ笑って荷物を漁《あさ》る。

隣に並ぶ少年少女らも心なしか嬉しそうで、さてなんだろうか――……。

「これです、これ……！」

そうして少女が誇らしく取り出したのは、それはそれは立派な、トロルの牙《きば》であった。

§

「……また、遠出になるのか」

「ええ、はい」と、ゴブリンスレイヤーは曖昧《あいまい》に頷いた。「そうなるかと、思います」

彼の対面に座る牧場主は「そうか」と、短く、簡潔に頷いて、息を吐いた。

牧場の母屋《おもや》、その食堂での事である。

夕暮れにはまだ早く、昼過ぎというには遅い時間帯だった。

街から戻ってきたゴブリンスレイヤーが、幼馴染の娘より先に、見出したのが牧場主だ。

彼は野良《のら》仕事を終えた後らしく、休憩といった体で、椅子に腰を下ろしていた。

ゴブリンスレイヤーが椅子を引き、座っても、「戻ったのか」と短く言うばかり。

それはいつも通りの態度で、だからこそゴブリンスレイヤーは少し悩んだ。

何と言うべきか。いや、何を言おうとしているのか。

自分でも判断のつかぬまま、ゴブリンスレイヤーはまた、新たな依頼を受けた事を伝えた。

その結果が――――……。

「ま、私がどうこう言うものじゃあない」

という、あっさりとした一言であった。

ゴブリンスレイヤーは鉄兜の奥で、その言葉をどう受け止めるべきか迷い、唸った。

それに気づいたわけでもないだろう。牧場主が、ちらりと目線をこちらへと送る。

「君の仕事だ。男が始めた仕事だ。それに口出しするのは、無責任というものだ」

「……そう、でしょうか」

「そうとも」と、牧場主は静かに頷いた。「君が自分で管理して、上手い具合にやりなさい」

「……はい」

「ただ、あの子にはちゃんと伝えるように」

「そのつもりです」

「だろうな」

牧場主はそう言って微かに笑い、ゆっくりと立ち上がった。

独立農民《ヨーマン》であるから、その足取りは未だしっかりとして、逞《たくま》しい。

けれどどこか老いの影を背負っているようでいて、どこかくたびれた風があった。

彼はそのまま母屋の奥へと去って行って、ゴブリンスレイヤーはぽつりと取り残される。

自分の内側に積もる感情の種類など、彼には終《つい》ぞわかった試しがない。

できることは、考えることだけだ。

――あの娘は。

今時分、牛を厩舎《きゅうしゃ》に戻している頃合いだろうか。駱駝《らくだ》の世話もしているだろうか。

いずれにせよ、行って、話すべきだ。時を置いて良くなる事など、そう多くはない。

ゴブリンスレイヤーは、がたりと音を立てて立ち上がった。

再び母屋から外へ出る時、背後で金糸雀《カナリア》が、ちちちと鳴く声が聞こえた。

その音を断ち切るように後ろ手に扉を閉めて、一息。

世界は赤黒く、夕闇《ゆうやみ》の色が濃い。もうずいぶんと冷えている。

息を吐くと鉄兜の隙間《すきま》から漏《も》れた呼気が、白く染まって立ち上った。

――嗚呼《ああ》。

もう一年か。あの娘を、小鬼退治に巻き込んでしまってから。

その一年で、自分はどれだけ前に進めただろうか。

白い煙を追いかけて空を見ると、黒が青く滲んで、ちらちらと白い煌めきが見えた。

雲の上、星の下、その狭間《はざま》を飛ぶ、一羽のハイタカだった。

かの大賢人の物語に心躍らせたのは、はたしてどれほど昔の事だったろうか。

姉から聞かされたようにも思うし、吟遊詩人が歌ったのを聞いたようにも思う。

幼い頃から見聞きして、何度も思い描いた物語は、どれもこれも古ぼけて、斑《まだら》になっている。

森人の里へ赴いた。都を訪れた。死の迷宮に潜った。東の砂漠を踏破した。

そして今度は――北の山のさらに向こうへ行くのだ。

行ってみたかった。行く事などないと思っていた。幼い頃から、ずっとだ。

自分の生涯は、あの小さな村の中だけで全《すべ》て終わる事は、わかっていたつもりだった。

こんな事になるなんて、ただの一度でも想像した事があっただろうか？

それが――……。

「あれー……？」

もう帰ってたんだ。向こうから、白い息に笑顔を隠して、幼馴染の娘が歩いてくる。

「おかえり」と、仕事を終えただろう疲れを感じさせずに、彼女は言う。

「ああ」と、彼は頷いた。「ただいま」

二人は、すぐに母屋へは戻らなかった。

黄昏《たそがれ》の赤い日に影が伸びるに任せ、しばし黙り込んだ後、どちらともなしに歩き出す。

向かう先は、牧場の敷地を囲う柵だ。

ずっと昔、ここではない場所でそうしたように、牛飼娘は柵にもたれるように腰掛ける。

小さい頃は身軽に飛び乗れたものが、大人になるとどうしてできなくなるのだろう。

「なんでだろうね？」

「わからん」

ゴブリンスレイヤーは、首を横に振った。本当に、わからなかった。

子供の頃は大人というのは、そう、何でもできるように思えたものだが――……。

――何ができるというのだろう。

こうして地平の彼方、四方《しほう》の果ての向こうへ沈む夕日を見るだに、そう思えてくる。

つい数ヶ月前には、あの遥《はる》か彼方に赴いていたなどとはとてもとても――……。

——いや、日が沈むのは西か。

真反対だ。馬鹿《ばか》げた思考に、鉄兜の中で頬が動いた。言葉も出せそうだった。

「また、遠出をする事になる」

「冒険?」

「の、ように思う」

ちょこりと下から覗き込むような彼女の視線に頷いて、改めて彼は視線を最果てへ向けた。

四方世界の果て。その一端へ微かに触れるような、塔の頂きには以前赴いた事がある。

だが、それで何だというのだ。四方世界の全てを解き明かせたわけでもない。

第一、あれは己の冒険ではなかったではないか。

今度は、己の冒険だ。そう呼ぶ事には、未だ強い躊躇いと、忌避感があったけれど。

「北の山の、向こうだ」

「ふぅん……」

幼馴染の娘はただそう呟いて、ぶらぶらと虚空《こくう》を蹴《け》るように足を揺らした。

不意にその顔がこちらを向いて、赤毛が夕日を受けて燃えるように煌めく。

宝石のような瞳《ひとみ》が、兜の庇《ひさし》を透かして彼を真《ま》っ直《す》ぐに見つめていた。

何度、彼女の瞳をこうして真っ直ぐに見ただろう。とてもそんな勇気はないというのに。

「また『行って良いよ』って言って欲しいの?」

「……」

彼女は、躊躇なく踏み込んでくる。それも――いつからだったろうか。

幼い頃はそうであったように思うし……再会してからも、そうだったように思えた。

誰よりも何よりも、自分よりも、自分の事をわかっているのは他ならぬ彼女なのだ。

隠し事などできようはずもないし、したくもなかった。

「ああ」彼は素直に頷いた。意地を張って後悔するのは、一度で良い。「情けないな、俺は」

「そうだねえ……」

否定の言葉はなかった。

彼女はくしゃりと困ったように笑って、もう一度「そうだねえ」と繰り返した。

「情けないし、面倒くさいし、もしかしたら格好良くないかもしれないけど」

「……」

「でも、うん。あたしは好きだと思います。君が」

ゴブリンスレイヤーは途絶えた呼吸を再開するように、深々と息を吐いた。

「……そう、か」

「そうだよ」

幼馴染の少女はいつだってそうするように、何かを軽々と蹴飛《けと》ばして、柵から降りた。

すぐ傍《そば》に軽々と彼女は踏み込んで、無骨な革籠手の上から彼の手を取る。

鉄兜を動かすと、庇が額《ひたい》にぶつかりそうな程の距離に、彼女の眼差《まなざ》しがあった。

「行ってらっしゃい、で良いかな？」

「……」

瞳が近かった。吐息が兜の奥まで吹き込まれそうだった。頬が、赤かった。

「……良い、と思う」

「よし！」

落ちかけた夕日とは正反対、眩い朝日のような笑顔を見せて、彼女は頷いた。

「お土産《みやげ》も、ね。楽しみにしてる。――動物以外でお願いしたいけど」

「土産か」

「まあ、その前に晩御飯食べないとね。あはは、順番が色々ちぐはぐだや」

彼女は既に母屋に向かって歩き出していて、掴まれた手がそのまま引っ張られた。

そしてゴブリンスレイヤーは彼女に遅れないよう、しっかりと一歩前へ踏み出した。

第2章 『霧降る山《オーバー・ザ・ミスティマウンテン》を越えて』

「さあさあ、気をつけて行ってらっしゃいね！」

気の良い兎の御婦人に送り出されてから三日。小鬼殺しの一党《パーティ》は吹き荒《すさ》ぶ雪の只中《ただなか》にあった。

より正確に言えば、風雪荒れ狂う岩山の巌壁《がんぺき》に刻まれた、細く頼りない山道である。

岩肌へ張り付かねばならぬような細い山道。風は強く。吹雪《ふぶき》なのか土砂降りの雨なのか。

じり、じりと摺《す》り足でもするように足を送り、下を見ず、けれど前も風雪で見えず。

吐く息が口から漏《も》れた途端、ぱりぱりと凍《こお》るように思えるのは気の所為《せい》なのか、真実か。

――気をつけねば、死んでしまいますよ……⁉

思わず女神官はそう考えたものだが、一党《パーティ》の内心はみな似たりよったりであったろう。

なにせ山道というよりもこれは細い崖のようなもので、下は果てしない岩肌。

垂直なわけもないのだが、そう見えるという時点で厳しさはお察しというものだ。

一度落ちれば岩と雪と氷に肌身を削られ、はたしてどれほどの距離、命と体が残るだろう。

転げ落ちてしまう恐怖が足を止めるのは進む前であり、一歩踏み出してしまえば止まれない。

むしろ止まれば落ちてしまうように思えてしまう事を、女神官は初めて知った。

Goblin Slayer
He does not let anyone roll the dice.

「大丈夫ー？」

なんて、耳あて付きの帽子をすっぽり被った妖精弓手《エルフ》の声が、微《かす》かに聞こえる。

兎の婦人の心尽くしの料理が恋しくてたまらない気持ちを、どうにか女神官は振り切った。

「だ、だいじょうぶ……です！」

声は届いただろうか。いや、大丈夫だろう。あの大事な友人は上の森人《ハイエルフ》だもの。

梢《こずえ》を渡るように山道を行く彼女の手が、ひらりと大きく振られるのが認められた。

「あとの連中はー？　落ちたー？」

「落ちとらんわ……！　ほれ、鱗《うろこ》の、ふんばれ……！」

「ううむ……！」

そして鉱人道士《ドワーフ》と蜥蜴僧侶《リザードマン》の声は、女神官の背後から。

鉱人道士が支えているのは、まるで羽毛の塊のようになった蜥蜴僧侶である。

『これならば父祖とても嫌な顔はしますまい』と言って、彼はそんな外套《がいとう》を調達してきた。

色鮮やかな羽は風雪を防ぎ、水を弾《はじ》き、傍目《はため》に見てもあたたかそうだったが――……。

「これは、なかなか厳しい……ですなあ……！」

岩山に巻き付いた百足《むかで》のように細い道は、蜥蜴僧侶の体軀《たいく》に比べればさらに小さい。

鋭い爪先《つまさき》を引っ掛けているから落ちる心配はあるまいが、加えてこの寒さである。

鉱人道士が温石を拵《こしら》えて補助しているとはいえ、難所なのは間違いあるまい。

難儀しながら進む様はなるほど確かに滑稽《こっけい》ではあったが、むしろ心配の方がより勝る。

とはいえ、女神官ももちろん、仲間の心配をする余裕なぞないのだけれど――……。

「ちょっとオルクボルグ。ここまで来て言うのも何だけど、やっぱりちょっと無茶じゃない？」

「話には聞いていたが、やはり険しいな」

――先行するお二人は、どうしてこんなに手慣れているのでしょう――……？

縄も張られていない細い道。数歩踏み外せば奈落《ならく》の底まで真っ逆さま。

もちろんその数歩を踏み外すという事は、そうそうないだろうけれど――……。

牧場主から譲られたらしい外套を纏《まと》ったゴブリンスレイヤーは、事もなげに進んでいく。

ひぃひぃ言いながら道をゆく身としては羨《うらや》ましさと恨めしさ、両方の目で見てしまう。

もちろん、それが斥候《スカウト》と野伏《レンジャー》としての経験によるものと、わかってはいるのだけれど。

見渡す世界は白と黒とで、灰色一色。ごうごうと吹き荒ぶ風の音ばかり。

山というのは、やはり人の住まう場所ではないのだろう。

「せめてどっかで一休みできる場所とかないかしら？」

「少し先に、洞窟《どうくつ》があると聞いている」

「だ、そうです！」

女神官は後ろの二人に、声を張り上げ叫んだ。おーう、という鉱人道士の返事に息を吐く。

――がんばりましょう……！

ぎゅっと拳《こぶし》を握るいつもの癖《くせ》で、姿勢を崩しかけて慌てて岩壁へと張り付く。

錫杖《しゃくじょう》は背に回しているし、転んだとてもすぐ落ちる事はあるまいが、それでもだ。

――杖《つえ》を落としてしまったら。

きっと、もう、二度と取り戻す事はできないだろうという事実が、なんとも恐ろしかった。

そうして、そろそろと歩き続ける中でも、一向にゴブリンスレイヤーは止まらない。

彼は壁に手を突き、岩を摑《つか》み、脚を進め、迷うことなく決断的に歩みを進めていく。

無論――ひょい、ひょいと川面《かわも》の石を飛び渡るような、上の森人のそれとは比べられないが。

その妖精弓手が、ふと「上手《うま》いもんね」と感心したように呟《つぶや》くのが聞こえた。

「オルクボルグ、わかってたけど、結構この手の技も修めてる？」

「一応は」

彼は次の足がかりを正確に探って歩みを進めながら、渋々認めるように言った。

足を止めたゴブリンスレイヤーは、外套についた汚れを軽く擦り落としてから付け加えた。

「だが、俺《おれ》より上手い者は五万といよう」

「例えば？」

「忍びの者と呼ばれる手合の逸話《いつわ》は、数多い」

ゴブリンスレイヤーは不意に黙り込み、低く唸《うな》った後、思い出したように言葉を続ける。

「師からは断崖絶壁を命綱《いのちづな》も道具もなく、自由に単独行《フリーソロ》で登る、登攀《とうはん》の達人がいると聞いた」

「落ちたら死ぬでしょ、それ」

「無論、死ぬ」鉄兜《てつかぶと》が縦に揺れる。「だから俺にはできなかった」

「あっきれた」

妖精弓手が言葉通りの口調で言った。

「やった奴《やつ》もだけど、試そうとした辺りに呆《あき》れたわ」

「そうか」

只人《ヒューム》のうちにある力は俺にも思《おも》い及《およ》ばぬものがある。彼は他人事《ひとごと》のように呟き、黙々と進む。

女神官は遅れまいと必死で、その会話のほとんどを正確に聞き取れたわけではなかった。

いや、必死なのはなにも、それだけではない。

彼女は前を見て進み、そっと後ろを見て、残り二人の仲間へ「大丈夫ですか」と声をかける。

隊列の中央というのは最初の冒険以来、嫌な思い出のある——そういう場所であるけれども。

同時に一党《パーティ》全体を俯瞰《ふかん》して見て、周囲に気を配れるのは、やはり彼女の立ち位置だけだ。

やはりこれも幾度となく、担《にな》ってきた役割で——……。

——任されたのですから。

と、思えば、自信とはまた違う、自負のようなものが心の内にはあるのだった。

「でも、他にも道はあったじゃない？」

これが一番早そうではあったけれど。妖精弓手が、何の気なしに声をかける。

上の森人の歌うような言葉は、この吹雪の中にあっても耳に届くのだから不思議なものだ。

「なんでこの道にしたの？」

ゴブリンスレイヤーは、すぐに答えなかった。

奇妙で偏屈な冒険者は、これまで通り黙々と手を、足を動かし、皆を導くように進み続けた。

幸い妖精弓手がしびれを切らすよりも前に洞窟の暗闇《くらやみ》が断崖に見えた頃、彼は言った。

「通ってみたかったのだ」

なんとなく今回の冒険は一事が万事こうなりそうだと、女神官は覚悟を固めたのだった。

§

洞窟の目印は、淡い萌黄色《もえぎ》をした長靴だった。

雪だまりの中に埋もれるようにして倒れた誰《だれ》かの足に、それはそのまま残されていた。

登山途中か、下山途中かはわからないが――いつかここまで辿《たど》り着いた冒険者なのだろう。

女神官は無言のまま、その名も知れぬ誰かの冥福を地母神《ちぼしん》に祈った。

こんな場所から人一人を担《かつ》いで登ることも、降りることも、皆の命を危うくするに違いない。

だからこそ――ずっと彼はここで、多くの冒険者を迎え、見送っているのだろうから。

「先生からは、この辺りは岩巨人の喧嘩《けんか》場と聞いていてな」

「そりゃあ、出会わなくて残念だったわね」

のっそりと背負っていた荷物を置いたゴブリンスレイヤーの横で、妖精弓手が舌を出す。

皮肉げな口調ではあったが、しかし上の森人といえど生涯にそうそう見られる光景ではない。

とすれば残念というのは半ば本音であったかもしれないが――閑話休題《かんわきゅうだい》。

風雪に晒《さら》されていたのに、ぱっぱと雪を払うだけで妖精弓手は普段の美貌《びぼう》を取り戻す。

この辺り、やはり定命《モータル》の只人とは生き物としての位階が異なるのだろう。

女神官は濡《ぬ》れそぼった自分の外套が凍らぬよう脱ぎ、絞りながら皆の様子を窺《うかが》った。

ゴブリンスレイヤーは慎重に外套の汚れを落とし、丁寧に畳み、洞窟奥へ目を向けている。

となれば、気にかかるのは――……。

「だ、大丈夫ですか……？」

「うむ……」という声も緩慢に、蜥蜴僧侶も羽毛の外套を外していた。「どうにか、どうにか」

「ほれ、とりあえず脱いだら一杯やっとけ。温めんと死ぬぞ、洒落《しゃれ》抜きでの」

鉱人道士が放った瓢箪《ひょうたん》を、蜥蜴僧侶が「かたじけない」と受け取って、震える手で栓を抜く。

その間にと、女神官は火起こしをしようと洞窟の中、吹き込んできた枝葉を拾うが――……。

「……濡れてますよね」

まあ、当然だ。

枝、葉、それがなくても苔《こけ》だの何だの、どこでも何でも相応に燃料になる物は存在する。

だが雪に濡れそぼり、ずいぶんと湿気《しけ》っている。とてもとても焚《た》き付《つ》けや薪《まき》にはできそうにない。

さてどうしたものか――……。

一頃《ひところ》ならばただこれだけで落ち込んだろうが、女神官は唇に指をあてがい思案を巡らせる。

「うーん…………？」

と、その呟きが聞こえたのだろうか。

洞窟の奥へ注意深く気を配っていたゴブリンスレイヤーの鉄兜が、ぐるりと回った。

「松明《たいまつ》はあるか」

「あ、はい」

もちろんです。女神官は頷《うなず》いた。冒険者セット。出掛ける時は忘れずに。

「松明は多少濡れていても火がつく。それで乾かせ」

「あ」

そうか、なるほど。女神官は手を打った。そんな単純な事で良いのか。

解決方法さえわかれば、後は慣れたものだ。

上手い具合に焚き火の準備をして、火をつけた松明を添えて、乾かしながら燃やしていく。

冒険者を数年もやっていればこの程度はお手の物だし、火の熱と明かりはひどく落ち着く。

誰知らず「ほう」と吐息を漏らしたところで、ゴブリンスレイヤーが頷いた。

「松明がなくとも、生木があれば問題はない。あれは濡れていようが、火自体は容易につく」

「森人《エルフ》の前で生の木を燃やす話をするとか、度胸あるわね？」

妖精弓手が手袋やらを外して手足や耳を揉《も》み解《ほぐ》しながら、鋭い目つきで唇を尖《とが》らせる。

生きた人の体であっても寒さに晒されると凍りもするし、腐りもするのだ。

いつぞや雪山で脅かされた事を懐かしく思いながら、女神官も彼女に倣《なら》う。

汗に濡れそぼる靴下の替えだって、今回もちゃんと持ってきているのだ。

「……むむむ。すみませぬがな、そのう」

と、声をあげたのは、皆が自然、火に一番近い場所を譲った蜥蜴僧侶だ。

羽毛の外套を羽織《はお》っていてもやはり蜥蜴人《リザードマン》、寒さに弱いのはやむを得ない所はあったろう。

それでいてこの道を選んで進んだ事に一切《いっさい》の文句を言わない辺りも、蜥蜴人らしかった。

「出立《しゅったつ》前に言っていた奇跡とやらを、今この場で所望してもよろしいか？」

「あ、わかりました！」女神官はこくこくと頭を上下させた。「服を乾かしたら、すぐに！」

「ま、その前にお前さんらも一口ばっかし酒は飲んどけ」

鉱人道士がにかりと笑って、蜥蜴僧侶から返された酒の瓢箪を揺さぶって見せた。

「火酒は良いぞう。ちょいと舐《な》めるだけで、体が芯《しん》から温まるかんの」

「あんなの飲んだら頭が爆発《ばくはつ》しちゃうわよ」

と、言いつつも、妖精弓手も素直に瓢箪を受け取って、軽く舐めるように口に含む。

うへえと、まるで辛いものでも頬張《ほおば》ったように顔をしかめて舌を出し、一息。

「ほら、あなたも」

「あ、ありがとうございます……」

酒精で頰《ほお》を赤く染めた妖精弓手から瓢簞を回され、女神官はどぎまぎしながら受け取った。

この上の森人が酒に弱い事は一党《パーティ》の皆が知っているが、それでも尚美《なお》しいのは種族故か。

女神官はいつだって、彼女の細やかな日々の動きに見惚《みと》れてしまうものだった。

「オルクボルグは？　どうする？」

「俺も」と彼は少し黙り込んだ後に、短く言った。「一口貰《もら》おう」

雪に水に、汗。濡れれば余計に冷えて体力を奪われるし、外に出れば凍って尚冷える。

となれば雪山に赴《おもむ》くにあたっては暖を取り、着替え、手足を揉むのはとても重要だ。

絵物語や叙事詩などで、英雄たちのこうした一幕が描かれる事は――あまりない。

お話の中で、彼らは普段と変わらぬ姿で、普段と変わらぬ冒険を繰り広げるものだ。

英雄が雪に足を取られて転んだり、薪を拾い歩いて火起こしに苦労する事は、ない。

女神官とて、こうして冒険者にならなければ一生涯知らなかっただろう。

「……綱で皆を繋《つな》いで歩いたりとかしたほうが良かったんじゃないでしょうか？」

「時と場合による」

「拙僧《せっそう》が足を踏み外しでもしたら、各方《おのおのがた》、まとめて奈落の底へ落ちますからなぁ……」

「鉱人《ドワーフ》が落ちても同じだから危険度倍よねー」

「……目方について上の森人に言われちゃ、誰も何も言えんわい」

そうして服や装備を乾かす準備が整って、お酒の熱にほっと息を吐いたところで。

「じゃあ、その、やってみますね」

瀟《しょう》と錫杖を涼やかに鳴らして、女神官はそっと立ち上がった。

深呼吸をして、両手で縋《すが》るように錫杖を手繰《たぐ》り、意識を天上の遥《はる》か高みへと昂《たか》ぶらせる。

魂を繋ぐのだ。祈りでもあり、身を伏して希《こいねが》うためでもあり、ただただ敬愛を届けるために。

「《いと慈悲深き地母神よ、その御手にて、どうぞこの地をお清めください》……」

そしてだからこそ、奇跡は起こる。

奇跡の見返りとして祈りがあるのではない。信仰の見返りとして奇跡があるのではない。

地母神の見えざる穏やかな指先が岩窟の奥に触れて、ほう、と息吐くような暖かさが訪れる。

洞窟の入口から吹き込む風も、雪も、今やかの神の手によって遮《さえぎ》られているのだ。

まさしく《聖域《サンクチュアリ》》の奇跡、そのものであった。

「お、おお……。これはなんともはや、有り難《あがた》い限りですな……！」

ぴしゃりと蜥蜴僧侶がその尾で岩肌を叩《たた》くほどの活力を取り戻している辺り、効果は覿面《てきめん》。

「拙僧が父祖に仕《つか》える身でなくば、地母神を奉じていたやもしれませぬ」

「それでチーズとか作ってるのは、まあ、あんたなら似合いそうよねー」

地母神と根を同じくする自然の化身である妖精弓手は、心地よさそうにけらけらと笑う。

彼女はまるでここが自室であるかのように手足を伸ばし、くつろぎながら目を細めた。

「神様の奇跡か。何度も見てるけど、不思議な感じ。声が聞こえるのとも違うんでしょ？」

「ま、精霊の類《たぐい》たぁ神さんは違わぁな」

「わたしもあまり上手くは言葉で説明できないんですよね」

鉱人道士の相槌《あいづち》に、女神官は照れ笑いのように頬を緩《ゆる》め、ぺたんと薄い尻《しり》を岩に下ろした。

実際、これを言葉で説明できる者は――よほど神々に愛されている、徳のある僧侶だろう。

いや、あるいはそうした人々なればこそ、神について明確に語る事などしないのか。

いずれにせよ未熟な身である女神官には、到底不可能な事であり――……。

「見事なものだ」という身近な一言。「防御には使えるのか」

「《聖壁《プロテクション》》とは、また違いますから」

ゴブリンスレイヤーの即物的な疑問にも、てれてれとしながら答えるので精一杯なのだった。

「防御というよりは……守って頂く、清めて頂く、というか……ううん……」

「なんにせよ有り難いもの、て事で良いじゃないのよ」

と、言っている妖精弓手は、既に荷物から糧秣《りょうまつ》を取り出していて、食事を摂《と》る気でいるらしい。

雪山行軍は体力を消耗する。休息は大事だ――たとえ上の森人であったとしても。

葉の包みをひらひらと振りながら、妖精弓手は姉が弟に噛《か》んで含めるように教えを説いた。

「尊《とうと》いものへの感謝が足りないわよ、オルクボルグ」

「ふむ」

声を漏らした鉄兜がしばし黙り込んで、ややあって、素直に頭が上下する。

「確かに、そうだ。有り難い事だ」

間違いはない。そう頷く小鬼殺しを前に「ヨシ！」と上機嫌に、妖精弓手は食料を頬張る。

森人の焼き菓子。女神官も一口で好物になったそれを、分けて欲しいと言い出すのは――……。

――恥ずかしいものがありますよね……。

こういう話題の中で、ましてや祈った直後で、天上の残り香のようなものも感じるのに。

女神官は息を漏らした。物欲しげにお菓子を見るなんて、まるで子供ではないか。

鉱人道士は元より、蜥蜴僧侶もいそいそとチーズを取り出して「甘露《かんろ》！」と齧《かじ》りつく。

――自分も何か頂いておきませんと。

そして鞄《かばん》に手を伸ばしたところで――……はたと、口に菓子を咥《くわ》えた妖精弓手と目があった。

「はえる？」

「……頂きます」

地母神がきっと微笑《ほほえ》んでいるだろう感覚が伝わり、女神官は恥じ入って目を伏せた。

そうして一党《パーティ》は、もそもそと、豪華ではない、けれど豊かな食事と団欒《だんらん》を楽しんだ。

干し肉や硬パンを齧り、雪を掬《すく》って手鍋に入れて火に焚《く》べ、湯をたっぷりと飲む。

何も小鬼退治の最中ではない。

ましてや、先を急ぐ旅路でもないのだ。

そびえ立つ岩山、霧と雪の吹き下ろす山脈を越えて、北への旅である。

行ったことのない場所、見たことのない土地へ赴く、これは冒険なのだ。

旅をするのに必要なのは、歩みを止め、通り雨の一つも楽しんでゆくゆとり――――……。

と、歌ったのは、さて、名だたる盗人であったか、名うての術士であったか。

いずれにせよ、それこそは至言であると、女神官は思うのだ。

「でも、このままの天候だと、流石《さすが》にちょっと厳しいんじゃないの？」

妖精弓手が、隣の蜥蜴僧侶が炙《あぶ》っていたチーズを一欠片頂戴《ひとかけらちょうだい》しながら言った。

「嗚呼《ああ》……！」と嘆く彼に、チーズを頬張ったまま、森人の焼き菓子を押し付ける。

「チーズつけて食べると美味《おい》しいわよ、たぶん」

「なんと……！」

――うん、これは喧嘩じゃありませんね。

嬉々として焼き菓子を割ってチーズを挟む蜥蜴僧侶を横目に、女神官は居住まいを正した。

「雪が穏やかになるまで待っても良いですけど……どれくらいかかるかわかりませんものね」

山の天気は気まぐれだ。

というよりも、やはり山は人の領域ではない。これ自体がもはや別の異界のようなものだ。

山という場所は、誰に対しても平等で、決して慈悲をかけたりはしない。

通れる道も、食べられる物も、水場も何もかも——在るべき場所に、在るだけしかない。

無事に生きて山を通り抜けるには、知識と経験、技術、そして宿命と偶然だけが物をいう。

山がそこに生きる者へ手を貸す事は——期待してはいけない、のだ。

——というのは、地母神様の教えですけれども。

少し、わかってきた……気がする。女神官はここ最近、そう思うことが増えた。

砂漠の中で、かの色のある死に襲われた時のことを思えば良い。

自然とは厳しいものだという地母神の教えを、女神官は改めて確かめる事ができていた。

「食べ物も水もありますから、何日か立ち往生しても下山できるとは思いますけど……」

「撤退は勇気だけど、踏破したいわよね。冒険者的にはさ」

妖精弓手が銀等級の矜持《きょうじ》を滲《にじ》ませて、さも当然とばかりに薄く唇を緩めた。

賢《さか》しさと賢《かしこ》さ。臆病《おくびょう》さと慎重。これらは似て非なるで、しかし境界線は曖昧《あいまい》だ。

理屈を並べ立て、危険を説き、冒険に赴かない事は誰にでもできる。

全《すべ》てを承知した上で挑み、踏破する事こそが冒険であり、冒険者であろう。

「無理無茶無謀は、避けねばなりませんけれどね」

「自由騎士だって三無主義は改めたんだから、当然よね」

そしてその辺りを承知しているからこそ、この年の離れた友人は腕利《うでき》きなのだ。

片目を瞑《つむ》る仕草に女神官が「ええ」と頷き、ゴブリンスレイヤーは「ふむ」と唸った。

「であれば、道を変えるべきだな」

「この辺りで道を変えるっつーと……」と酒を呷《あお》った鉱人道士。「……ああ、ここがそうか」

「知っているのか」

「そら、鉱人だもの。むしろお前さんが知っとる方が驚きだわいな。いい加減、古い話じゃろ」

「先生……師から教わった」

なっほどの。それで鉱人道士は納得したらしいが、女神官と妖精弓手は顔を見合わせた。暖を取ることとチーズに夢中な蜥蜴僧侶はさておいて、妖精弓手がその長耳を揺らす。

「なに？　近道でもあるわけ？」

「ある」

ゴブリンスレイヤーは、こっくりと頷いた。

「この奥に、地下道がな」

§

そこは古臭く、黴《かび》の生《は》え、忘れかけられた、そんな空気のする場所であった。

洞窟の最奥、大鉈《おおなた》で切りつけたかのような亀裂から奥へ下る、狭い道だ。

そう、自然にできた裂け目のようでいて、そこは確かに道であったのだ。

足がかりがあり、手がかりがあり、深みへ進むにつれ通行が容易になっていく。

一方、道は幾重《いくえ》にも分岐し、曲がりくねり、迷路の様相を呈し始めていた。

恐らくは——天然の岩窟を、誰かが人為的に整え、通路として刻んだに違いない。

掲げた松明の朧《おぼろ》な光に浮かび上がる岩肌の影に、女神官は職人たちの痕跡を認めた気がした。

そのせいか女神官はふと、昔語りに聞いた遥か古《いにしえ》の御伽噺《おとぎばなし》を思い出した。

鉱人たちと圃人《レーア》、あるいは只人と森人と鉱人と圃人らの冒険譚を知る者も少なくなった。

ましてや、この洞窟を抜けた北方より現れ出た蛮人の英雄譚などは——……。

「コンあたりは神代《かみよ》のいくさ場で、城址《テレイン》も多く残っとってな」

その思考を遮ったのは、訥々《とつとつ》と語られる鉱人道士の言葉であった。

灯りを必要としない彼は隊列の後方にありながら、しげしげと岩壁を眺め、掌《てのひら》でなぞる。

「森人の砦《とりで》もありゃあ、鉱人の要塞《ドワーフフォートレス》もあらぁ。そんで鉱人の砦なら——」

「地下道もあるわけか」

言葉を繋ぐように、訳知り顔で妖精弓手が呟いた。

彼女もまた、やはり暗闇を見通すのに光を求めることはない。

森人というのはその存在そのものが星明かりのようなものだから——というのは詩人の言だ。

しかし実際に女神官の目からは、その髪が闇《やみ》に瞬《またた》いて見えるのだから、不思議なものだった。

「ま、鉱人の穴掘りだけは認めてあげるわ。闇人《ダークエルフ》に負けるのは癪《しゃく》だし」

「比較対象が闇人だっつーとこ以外は聞いといてやるわい」

ふんと鼻白《はなじろ》む鉱人道士だが、声の調子を聞く限り、そう不快な褒《ほ》め言葉ではないらしかった。

森人、鉱人の確執、そして闇人との因縁は、子供ですら知っているが――……。

――より深い所をご存知なのは、ご本人がたばかりですものね。

只人である女神官には思いもよらぬものなのだろうな、と。

思いを巡らせながらも、彼女は頼りない火を手に、足元や壁、頭上へ気を配る。

――もし一人でここへ放り出されたら。

きっと迷って、未来永劫《みらいえいごう》脱出する事はできないだろう。どこをどう通ったか、記憶は曖昧だ。

いくらここが鉱人の手による地下道であるとしても、只人にとっては洞窟でしかない。

なんと言ったって、横幅は十分でも、天井《てんじょう》の高さが足りていないのだし。

「地上より暖かですなぁ。なるほど、乳を咥える者どもが地に潜って難を逃れたわけだ……」

とはいえ、それでも蜥蜴僧侶にとっては外よりもよほど心地が良いらしい。

長首を下げてのっしのっしと地下道を這《は》い進む様は、まさに蜥蜴人といって良い姿勢だろう。

「父祖らも地下へ潜れば、恐るべき竜の帝国の一つ二つ、築けたやもしれませぬな」

「いつぞやの砦の時も、時間があれば地下道を探しても良かったたが」

ゴブリンスレイヤーが言うのは、女神官が令嬢剣士――女商人と知り合った冒険の事だ。

そういえば、あの恐るべき小鬼の砦もまた、かつての鉱人が築いた城であったか。

――もしも晴れていたなら。

この山の上から、あの城塞を見ることはできたろうか。あるいは、雪に埋もれてしまったか。

「あの《隧道《トンネル》》は助かった」

「よせやい。あらぁわしよか、精霊の力だでな」

「雪崩《なだれ》は、あんまり良くなかったですけどね」

そう思うので、女神官はちくりと釘《くぎ》を刺すように唇を尖らせた。

ゴブリンスレイヤーはむっつりと黙り込み、妖精弓手がくすくすと笑う。笑う、が。

「どうでも良いけど、ちゃんと道順はわかってるんでしょうね？」

彼女としてはそれが心配らしい。

流石の上の森人も、地底奥深くでは感覚が鈍るのか、ひくひくと長耳が揺れていた。

女神官の背後から、その様を見て取ったらしい鉱人道士の呑気《のんき》そうな声。

「森人が死ぬまでには出られるだろうよ」

「やぁよ、何千年もここで這い回るのは」

げんなりと妖精弓手が手を振って応じる。洒落になってないと、さらにぼやきが一つ。

「こんなとこにいたら、それこそ闇人になっちゃうわ。後は変な怪物ばっかりでしょ」

「苔むして茸《きのこ》の一つでも生えっかもわからんな」

「鉱人だって岩の親戚だものね」

いつも通りのやりとり。賑《にぎ》やかで、落ち着く。
女神官はいつだって、こうして地下に挑む時、迷宮に潜る時は緊張していた。
最初の時から、ずっと――たぶん終生変わる事はあるまいと、そう思うほどだ。
――それでも。
慣れてきた、と思う。緊張はする。だが、緊張することに慣れてきた。
そして周りで仲間たちが賑やかに騒ぐ事に、どれほど助けられているだろう。
「ま、さっきも言ったとおり大昔のいくさ場よ。だから、いるとすりゃあ――……」
と、呟きかけた鉱人道士の言葉が止まり、そして足が止まった。
狭く、脇道《わきみち》の多い、蟻の巣のような地下道の只中で、冒険者一党《パーティ》は隊伍《たいご》を組み直す。
かつてなら女神官は、何もわからずに慌てて、声をあげ、質問していただろう。
だが今は、わかる。
首筋がちりちりと産毛が逆立つような感覚。小さな胸の奥で心臓が跳ねる。
彼女は錫杖をしっかと握り直し、果てしないような暗黒の彼方を見据えた。
「いるとすれば」
ゴブリンスレイヤーが腰から中途半端《ちゅうとはんぱ》な剣を抜いた。
「残党どもだろうな」
闇の奥から、女神官の身に馴染《なじ》んだ気配が、どっと迫ってくるのがわかった。

「GOOROGGBBB……‼」

――奴らが来る。

§

「なんだってこんな所にゴブリンどもがいるのよ！」

妖精弓手の抗議は暗闇を貫き、そのまま頭蓋《ずがい》ごと脳に突き立つ形で小鬼へ届いた。

悲鳴も上げられずに仰向《あおむ》けへ転げた同胞も、ゴブリンにとっては路端の石に等しい。

「GOROGB‼」

「GBBG！　GROGB‼」

辛うじて生きながらえていたにしろ、足蹴《あしげ》にされ踏み潰《つぶ》されればどの道死ぬというものだ。

「オルクボルグと冒険に行くと大体これなの、責任取って欲しいんだけど⁉」

「知らん」

淡々と応じながら、ゴブリンスレイヤーが正面からゴブリンの群れへと飛び込んだ。

「GOROG⁉」

彼はまず盾ごと体を叩きつけて一体を食い止め、すかさず長剣を逆手に握り、左へ振るう。

「これで二つ！」

「GRGGOOB⁉」

仲間の脇《わき》をすり抜けようとしていた一匹が、喉《のど》を真横から貫かれて血泡を吹いた。

ゴブリンスレイヤーは刃を捻《ひね》って確殺しながら、足を前に振り上げ、小鬼の股間《こかん》を踏み潰す。

「GBBORGB⁉」

「そして、三つだ」

柔らかかつ不愉快、けれど痛快な感触。もんどり打って床に転げ、悶絶《もんぜつ》する小鬼。

その喉めがけ、ゴブリンスレイヤーは機械的に引き抜いた刃を叩き込《こ》み、殺す。

一呼吸《ラウンド》のうちに、三匹。

先陣切った間抜けどもが瞬く間に殺された事で、後続が僅《わず》かにたじろぎ、歩みを止めた。

「GOROGG……⁉」

「GORG！　GOBBGRRGB‼」

――体格が良いな。

押し合い、どうにか他のやつを前に出そうとする小鬼を前に、ゴブリンスレイヤーは呻《うめ》いた。

只人の腰ほどしかない矮躯《わいく》がゴブリンの常なのに対して、目前の彼奴《きゃつ》らは胸程度まである。

腕も太く、足も太い。あくまでも普段遭遇する小鬼どもと比べて、だが――……。

――だが、問題はない。

大きいと言ったところで、ホブゴブリンどもには遠く及ばない。

それに何より、おどおどとしながら隙《すき》を窺う目の光は、小賢《こざか》しいばかりな小鬼のそれだ。

であれば何の問題もない。ゴブリンスレイヤーは手にした剣を振りかぶり、投じた。

「GBBBORGB!?」

「四つ。数がわからん——突っ切るぞ。道はどちらだ」

「あいよ！」と鉱人道士が叫んだ。「次の分岐点まで走ったら右に下れい！」

喉から刃を生やした小鬼が息絶えるのを待つよりも早く、冒険者たちは駆け出した。

突撃を受け狼狽《うろた》える小鬼どもへ矢を射掛けつつ、前衛は死体から剣を引き抜いてさらに前へ。

片っ端から撫《な》で斬《ぎ》りにし、女神官が軀《むくろ》を飛び越え、蜥蜴僧侶が確実に息の根を止める。

後は鉱人道士の指示のもと、地底へ続く深淵へと身を投じれば——……。

「GORGGBB!!」

「GBBG!　GBOGGB!!」

「……追って来てるわね」

松明の朧な灯の中、息も切らさず走りながら、妖精弓手が不機嫌そうに長耳を揺らした。

都合よく追撃が途切れるなどという事は、そうそうありえない。

蟻の巣のように入り組んだ地下道のあちこちから、小鬼のおぞましい罵詈雑言《ばりぞうごん》と足音が轟《とどろ》く。

この一党《パーティ》にとって、それは慣れたものではあったけれど。

「数は十……や、もう少しかな。二十はいない。音が反響してて、ちょっとわかりづらいけど」

「ホブゴブリン……とは、違います……よね？」

は、は、と小刻みに呼気を漏らしながら走り続ける女神官も、表情に緊張は見られない。

硬く、周囲を警戒してはいるものの、恐怖や怯《おび》えといったものは浮かんでいなかった。

ちらと横目でその様子を認めた妖精弓手は、彼女に気づかれないように笑みを噛み殺《ころ》した。

小鬼退治はまったくもって不愉快なものだが、只人の成長を見るのは心底楽しいものだ。

「違うの？」

「普通のより……少し大きいですけど。そこまではありません、から」

女神官は走りながら、僅かに自分の肩を気にするような仕草を見せた。

いつかの冒険で、その柔肉を食い千切《ちぎ》られた事は――記憶にもしかと刻まれているのだろう。

――あの相手は、ずいぶんと大物だったわね。

心の傷でないなら何よりだ。妖精弓手は自分も大概悲惨な目にあった事を忘れて頷いた。

「ま、ちょっと面倒……くらいよね」

「そもそも我々が勝手に何目何種だのと区別をつけているだけですからなぁ」

「明確な差などあるまい……と」

蜥蜴僧侶に相槌を打ったゴブリンスレイヤーが、常に短いその言葉をさらに切った。

細く長く狭苦しい通路から、不意に大きな洞窟へと飛び出したためだ。

そこを――さて、どう許容すれば良いものであろうか。

ドワーフの集落の廃墟と呼ぶには、あまりにも憚《はばか》られる有様《ありさま》だ。

鍛冶神の恩寵篤《おんちょうあつ》い職人らによる溜息《ためいき》の出るほどの素晴らしい仕事は、もはや跡形もない。

崩れかけ、朽ちた建屋には、腐りかけた木材が無秩序に繋ぎ合わされ、積み重なっている。

通路が複雑に伸びて絡《から》まり合い、今にも崩れそうになりながら互いを支えあっていた。

貧民窟かなにかを無理やり穴蔵に押し込んで、乱暴に揺さぶったらこうもなるだろうか。

妖精弓手にはそれは、どこか蟻塚を思わせるような、奇怪な――何かの棲家のように見えた。

――あばら屋の王様ね。

そんなものが、認めるのも癪だが、地上に並ぶもの少ない鉱人の城塞を台なしにしていた。

これと小鬼どもがなければ、時間を割いて――森人にしては手短に――見物できたろうに。

「街か」

「つーより居住区だの、砦の」

しかしゴブリンスレイヤーが足を止めたのは、何も見物するためではない。

呼吸を整えながら鉱人道士が忌々《いまいま》しげに言葉を吐き捨て、口直しに酒を呷った。

「魔神どもとの戦いで、誰も彼もが城を枕《まくら》に討《う》ち死《じ》にして、そこに混沌の軍勢が入り込み……」

「時の流れの前に彼奴らもここを放棄したか、討たれたか。そんなところでしょうなあ……」

あるいはこの廃墟を舞台にしたような冒険も、かつてあったのやもしれぬ。

蜥蜴僧侶の言葉に、女神官が素早い動作で膝《ひざ》を突き、指先で聖印を空に切った。

短く、けれど心の籠《こ》もった黙禱《もくとう》が捧《ささ》げ終わるのを待つ間、小鬼殺しの鉄兜が揺れた。

「どう見る」と彼は息も荒らげずに言った。「ゴブリンどもに通り抜けられるのか」

「道案内できるやつがいねえと、上にゃ上がってこれねえよ」

鉱人道士が目を細めて雑な回廊を睨《にら》む。ゴブリンスレイヤーは「ふん」と唸った。

「俺たちの後に続いた奴ら以外は、か」

「ならばそいつらを殺し、我々が脱出すれば、後は共食いで全滅ですな」

蜥蜴僧侶の言葉に、ゴブリンスレイヤーの鉄兜が縦に揺れた。

どこから入ってきたにせよ、だ。ゴブリンスレイヤーは唸った。

「大柄なゴブリン。寒冷地に棲まう獣の方が大きくなるとは、ずいぶんと昔に聞いた話だったが」

「何でも良いけどさ」

妖精弓手が長耳を引くつかせ、押し迫る小鬼の足音を警戒しながら言った。

「盲目のものでも封じられたりしてないでしょうね？」

「空飛ぶ珊瑚虫《ポリプ》どもなら、もっと地下の深くだわい」

「ぽりぷ？」

鉱人道士の呆れたような言葉に、小首を傾《かし》げながら女神官が立ち上がる。

妖精弓手が「古い生き物は結構残ってるのよ」と言うと、ひとまず彼女も納得したらしい。

女神官ははたはたと膝の埃《ほこり》を叩いてから、凜と涼やかな音を鳴らして錫杖を手に取った。

「すみません、お待たせしました」

「なんのなんの。しかし、壁や天井を抜かれたら脱出は容易やもしれませぬぞ」

「鉱人つくりぞ。小鬼程度にゃ抜けんし、無理にやりゃ崩れっちまわあ。廃墟はともかくな」

蜥蜴僧侶と鉱人道士のやりとりに、女神官は「ん？」と唇に指をあてがった。

やや、あって。

「……ゴブリンて、そこまで考えたりしないと思いますよ？」

「さっさと出たほうが良くない⁉」

「同感だ」

妖精弓手の悲鳴に、ゴブリンスレイヤーが頷いた。

「ＧＯＲＯＧＢＢ！」

「ＧＲＧＢ‼」

冒険者たちが伽藍《がらん》の町へ飛び込むのと、小鬼どもがそこへ雪崩込《なだれこ》むのがほぼ同時。

「殿《しんがり》は俺がやる」

「拙僧も付き合いまするぞ」

ざ、と足を擦らせて前衛二人が速度を落として後方へ回った。

この辺りは阿吽《あうん》の呼吸だ。その横を駆ける仲間らも、軽く頭を下げて足を早める。

――けど、それだけじゃ芸がないわよね。

颯爽《さっそう》と駆け抜けながら、ちろと舌を舐めた妖精弓手が上半身だけを背後へ捻った。

「そこぉっ！」

「GBBBORG⁉」

はたしてゴブリンが上げた悲鳴は虚を突かれたためか、あるいは苦痛か、その両方か。

弦《つる》引く手も見せぬ速射に、先陣切っていたゴブリンの胸板《むないた》は完全に貫かれていた。

ろくに一瞥《いちべつ》もくれずに片脇《かたわき》から放つ射撃に、女神官が「わ」と声をあげる。

上の森人の弓はいつ見たって神業《かみわざ》で、何度見たって溜息が漏れるものなのだ。

「ふふん……！」

「自慢しとる暇あるなら仕事せい、仕事を……！」

「そっちこそ道間違えないでよね！　こっちは鉱人の道なんて頭がつかえちゃうんだから！」

二人のやりとりに、「は、は」と規則正しい吐息と共に女神官の口から笑みが溢《あふ》れた。

狭苦しい地下の道。押し寄せてくる小鬼たち。必死に走る、暗闇の中。

そのどれもが忌まわしい記憶を呼び起こす種火となるけれど――……。

――今は、怖くない……ですもの。

むしろ、こういう時にあまり役に立たないのがいささかもどかしいほどであった。

背後から聞こえる剣戟音《けんげきおん》のように、小鬼どもと切り結べるわけでもなし。

小剣が唸り、爪爪牙尾が叩きつけられ、ゴブリンの断末魔が上がり、血の臭いが漂う。

――ああは、なれないですから。

かの女騎士のように忘れ去られた古の秘剣を振るう様に、憧《あこが》れはなくもないけれど。

かといって投石紐《スリング》を走りながら繰り出してのけるには、まだまだ修練が足りていない。

奇跡は先程の休息で一度使ってしまったから温存しておきたいところであるし――……。

――松明も、この御二方と一緒では自分用でしかないですし。

なにしろ索敵という意味では森人の耳に、只人の丸耳が敵《かな》うわけもない。

こうなるともう、後は転ばないよう頭を打たないよう、気をつけて真剣に走るしかない。

と、そこまで考えて、女神官は頬を緩めた。

――慣れましたね。

まったく、小鬼退治のさなかにそんな事で思い悩むだなんて。これは緊張感が足りていない。

適材適所だ。今は自分の手番ではないというだけ。やるべき事をやって、考えるのは後だ。

「――いつもの事だが、切りがない」

「ひゃっ」

だから「よし」と気を張り直した所でかかった言葉に、女神官は思わず声をあげた。

もちろんその声の主が言うのはいつだって小鬼のことで、彼女の内なる迷いではない。

だが神官長の説法に集中していなかった時、たまたま問答の相手に指名された心持ちだった。

ばくばくと跳ねる小さな心臓を落ち着かせようと、深呼吸を一つ。

ちらと肩越しに背後を見れば、赤黒い血に汚れた鉄兜がこちらへ向けて駆けてくる姿が見える。

手には目新《めあたら》しい錆《さ》びた剣。盾が血に濡れている辺り、徒手《としゅ》から盾で殴って奪ったのだろう。

そして彼のさらに後ろには、蜥蜴僧侶の長首。目玉がぐるりと回って、片目を閉じた。

――良かった。

女神官は息を吐き「二人とも無事です！」と前の二人へと声をあげる。

妖精弓手の長耳なら言わなくたってわかろうが、伝達することは大事だ、と彼女は思う。

その証左に、すらりと伸びた手がひらひらと振られて、女神官はこくりと頷いた。

となれば、次にやるべき事は状況確認。

「……数、多いですか」

「流れにしてはな」

ゴブリンスレイヤーは戦いの直後であるにもかかわらず、女神官の問いに淀《よど》みなく答える。

「しかし放浪部族《トライブ》と呼べるほどの数ではない。斥候中に迷い込んだのかは知らんが」

「なら、群れの大本がいるのでしょうか……？」

とすれば、それを叩かねばなるまい。が――……だとすればどこに？　探す方法……違う。

「まずは目の前のゴブリンをやっつけて、この地下道を出る事が先、ですね」

「ああ」とゴブリンスレイヤーは頷き、一言付け加える。「そうだ」

「ははは、足を止めて踏ん張れば何ともなろうものですがなあ」

呵々《かか》と蹴爪《けづめ》で石床を蹴《け》るのは、血と臓物の臭いに白んだ息を荒々しく吐き出す蜥蜴僧侶だ。

「いい加減、拙僧の心臓も温まってきた所ですぞ！」

「外に出たら、またきっと冷えてしまいますよ？」

だから無理は禁物。ちょっと緊張しながら苦言を呈すと「これはしたり！」と返事がかかる。

「なかなか仰《おっしゃ》るようになりましたなぁ。いやはや、拙僧も研鑽《けんさん》を積まねばなりますまいて」

「そ、そんな事は……！」

揶揄《やゆ》されるような物言いにてれてれと緩みかけた頰を、無理くりに引き締める。

今は謙遜《けんそん》も羞恥《しゅうち》も、していられるような状況ではあるまい。

「いずれにせよ、早々に片付けたいものだ」

――それに、やっぱり。

どこかゴブリンスレイヤーに対して、気もそぞろというか、違和感を覚えるのだ――……。

「全員、頭ァ気をつけろい！」

だがそんな思索に耽《ふけ》っていられる暇だとて、今の女神官にはない。

鉱人道士の胴間声《どうまごえ》が飛び込んでいった先は、思わず目を瞠《みは》るほどの低い天井。

何の変哲もない地下道であっても、只人や森人、蜥蜴人には致命的な罠《わな》だ。

「鉱人の街は狭苦しい……ッ！」

まったく速度を緩めず矢のように飛び込めるのは、上の森人くらいのものだろう。

地面に倒れ込むのかというほどの前傾姿勢で駆け抜ける彼女は、新緑の色をした風だ。

女神官は身を屈め、必死に後を追いかけるより他にない。錫杖を引っ掛けぬよう、短く持つ。

華奢《きゃしゃ》な体格は魔女や剣《つるぎ》の乙女《おとめ》に比べるべくもないが、こういう時にはとても便利で――……。

「いや、はや……！　これはなんとも……！」

まさに地を這う蜥蜴のような有様の蜥蜴僧侶は、流石に難儀もするようだ。

女神官は彼に合わせるべく速度を緩めながら、状況を伝えるべく声を張り上げる。

「ゴブリンスレイヤーさん！」

「松明をもらうぞ」

「はい！」

阿吽の呼吸で差し出された手に、女神官が燃え上がる松明を手渡すのは、一瞬もかからない。

ざ、と足を擦るようにして速度を下げたゴブリンスレイヤーが、再び最後尾へと回った。

多少の天井の低さなど、小鬼殺しにとっては何の障害にもならないのだ。

「GOROGGBB!!」

「GBB!!　GOROOGBB!!」

しかし数こそ減れど勢いの衰えないゴブリンどもは、全てを都合よく解釈する。

あのでっかい奴は間抜けにもこの程度の道で頭がつっかえたに違いない。

大男総身《そうみ》に知恵が何とやら。でかぶつはうすのろで馬鹿《ばか》と相場が決まっている。

押し潰せ。殺せ。今までコイツがやってきたことを思い知らせろ。

そしてお前らがこいつに手間取っている間に、自分は只人の娘か、森人の娘を頂く。

――などと考えているのだろうが。

「弓持ちがいないのが幸いだな」

ゴブリンスレイヤーは愚か――勇敢では決してない――な先陣の小鬼へ、盾を叩きつけた。

「GOROGB!?」

鼻を潰され薄汚い血を撒《ま》き散らしながら吹き飛ぶ小鬼が、後続の同胞を巻き込んで転げる。

顔面を押さえて悶絶する仲間だろうと、ゴブリンたちにとっては邪魔以外の何物でもない。

踏みつけ、罵《ののし》り、殴りつけて、つまりは数秒の間、行く手の冒険者の事が頭から抜け落ちる。

時間稼ぎには、これで十分だ。

「じゃあな」

ゴブリンスレイヤーは燃える水の瓶《びん》を松明ごと叩きつけ、さっさと隧道《ずいどう》から飛び出した。

背後では小瓶《こびん》の砕ける音と共に、小鬼の絶叫、燃え上がる炎の熱気。

「あんまりそうボンボン燃やさないでよね……!」

そして行手からは、腰に手を当てた妖精弓手の文句が彼を迎えた。

ゴブリンスレイヤーは鉄兜の下で視線を左右に巡らせ、女神官、蜥蜴僧侶、鉱人道士を確認。

どうやら隧道から出た先も、まだまだこの鉱人の都市は広がっているらしい。

複雑に積み重なった廃墟の影がそびえ立つのが、朧な灯に浮かび上がって、良く見えた。

女神官が次の松明に火を点《つ》けている辺り、まったく――……。

――ずいぶんと、手慣れたものだ。

黙って立ち尽くしているかのように見える小鬼殺しへ、ぷんすこと妖精弓手が長耳を振った。

「風の精が少ないいんだから、息が詰まっちゃうじゃないの」

「……そうそうならん」

深く息を吐き、ゴブリンスレイヤーは一言で切って捨てる。

「《火矢《ファイアボルト》》を七十発ばかし撃ち込みでもすれば別だがな」

何よそれ。妖精弓手は抗議を口にすべく唇を尖らせたが、出てきた言葉はまったくの別だ。

「――まだ来る！　急いで！」

「GROOROOGB……！」

竜といい小鬼といい、緑肌《グリーンスキン》の怪物どもの諦《あきら》めが悪いのは、はたして何故《なぜ》であろうか。

火達磨《ひだるま》になりながらも、炎の壁を飛び越えて押し寄せてくるゴブリンども。

それはやはり勇気ではなく――ただ怒り狂い、あるいは間抜けな奴とは違うという傲慢故だ。

ドラゴンと一緒にしては息吹を浴びせられても文句は言えまい。

仲間を踏み潰しながら押し寄せてくる混沌の群れへ、小鬼殺しは低く呻いた。

「行くぞ」

「言われんでもだ――ほれ、こっちぞ!!」

冒険者たちは鉱人道士の号令一下、息を整える暇もなく再び走りだした。

彼我《ひが》の戦力差でいえば、単純な話、ゴブリンスレイヤーらの方が有利であろう。

しかし相手の総数がわからない。そして小鬼の数に比べれば、冒険者らの体力は有限だ。

地上に出るまでにゴブリンを殺さねばなるまいが、時間をかけるわけにもいくまい。

何かが欲しい。何か――そう、道を知っているという以上の、何か。

そしてそれは、行く手に広がる巨大な断崖という形で現れた。

無論、鉱人道士が皆を導くからには、そこに間違いなどあろうはずもない。

鉱人の地下都市を深く切り裂いて広がったそれは、巨大な何か、水路であったのだろうか。

もし冒険者らの誰かが奈落を覗《のぞ》き込めば、冷えて固まり、鈍く輝く黒い金属を認めたろう。

そこは遥か古の時代、鉱人の炉にまだ火が絶えていなかった頃の、溶鋼の河であった。

そして街に河が流れる以上、必然、それもまた当然のように存在していた。

手すりは低く、横幅は広い。きいきいときしんで空気の循環に揺れる、それは金属の――……。

――吊橋《つりばし》！

「落としましょう！」

地の利を得たぞと、真っ先に声をあげたのが女神官であった。

隣では妖精弓手が「ああ、もう！」と地の底から天を仰《あお》ぐ、無為な行動に一手を費《つい》やす。

「術の使い所だな」

そしてゴブリンスレイヤーの決断は、やはりいつだって迷いがない。

「ご先祖様に怒られっちまうなぁ……！」

「ゴブリンに入り込まれてる時点でお説教は覚悟しなさい！」

「違いませぬな」

背後から押し寄せてくる小鬼の群れを看過すれば、それこそ先祖も怒るだろう。

鉱人道士は顔をしかめながら、どたどたと短い手足でもって吊橋を渡っていく。

事ここに至れば先導の必要も何もなく、その頭上をひらりと妖精弓手が飛び越えた。

「どーせ落とすなら、なるべく真ん中までひきつけてから落としたいわね……！」

「同感だ」

「承知、承知……！」

こうなれば前衛二人は、橋の上の騎士となるべく仁王《におう》立って小鬼の行く手を阻《はば》みにかかった。

「ＧＯＢＧＯＢ！」

「ＧＲＧ！　ＧＯＢＧ!!」

手に手に雑多な武器を持って押し寄せてくる、小鬼の群れ。

しっかりとした造りの鉄の橋であっても、いくさ場となれば激しく揺れるし、たわむものだ。

足音に併せてぎぃぎぃと甲高く悲鳴をあげる橋の上で、まず冒険者らの盾と爪とが唸った。

「ＧＲＲＯＧＯＢ⁉」

「ＧＲＯＢ⁉」

「ち……！」

鉤爪《かぎつめ》に両断された小鬼、喉を叩き潰された小鬼の前で、ゴブリンスレイヤーは舌打ちを一度。

錆びた剣を散々ぱら乱暴に振り回したせいか、刃筋は立たず、刀身を砕いた。無様な攻撃だ。

──執着したつもりはなかったが。

彼は迷わず掌中で柄《つか》を回して逆手に握り、振りかぶった短い刃を直下に叩き込む。

「ＧＧＯＢＧＲＧＧ⁉」

折れた直剣でも、こうして強引に捩《ね》じ込めば命を奪うには事足りるものだ。

ゴブリンスレイヤーは喉に生えた剣を手放し、小鬼の手指を蹴り砕いて棍棒《こんぼう》を奪い取る。

「シャアッ‼」

「ＧＯＲＯＯＧＢＢ⁉」

その刹那《せつな》、彼の頭上を守ったのは振り回された蜥蜴僧侶の長尾だ。

筋肉と骨の固まりは恐るべき威力の鞭《むち》となり、小鬼の胸骨ごと内臓を砕いて吹き飛ばす。

「ＧＯＢＯＢＲＧ⁉」

「ＧＲＧ！　ＧＯＢＲＯ‼」

打たれた小鬼はもはや死に体であり、そしてその質量と勢いはそのまま強大な武器となる。

吐瀉物《としゃぶつ》を撒き散らして橋の上を転げたゴブリンは後続へ取っ込み、数匹の小鬼を転ばせた。

そして自分の邪魔をされれば、目的よりも相手を罵る事を優先するのがゴブリンだ。

「ははは、小鬼殺し殿も武器を大事に扱うようになりましたかな？」

「俺とて四六時中、得物を投げているわけではない」

「ＧＢＢＯＲＧＢ⁉」

ゴブリンスレイヤーは無造作な手つきで棍棒を投げつけ、阻塞《死体》を一つ追加した。

「必要な時だけだ」

「なるほど」

蜥蜴僧侶は牙《きば》を剝《む》いて笑った。ゴブリンスレイヤーの鉄兜が縦に揺れる。頃合《ころあ》いだった。

もたもたと橋の上で絡《あ》み合った小鬼どもから、二人の冒険者がさっと飛び退《の》く。

と、同時――……。

「《いと慈悲深き地母神よ、闇に迷える私どもに、聖なる光をお恵みください》‼」

地底からすら天高くに至る祈りが朗々と響き渡り、燦然《さんぜん》とした光が混沌の闇を追い散らす。

誰に許可を求めずとも、ここが好機と読み取った女神官は迷わなかった。

彼女の振りかざした錫杖には地母神の灯《とも》した光が宿り、小鬼どもへ平等に降《ふ》り注《そそ》ぐ。

「ＧＯＢＯＢ⁉」

「ＧＢＧＲＲ！？！？」

掲げられた錫杖から降り注ぐ光に、ゴブリンどもは顔面を押さえて叫び、身悶《みもだ》えた。

目尻からぽろぽろと小汚い涙を溢れさせる様は哀れだが、しかし慈悲には能《あた》わないだろう。

小鬼に手を差し伸べた所で、石で頭を殴られる事はこの場の全員が知っている。

そして引き寄せられ、足止めされ、そして《聖光《ホーリーライト》》によって釘付《くぎづ》けされた、橋の中央。

「もろうた……ッ!!」

仲間たちが飛び退いたと見るや、鉱人道士の掌がばしりと鉄橋へ叩きつけられる。

遥かな古に父祖が架《か》けたであろうその鉄橋が、その瞬間、大いにきしみ、唸った。

「《土精《ノーム》や土精《ノーム》、バケツを回せ、ぐんぐん回せ、回して離せ》!!」

螺子《ねじ》が弾ける。鉄筋がたわむ。鎖が伸び切る。鋼線が——ぶつりと音を立てて、千切れる。

四方《しほう》世界において最も強大な力の一つである重力の手が、小鬼ごと鉱人の橋を掴んだのだ。

「GOBRG⁉」

「GOBOBROR!?!?」

もはや慌てたところで、為《な》すすべはない。

遥か古、この溶鋼路に赤々と光り輝くものが流れていた頃と——さて、どちらがマシだろう。

小鬼どもは逃れ得ぬ奈落へと瞬く間に引きずり込まれ、悲鳴すら長く尾を引く事はない。

何故なら小鬼どもの断末魔なぞ、怨敵を滅ぼす鉱人橋の鬨《とき》の声の前には塗《ぬ》り潰されるものだ。

冷え切り固まった黒鉄《くろがね》に橋が激突する轟音《ごうおん》は、さながら雷鳴が如《ごと》し。

びりびりと床が揺れて瓦礫《がれき》が踊り、遥か高みの天井からも埃がぱらぱらと舞い落ちる。

思わず女神官は「ひゃっ」と声をあげて縮こまり、妖精弓手はたまらず耳を押さえてうずくまる。

そんな娘らの横で、蜥蜴僧侶と小鬼殺しを迎えた鉱人道士は、誇らしげに鼻を鳴らした。

「わしは神秘の火に仕える者だ、と。……生命の創造主とでも盛っとくべきだったかの」

「……何を森人風に言ってるんだか」

「黙れ馬鹿者」

鍛冶神からバチが当たるわよと妖精弓手のぼやきを、鉱人道士は一息に笑い飛ばす。

彼としては父祖の造り上げた、偉大な鉄橋の最期《さいご》の方に関心があるらしかった。

東方の植物で作られた九柱戯瓶《スキットル》を揺さぶると、ちゃぷりと頼りない水音が一つ。

鉱人道士はその栓を抜き、谷底に横たわる橋へ向け、酒精を飛沫《しぶき》のように撒いた。

「蜂蜜酒か、林檎酒か、あるいは芋ン類か……命の水がなきゃやってられんわ」

そしてそう言って、鉱人道士は残り少ない酒を一息にがぶりと飲んだ。

自棄酒《やけざけ》――ではなく、口実を見つけたから飲んでいるだけか。女神官はふう、と息を吐く。

ならば心配はない。酒を飲むのが鉱人というもので、飲まぬ鉱人は鉱人足り得ないのだから。

「橋を落としちゃいましたけど、帰り道はあるのでしょうか？」

「蛇の道は蛇、鉱人の道は鉱人よ」

それに鉱人道士が酒精の雫《しずく》を髭《ひげ》に垂らしながらそう言うのなら、心配はいらないだろう。

自分一人で放り出されたらどうにもなるまいが――幸いにも仲間がいる。

その一員として自分もちゃんと索敵をし、ここぞという時に奇跡を願い、全員無事だ。

女神官はうん、うん、と一つずつ指折り数えて、何か得心したらしく――……。

「……よし！」

と、拳を握り、ひとまず自分の果たした役目に納得した。

ここ最近心がけているその動作を、蜥蜴僧侶が目を細めて眺めている事には気が付かない。

気づいてしまえば、きっと彼女は縮こまって恥じ入るだろうから、蜥蜴僧侶も言う気はない。

代わりに彼は、ゴブリンスレイヤーへと楽しげに舌を出した。

「帰り道は、きっと遠回りになりそうですな」

「構わん」

ゴブリンスレイヤーは短く、けれどはっきりとそう言った。

「行って帰るのに、そう急ぐ旅ではない」

家財が売り出されるわけでもなし。そう呟いた言葉の意味は、女神官にはわからなかったが。

§

涙が零《こぼ》れ落ちるほどの眩《まぶ》しさがどれほどのものか、女神官は今更ながらに思い知った。

暗い鉱人の地下都市を抜け出た彼女が最初に認めたものは、白、としか言いようがなかった。

朝日なのか夕日なのかもわからぬその白光が、まるで氷の破片のように目に刺さったのだ。

たまらず腕で顔を隠して、痛み、滲む瞳《ひとみ》を守り、ぱちぱちと瞬きを繰り返す。

どうしてか奇妙な虹色《にじいろ》のモヤがゆらゆらと漂って、焦点があっても物を見るのに難儀する。

——もしゴブリンがまだ生きていたら。

大事に至っていたと自身の迂闊《うかつ》さを呪いつつ、ようやく、かろうじて外界を見れば——……。

「これ、雪……の、光……ですか……？」

見渡す限り一面の銀世界が、まるで燃え上がるように煌々と輝いているではないか。

ゴブリンスレイヤーですら「む」と呻いたあたり、彼もまた予想外だったのであろうか。

瞬膜《しゅんまく》を降ろして目を細めた蜥蜴僧侶が「いやはや」と寒さに身を震わせて、億劫《おっくう》そうに言う。

「これは、また。骨身に染《し》みるほど寒いというのに、砂漠の如き光ですなぁ……」

「ふふん」

と、口に出して言いながら妖精弓手が取り出したのは、細く切り込みの入った革製の眼帯だ。

それを彼女は長い耳に苦心して紐を掛けて取り付けると、自慢気に女神官の方へ振り向いた。

「——どう、この遮光器！」

「……いつのまに買ったんですか、それ」

「出発前に友達から、こういうのがあるって聞いてね。いよいよ出番が来たというわけよ！」

良いでしょ！　彼女はその薄い胸を誇らしげに反《そ》らすが、上の森人に必要なのだろうか？

——あれではずいぶんと視界が狭くなりそうだなぁ……。

いや、でも前に一度被ってみた、ゴブリンスレイヤーの鉄兜もずいぶんと視野が狭かった。

とすると問題ないのかもしれないが……いや、うん、上の森人には不要ではなかろうか。

そういうのを買っているから、彼女の部屋はあのような有様になるようにも思うが……。

——まあ、楽しそうだから良いですよね。

無闇矢鱈《むやみやたら》と得意げに指摘するものではあるまい。それに何より、自分も興味はあるのだ。

「あとでちょっと貸して頂けますか？」

「もっちろん！　でも、只人だとちょっと視界が狭いかもしれないわね」

そうした女子二人の微笑ましいやりとりを一瞥すると、ゴブリンスレイヤーは低く唸った。

「……火の臭いがしないか」

「あん？」

口元と髭についた酒精の雫を、鉱人道士は凍りつく前にと袖口《そでぐち》で拭《ぬぐ》い取った。

「鼻が馬鹿になっとるると違うか？　遺跡ン中から出てきたばかりだものな」

「かもしれん。……おい」

「ええ？　なに？」と呼ばわれた妖精弓手は、雪原に足跡も残さずに足を振る。「索敵？」

オルクボルグも眩しくて見られないとみた！　妖精弓手は長耳を得意げに振って、目を凝らす。

遮光器をつけているのに、さらに目に掌をかざす意味はあるのか、女神官にはわからない。

――まあ、楽しそうだから良いですよね。

繰り返しそう考えて、女神官はうん、うんと頷いた。絶対にあの遮光器を貸してもらおう。

「――――燃えてる」

とはいえ、そんな気の緩みも妖精弓手の一言により一気に引き締まる。

彼方へと目を凝らし、耳を澄ませた妖精弓手が、淡々と、鋭く言葉を続けた。

「只人に見えるかわかんないけど。煙が出てる。戦《いくさ》の音も」

「ゴブリンですか？」

「違――……」と妖精弓手は遮光器越しに女神官を見て、溜息を吐《つ》いた。「違うわ、たぶんね」

「ゴブリンではない、か」

ゴブリンスレイヤーは、ちらと背後の岩肌に刻まれた、鉱人にしては大きな鉄扉を見やった。

地底に蠢《うごめ》いていた小鬼どもと、関係はあるのか、ないのか。いや、この世に些事《さじ》などない。

蝶《ちょう》の羽ばたきは彼方の嵐《あらし》となり、戯《たわむ》れに焼かれた村からは英雄が現れるものなのだ。

――ふん。

己《おのれ》で考えた事ながら、つくづくと当てにはならぬ言葉だった。当てにしたつもりもなかった。

やるか、やらないか。この世の全てはつまるところ、これだ。

「行くぞ」

彼は棍棒を惜しげなく手放した後に拾った、鉱人造りと思わしき剣を鞘《さや》に叩き込んだ。

鉱人の太刀《たち》は只人にしてみれば中途半端な刃渡りでも、小鬼殺しにとっては馴染みの長さだ。

長さだと思った――のだが。

「――――……？」

恐らくは大昔の某《なにがし》か、北方に棲まう誰かが発注したのであろう。

彼が摑み取ったのは、とても分厚く、長く、重い、大太刀とでも言うべき長剣であった。

女神官にとってはいささか――いや、とても奇妙で、見慣れない光景であった。

咄嗟《とっさ》に摑み取った時はともかくとして、彼は文句も言わず、それを腰に佩《は》いたのだから。

思わず首を傾げて、ぱちくりと瞬きをしたのも、無理からぬ事だった。

「陽《ひ》の位置と山の形から察するに」と蜥蜴僧侶が舌を出した。「目的地の街もこの近くかと」

「今から行っても、着く頃には全部終わっちゃってそうだけどね」

妖精弓手が遮光器を額《ひたい》に押し上げながら言う。

「いずれにせよだ」とゴブリンスレイヤーは断定的に言った。「行かぬ選択はあるまい」

冒険者たちに否《いな》やはなかった。

素早く頷きあった彼らは、ざ、と雪を蹴散らして斜面を駆け出した。

ひた走る内、女神官にも今が夕刻で、あの燃えるような輝きが夕焼けのそれだとわかった。

先導する妖精弓手の足跡――比喩《ひゆ》だ。上の森人は雪を踏まない――を追い、白んだ息を吐く。

無言で走るゴブリンスレイヤーの背を見やり、左右、後方、遅れがちな蜥蜴僧侶へ気を配る。

そうしている内に女神官の目にも、幾条も立ち上る黒煙が見て取れるようになった。

源《みなもと》は――――街だ。

それは今彼女たちが駆け下りる岩山を背に、雪と木々と海によって囲まれた、街だった。

――――港町。

女神官は、それを生まれて初めて見た。漁村や、水の街とはまるで違う。

小高い丘陵《きゅうりょう》には石造りの御殿があり、家々は裏返した船にも似た藁葺《わらぶき》の三角屋根。

入り江には木の桟橋が張り出して、見たこともない細長い帆船《はんせん》が幾つも泊まっている。

しかし、異国の景観に見惚れているような余裕は女神官にはなかった。

整然と並んだ船の合間、無理くりに押し入った船が幾艘《いくそう》も港に突っ込んでいたのだ。

そしてそこから躍り出た、やはり見たこともない装備の戦士たちが街を襲っている。

斧を振るい、剣を振るい、樽《たる》やら長持《ながもち》を奪い、そして娘らを担ぎ上げて船へ駆けている。

「人が、攫《さら》われて――――……!?」

そう言いかけて、女神官は目を瞬かせた。

紛《まぎ》れもない略奪だ。幾度となく小鬼たちのそれを見てきた。間違いようがない。

だが――しかし。

娘らがきゃあきゃあと黄色い声をあげて、略奪者の首にしがみつく様は、見たことがない。

頬を夕焼けとは違う薔薇《ばら》色に染めて、頬に口吻《こうふん》するなどとは、想像もつかなかった。

「え、え――……え…………っ⁉」

混乱と羞恥に頬を赤らめ、それでも足を止めなかったのは、褒められてしかるべきだろう。

しだいに見えてくるその光景と、略奪者らの勝鬨、男どもの悔しそうな声、乙女らの歓声。

「……なにあれ？　女の子、すっごい喜んでない？」

――そうなのだ。

妖精弓手が「わけがわからない」とどこまでも雄弁に物語る、その表情の通り。

連れ攫われていく当の娘たちが、きゃっきゃと大喜びで男どもに抱きついているのだ。

そこで繰り広げられているのは明らかに蛮行なのにもかかわらず、小鬼のそれとはまるで違う。

「あ――……………あれは、嫁取りの類ですなぁ……」

蜥蜴僧侶が、寒さのせいかひどくおっとりとした呑気な声で長首を巡らせた。

「嫁取り？」

頭に疑問符を浮かべながら問うた声は、上擦ってや、いやしなかったろうか。

状況と認識の齟齬《そご》に思考が追いついていなかった。嫁取り。嫁取り？　結婚式？

「拙僧らの郷里でもありまするが、娘を攫われたから止むなく結婚を認める風習でしてな」

「止むなくって……」

妖精弓手がげんなりとした目線を向けてくるのに「いかにも」と長首が縦に振られる。

「花嫁を奪えるだけの武威、友、知の証《あかし》。これほど確かなものもありますまい？」

「……つまり」と、妖精弓手の声が尖った。「貴方のお嫁さんは、攫われてくるわけ？」

「全員ではありませぬがな。それだけ欲し望まれるのですから、だいたい夫婦は円満ですぞ」

「文化が違うわー……」

がっくりと項垂《うなだ》れた妖精弓手を見て、鉱人道士が隠す様子も見せずにげらげらと笑った。

女神官もどうして良いものかわからず、縋るようにゴブリンスレイヤーを見やる。

何というか──緊張して、それを緩めて、またすぐに緊張して……そしてこれだ。

──いくら空気が左右に揺れ動くのは、冒険の常と言いましても……！

真剣になれば良いのか、呑気すれば良いのか、さっぱりわからなかった。

「どうします……？」

「……話は聞かねばなるまい」

ゴブリンスレイヤーは数秒ほど押し黙った後、そう、ぼそりと呟いた。

「いずれにせよ？」

「いずれにせよだ」

そして──冒険者が斜面を駆け下りる頃には、予想通りに全てが終わっていた。

港からは悠々と船が引き上げて行き、残された人々は悔しがりつつも、深刻な風はない。

炎と、血、戦の残り香が漂い、崩れた建屋と千切れた手足が散らばる中では、不釣り合いだ。

女神官はくらくらと酩酊《めいてい》するような感覚に陥《おちい》りながらも、どうにか呼吸をして息を整える。

なにしろ、気がついたのはこちらばかりではない。

向こうも、この戦いの最中、丘陵を下ってくる不審な一党《パーティ》の存在には気がついていたのだ。

薄汚れた鎧《よろい》の戦士、異教の神官、そして森人に、鉱人に、蜥蜴人らの愚連隊。

毛皮を着込んで斧を手にした筋骨隆々《きんこつりゅうりゅう》な男たちから、鋭い目線が女神官の矮軀に刺さる。

――認識票は――……。

使えない。この地には冒険者ギルドはまだない。冒険者なぞ、身元定かでない無頼《ぶらい》の徒だ。

女神官は――かつて砂漠でも覚えたのと似た緊張から、思わず胸元《むなもと》に当てた手を握りしめる。

細やかな動作ですら躊躇《ためら》われた。

武器を手にした民衆と、五人の異邦人が向き合っている。

何がきっかけとなって、全てが悪い方へ転がりだすかは想像もつかなかった。

神々が固唾《かたず》を呑《の》んで骰子《サイコロ》の出目を見守るのも、むべなるかな。

《宿命》と《偶然》、そして祈りし者の意志と行動の結果は、誰にも読み解けぬのだから。

どうするのよ。妖精弓手が鋭く呟く。蜥蜴僧侶は押し黙り、鉱人道士は肩を竦《すく》めた。

「……………南の王国から来たものだ」

口火を切ったのは、ゴブリンスレイヤーだった。

彼はその一言で全てが説明できるとでもいうように言い切り、そして一瞬、躊躇った。

「冒険者だ」

答えはなかった。

戦の興奮を未《いま》だ強く滲ませた男たちは、ざわめき、何事かを低い声で囁《ささや》きあう。

女神官は、錫杖へ縋るように手を滑らせた。どうなっても、対応できるようにだ。

視線を左右に動かす余裕はなかったが、仲間たちもそうしているだろう事が察せられる。

やや、あって——がしゃり、と金擦れの音がして、群衆が二つに割れた。

現れたのは、一人の年若い娘であった。

膝下《ひざもと》まで垂れる見事な黒鉄の鎖帷子《くさりかたびら》を纏い、手には盾と、分厚い穂先の鋼の槍。

それでも隠しきれぬ優美な稜線を描く胸から続いた腰は、きゅっと細く帯で絞められている。

帯にはやはり黒鉄の鍵束《かぎたば》が、それこそが身の証というように、じゃらりと垂れ下がっていた。

そして、そんな見事な彫刻のような肢体の上には、雪よりも白い、美しい細面《ほそおもて》。

見事に結われた、眩い金色に輝く髪は——きっと薄い茶髪。瞳は、湖のような深い緑。

片目を覆《おお》うように布が巻かれているが、それだって彼女の美貌を損なう事はできない。

女神官は、「わ」と息を呑んだ。見惚れた、と言っても良い。

なにしろ上の森人以外で、これほど美しい人を見たのは、至高神《しこうしん》の大司教《ビショップ》以来だった。

鎧具足こそ違えども、戦女神をそのまま描き出せばこうなるだろうという、そういう女性だ。

髪の間に額冠《がっかん》が覗くあたりは、やんごとなき地位の女人《にょにん》に違いあるまい。

そしてその見目麗《うるわ》しい女性は、一同を見回し、そっと薔薇色の唇を緩めた。

女神官はこくりと唾《つば》を飲み、自らの居住まいをただし、背筋をぴっと伸ばして――……。

「遠いどごばよぐこながぐれますたなぁ。しぇわしぃけど、なんぼか、ゆったどおくつろぎけろ」

「……えっ」

思わず、声を漏らした。

第３章『最果ての姫騎士《ファーラウェイ・プリンセス》』

Goblin Slayer
He does not let anyone roll the dice.

「やあ、おど様《旦那》かや聞いじょいましたが、きゃわりごど《困った》に、ごっとおやごがけずがって《急に親戚来まして》なぁ」

げすぐだで《騒がしくて》しょすごど《お恥ずかしい》だ——と言われても、女神官にはさっぱりわからなかった。

先導してくれる美しい女人《にょにん》がてれてれと頬《ほお》を掻《か》いているあたり、恥じ入っているのだろうが。

それでもどうやら、彼女はこの領土を任された人物の奥方《フースフレイヤ》、妻である——という事らしい。

そして彼女の口調からすると、どうもこの戦《いくさ》は、やはりそう慌てふためく事でもないようだ。

——いつもの事、らしいですけれど。

てこてこと踏み固められた土の地面を歩きながら、女神官は戸惑いを隠せなかった。

それはこの異郷の、大きな農園のようにも思える不可思議な街の景観のためではない。

ばらばらと散らばった手足や、血の染《し》み、死体や、怪我《けが》人の気配のためでも、なかった。

いくさの後にもかかわらず、大きな祭りの後のように楽しげに片付けをする人々。

そして——朗らかに語る奥方《フースフレイヤ》の、その言葉のためであった。

神話に曰《いわ》く、風なる交易神が言葉をお作りになられ、知恵の神が文字をお作りになられた。

それはあまねく四方《しほう》世界の全《すべ》ての言葉持つ者が扱える共通の言葉と文字で————……。

――つまり、それ以前から言葉はあったのですよね。

それが森人《エルフ》語であったり、鉱人《ドワーフ》語であったり、あるいはこうした北方の人々の言葉なのか。

女神官とて辺境の生まれであり、育ちだ。多少の方言は慣れ親しんでいるし、理解もある。

しかしこれほど異質な共通語は初めて聞いた――砂漠の民は、交易神の恩寵《おんちょう》が篤《あつ》かったのだ。

「あちと《異邦人》か……」

「あん頭目をみばえ《見ろ》、ざんまわり《みすぼらしい》ごど《格好》……」

「しぇったごどそう《つまらない事言う》もんでね。戦士はかんめでね、かま《芯》ぞよ」

「ふるし《古いが》どもドヴェルグの剣ちゃ《ドワーフの剣じゃないか》。ええなたがえっだの《良いものを持っているな》」

「あのてんぺ《高い》霧降のお山さ越えてきたなは、まづげね《間違いない》」

「殿様と同じぜんご《郷里の奴ら》たしけな……」

「んだがや」

「あんばっこ《娘》、キジヤかの」

「うちとこのおどごわっぱ《お転婆》とは大違いだの」

加えて女神官の身を硬くさせたのは、戦士どもの無遠慮な視線と、聞き慣れぬ囁《ささや》き声だった。

おどごわっぱと呼ばれた先導の彼女が「これ」と言うと、戦士たちはさっと目を逸《そ》らす。

何か揶揄《やゆ》――親しみのこめられたからかいを受けての、やりとりなのだろうとは察された。

しかしその意味がわからない。自分たちに向けられた言葉の意味もだ。

異教だから珍しがられているのか、細い娘だからと侮られているのかもわからない。

涙滴型の兜《かぶと》を被った戦士たちは、鉱人を、横幅そのままに只人《ヒューム》にしたような風貌《ふうぼう》であった。

筋骨隆々《きんこつりゅうりゅう》としてたくましく、髭面《ひげづら》で、ごろりとした岩が動き出したようにも思える。

女神官にとっては奇妙なことに、角《つの》の生《は》えている兜を被っている者はいなかった。

北方の蛮族というと、絵物語では、いつだってそんな風に描かれていたものだが——……。

「竜だ」

「あら蜥蜴だの」

「おっかねぇよぼふり《面構え》しとんの」

「あっちのばっこ《娘》、見んねぇ。あら、アールヴでなかか……?」

「おう、アールヴがおるぞ……」

「……天女みでだの」

「なんてえ、よぼえ《美人》じゃ。見とるだけでみのけたで《鳥肌が立っ》るわ……」

そして戦士らはもちろん、焼け跡の始末をする住人を含め、注目の的となったのは——……。

「ううむ、冷えが堪えますな……」

「もっとしゃんとしなさいよね。見られてるんだから」

のっしじゃんがのっしじゃんがと歩く蜥蜴僧侶《リザードマン》と——その傍《かたわ》らを踊るように歩く上《かみ》の森人《もりびと》だ。

美しい髪をなびかせて物珍しげにあちこちを見る様は、どこまでも典雅で、美しい。

驚くべきは、それに並んでも見劣りのしない――この北方のお妃であろう。

「わっげしょ《若い衆》だが、わありの《すみません》」

「まー、珍しいんでしょ。北の方だと、もう上の森人《ハイエルフ》はほとんど幽世《かくりよ》に行っちゃったからなぁ」

残ってる氏族もあんまり人里には出てこないか、完全に人と混じっちゃったし。

なんて、当の妖精弓手《エルフ》は注目されている事に慣れる以前に、空気のように受け入れている。

女神官は羨《うらや》ましく思いつつ、そっと彼女の陰に隠れることで、自分の視線を遮《さえぎ》りにかかった。

普段からこの友達が美しいことはわかっているが、浮世離れした美貌だと、つくづく思う。

「鉱人はあんまり気にされないみたいね？」

「そらま、わしらはこの辺りの連中にも武器を卸《おろ》したりしとるでな」

対して、のんびりと土の道を行く鉱人道士《ドワーフ》は、勝手知ったる街を行くように気安い雰囲気。

この一党《パーティ》の中で一番見聞の広い、そういう意味では大人な彼だ。

北方にも幾度か赴《おもむ》いた事があるのかと思えば――「いや、なに」と彼は笑った。

「同じ鋼の神を奉じとるでな。只人と鉱人だからいとこ……いやさ、はとこってとこか」

「ああ、鍛冶神様……」

女神官はこくこくと頷《うなず》いた。神職である身として当然、学んだことのある神の一柱だ。

とはいえ、女神官もあまり多くを知っているわけではない。

古めかしく、恐ろしく、そして謎《なぞ》めいた神なのだとは記憶しているが――……。

――ゴブリンスレイヤーさんは……。

どうしているだろうかと、女神官はつつ、と目線を彷徨《さまよ》わせて安物の鉄兜を探し求めた。

最初に名乗ったことで一党《パーティ》の頭目《リーダー》と判断されたらしい彼は、かの奥方《フースフレイヤ》のすぐ後ろにいる。

周囲の人々の囁き声など気にした風もなく、常通りずかずかと無造作な足取りで――……。

――あれ？

と、思わず女神官は小首を傾《かし》げた。

ゴブリンスレイヤーの兜に垂れている千切《ちぎ》れた房飾りが、常にも増して揺れている。

いや、恐らくは兜そのものが、あちら、こちらに向けられているのだ。

焼かれた家々、あるいは健在の家、そして向かうにつれそびえ立つ御殿。

その全てに彼は目を向けているようで、警戒しているのだろうと、女神官は気を引き締める。

「……煉瓦かと思っていたが、違うようだな」

「けっじげだ《そんなもの》なが気になるなが？」

奥方《フースフレイヤ》はその透き通った美貌に爽《さわ》やかな笑みを浮かべ、薔薇《ばら》色の唇から美しい音を紡《つむ》いだ。

「んだでえ、泥炭だぁ。きもける《驚く》ごどじゃねがんす」

「なるほど」と、ゴブリンスレイヤーは実に満足したように頷いた。「泥炭とはな」

そして「聞くと見るとでは大きく違うものだ」と、彼は鉄兜の下で呟《つぶや》いた。

彼の声は低いが、無機質でも、淡々としてもおらず、女神官は目をぱちくりと瞬《またた》かせた。

「では、あれは？」

続けてゴブリンスレイヤーはついと指先を伸ばして、街の向こうにそびえる影を示した。

女神官の記憶が正しければ、あれは確か、港の方角のはずだ。

港に立つ巨大な――木でできた塔にしては小さく、櫓《やぐら》にしては細い何かの影が伸びている。

塔でも櫓でもないならば、女神官にはそれは「腕」としか見えない――何か。

「ああ、もしぇ《面白い》んだろ？　あれだば起重機《クレーン》だんず」

それに奥方《フースフレイヤ》はにっこりと微笑《ほほえ》んで、まるで我が事を喜ぶようにぽんと両手を打ち鳴らした。

「お船のにだわら《荷物》おろすんだども、おど《旦那》様が都にも同じのがあるて、おしぇれて《教えて》くれてなぁ！」

曰く、ひとしょい《大荷物》でも、ばんどり《背当て》いらずで、とても楽なのだとか。

奥方《フースフレイヤ》がそっと腰に下げた鍵束《かぎたば》に手を添えながら、身振り手振りを交えて説明してくれる。

おかげで女神官も、どうにか港にあるというそれが、荷を上げ下げする装置だと理解した。

女神官は「ほえー……」と声を漏《も》らしながら、巨大な木の腕が荷物を摑《つか》むさまを想像した。

それは何とも現実離れした光景で、魔術か何かではないかと、思わずにはいられなかった。

もちろん、奥方《フースフレイヤ》の言葉をどうにも理解しきれてないので、行き違いはあるやもだが……。

「なるほど」

ゴブリンスレイヤーは、もう一度「なるほど」と呟いてこっくりと頭を動かした。

「実に興味深い。では――……」

女神官は、気を引き締めた。錫杖《しゃくじょう》をしっかりと握りしめて、声を出す。

「あの、えと、ゴブリンスレイヤーさん……？」

「なんだ」

「気になる……のですか？」

「ああ」鉄兜が、躊躇《ためら》いもなく深々と上下に動いた。「とても気になっている」

彼から初めて聞くような声音《こわね》に、どう応《こた》えて良いものか、女神官は言葉に詰まった。

対して奥方《フースフレイヤ》はその女神のような細面《ほそおもて》に慈しみを滲《にじ》ませて、嬉《うれ》しそうに目を細めた。

「そげだしぇ《そんなに》わやげる《気になる》だば、えんめえぐでみる《後で行ってみる》だか？」

「是非とも頼む」

ゴブリンスレイヤーの言葉はいつも通りに決断的だった。女神官はまた瞬きをした。

「だが、まずは挨拶《あいさつ》をせねばな」

しかし、幸いなことに女神官の戸惑いはすぐに消えた。

というよりも、それどころではなくなった、と言うべきだろうか。

奥方《フースフレイヤ》が立ち止まり、そしてゴブリンスレイヤーが立ち止まったのは、御殿の大扉の前。

「ここがおど《旦那》様のおる母屋《スカーリ》のでのぐち《玄関》だぁ」

――この向こうに……。

この地を治める、ご領主様がいるのだ。女神官は、こくりと唾《つば》を飲む。

そんな彼女の緊張を見透かしたように、奥方《フースフレイヤ》の深い瞳《ひとみ》が悪戯《いたずら》っぽく煌《きら》めいた。

「——冒険者さまがた、どうが《どうぞ》、はいらへ《お入りなさい》」

女神官は、気を引き締めた。

§

「たのましょ《失礼します》、おど《旦那》様。冒険者さまがぁ、きさしたでがんす《おいでになりました》」

「おお。そうか、かが《奥方》。おおごごろかげだの《大変ご苦労だった》」

「これぐらい、しょすらぐね《平気です》」

「おつぎにな《ありがとう》。さ、まず火さあだれ。すばれる《寒い》し、んばこ《女子》がやばちぐ《体を冷や》したままは体に悪い」

「ん《はい》……」

頭を垂れた奥方《フースフレイヤ》が、おど《旦那》様ったら、やだおら《やだもう》……と頬を染め、小さく呟く。

腰に下げた鍵束をそっと指先で触れる仕草から感じられるのは、慈しむような心持ち。

——どうやら、ご夫婦仲は宜《よろ》しい……ようですけれども。

薄暗い建物の中、それでも女神官はどぎまぎと身を強《こわ》ばらせ、小さく深呼吸をした。

北方の蛮族の、王。いや、領主とか、族長とか、そういった呼び方かもしれないが……。

——おっかない武弁《ぶべん》もんがおっから寄っちゃなんねって脅かされとったんですわ。

──なんだつうたら、りゃくだつだー、て。

女神官の頭の中では、それは髭《ひげ》を生やした、厳《いか》つい、恐るべき大男として描き出されていた。

きっと王だけが角の生えた兜を被《かぶ》れるに違いないのだ。それで鎧《よろい》具足も纏《まと》っていて……。

曖昧模糊《あいまいもこ》とした像が厳しく恐ろしい古《いにしえ》の王の形を取るよりも早く、がつがつと足音が響いた。

ゴブリンスレイヤーが臆する事なく足を踏み出していたのだ。

「わ、わ……！」

他の皆が続けて動き出すのにさらに一拍遅れて、女神官もぱたぱたと足を進めた。

屋敷──母屋《スカーリ》の中が薄暗いのも道理であった。

泥炭を積み上げて造られた家の中には、窓らしいものが一切《いっさい》ないのだ。

しいて言えば三角の屋根に設けられた天窓だが、そこには──……。

──何かの、革……でしょうか？

ぼんやりと透き通る程に薄い獣革が、ぴたりと貼《は》られていた。

だがしかし、灯がまったくないというわけではない。

女神官は部屋の床が土間で、中央の大きな炉床《ろしょう》が、煌々と火を蓄えている事に気づいた。

そのおかげで温かいのだろう。そして炉床を挟むようにして、壁際《かべぎわ》には長椅子《ながいす》が並んでいる。

長持《ながもち》にも似ている辺り、物入れを兼ねているのだろう。

──辺境《うち》でも。よく見かける……。

女神官は異郷で自分の知る物を見つけたことの安堵《あんど》に、少しだけ頬を緩《ゆる》めた。

夕餉《ゆうげ》の時にはきっと、この長椅子に皆が腰掛け、炉床を囲んで食事を頂くに違いなかった。

「どうが《どうぞ》、こっちゃきさへ《こちらへおいでください》」

女神官が奥方《フースフレイヤ》に案内されながら建屋の中を観察できたのは、たっぷりと時間があったからだ。

なにせ先頭を行くゴブリンスレイヤーは足取りこそ決断的だが、あちこちへ目を向けている。

おかげで女神官も、この異郷の建物をためつすがめつ眺める事ができた。

「……まるで船の中みたいね」

「そうですね」女神官は、ひそひそと妖精弓手に囁いた。「屋根は、逆さまですけれど……」

やがて案内されたのは、長椅子の真ん中、炉床の正面、一段高くなっている座席であった。

幅は広く、奥行きもたっぷりとあって、蜥蜴僧侶でもらくらくと腰掛けられそうなほど。

一党《パーティ》は顔を見合わせた後、ゴブリンスレイヤーを中央に、並んで椅子へと腰を下ろした。

毛皮の敷物の上に膝《ひざ》を並べて座り、見上げてみれば――高座を挟むようにして、二つの柱。

他の柱よりも遥《はる》かに太く立派なその柱には、美麗な筆致で神々の姿が刻み込まれている。

女神官の見る限り、独眼独脚の厳つい男神は恐らく鍛冶神であろう。もう一柱は――……。

――女神、さま……？

地母神《ちぼしん》とも戦女神ともつかぬ、武威と慈悲を併せ持った、不思議な女神であった。

「かが《奥方》」

「ん《はい》……」

そして奥方《フースフレイヤ》は、炉床の向こうからの呼びかけに頭を垂れ、しずしずとそちらと歩いてゆく。

ここが居間《ストーヴァ》で、長のいる場所が高座《オンドヴェギ》と呼ばれている事を、女神官はだいぶ後になって知った。

だがこの時でも、彼女は自分の座ったこの位置の意味する事は、きちんと理解していた。

つまり――玉座の、対面。

女神官は薄闇《うすやみ》と炉火の炎、白んだ煙の向こう側を、緊張の面持《おもも》ちでもって見つめた。

上古の戦士たちの武勲《ぶくん》が織り込まれた豪奢な織物《タペストリー》。

屍山血河《しざんけつが》の上に立つ屈強なる戦士が、戦士らの魂を喰《く》わんとする氷神の娘の衣を奪う様。

後に王となるであろう精悍《せいかん》な若者が、素手で恐るべき怪物を組み伏し、腕をへし折る様。

そうした物語の間に見え隠れする、恐るべき二刀の使い手たる闇人《ダークエルフ》の野伏《レンジャー》が友とある様。

氷と炎の歌に彩《いろど》られた織物の下には、かくあるべしというように、大柄な男が座している。

毛皮の長靴、羊毛の脚絆《ズボン》。黒鉄《くろがね》の、裾《すそ》の長い鎖帷子《くさりかたびら》。毛皮の外套《がいとう》。帯の留め具は青銅だ。

そして――……。

「やあ、よく来てくれたな、冒険者諸君。南からこちらだと、ずいぶんと冷えるだろう」

精悍な灰色狼《おおかみ》が如《ごと》き面構《つらがま》えの若者が、牙《きば》を剝《む》くようにして親しげな笑みを浮かべていた。

「あ――……」

共通語。訛《なま》りもない。髭も生えていない。傍らに置かれた兜にも、角は生えていない。

土間に立てた剣の柄頭《つかがしら》に左手を乗せて座す姿は、北方蛮族の長と言うよりは――……。

「こちらの騎士か」

ゴブリンスレイヤーの断定的な言葉に「元だ」と、若き長は快活《かいかつ》に応じた。

「武勲と、縁に恵まれてな。先年、この地が王国に加わるに当たって……入り婿だな」

「それも《これ》こんなも、闇の慈母《じぼ》さまが結んでくだすったお恵み《です》だのや《ね》」

長の傍《そば》に侍《はべ》る奥　方《フースフレイヤ》が、目を細めて――恐らくは頬を染めて――小さく頷くのが認められる。

確かに旅立つ前、そんな話も伺《うかが》っていた。まだ冒険者などが根付いていない土地だ。

故《ゆえ》に視察を、というのが依頼の趣旨だが、それでも女神官としては目を剝く所があった。

「闇の慈母――……嗜虐神《しぎゃくしん》ですか……!?」

邪悪な、とは言うまい。けれどもそれは、明らかに混沌に属する神の名であったからだ。

苦痛を尊《とうと》び、人を傷つける。闇人の崇《あが》める、混沌の神。忌み名である。

奥　方《フースフレイヤ》はきょとりと――思うに女神官と歳《とし》はそう変わらないのだろう――小首を傾げる。

何に驚いているのかといった風な彼女に対し、長はからからと、愉快げに声をあげた。

「ははは、俺《おれ》も最初はそんな塩梅だったが、苦難に満ちたこの地では善き神なのさ」

「んだ。戦女神様も、闇の慈母様にお仕えしたけもの《以前はお仕えしていたそうですよ》」

「え、えー……」

それは鍛冶神に対する逸話《いつわ》ではなかったか。女神官は戸惑いを隠せず、瞬きをする。

先の……嫁取り云々、殺し合いを平然と受け入れているらしい気風といい……。

悪いお酒を呷《あお》ったときのように、くらくらと頭が揺れて、目眩すら覚えるようであった。

異文化の衝撃《カルチャーショック》に殺《や》られるな、とは。仕掛人の標語だと聞くけれど。

「父がこちらの長……先代に世話になった縁で、魔神が出たと聞いて助太刀《すけだち》に来たのだが」

それで帰るつもりだったというその男は「いや、ダメだな」と、からから笑った。

「惚《ほ》れた弱みだ。まったく、捕まってしまった」

「ちゃあ《ちょっと》、おど《旦那》様……！」

やはり、仲は良いのだろう。奥方《フースフレイヤ》が長の袖《そで》を引く仕草に、どぎまぎとしながら俯《うつむ》いた。

「立て込んでいるようだが、視察自体は構わんのか」

「嫁取り《ブルーズラウヴ》は毎度のことだとも。俺も最初は驚いた」

ゴブリンスレイヤーに応じた北方の長の言葉は、『立て込んでいる』所にかかるのだろう。

「それに陛下に視察を持ちかけたのはこちらからだからな。……ま、冬はまだ明けていないが」

に、と笑った彼は右手を火掻き棒に伸ばそうとし、奥方《フースフレイヤ》が制して、代わりに炉床を混ぜた。

ぱちりと火花が弾《はじ》ける。長は奥方《フースフレイヤ》に何事か囁き、彼女が頭を垂れたのを認めて、言った。

「何にせよ、蜥蜴人《リザードマン》のかたが来られるとは聞いていなかった。まずは温まってくれ」

「おお、これはかたじけない……！」

文字通り齧《かじ》りつくように、羽毛の外套を纏った蜥蜴人が炉床へと身を乗り出した。

隣に座した妖精弓手が、仕方ないわねと言うように微笑んで、腰を少しずらす。

より火に近いほうが、彼にとっては塩梅が良いに違いないのだから。

「宿屋の類《たぐい》はないが、寝床は家を一つ用意してある。好きに使ってくれ」

「飯はどうすれば良いかんの？」

抜け目なく鉱人道士が問うのに、打てば応じるように若き長はにやりと笑った。

「酒造神の御威光届かぬ場所はなく、ドレッカなき土地もあるまいよ」

「ドレッカっつうのは」と鉱人道士が髭をしごいた。「酒ン名前かの？」

「酒を飲むこと。つまりは、宴《うたげ》だ」

何でもないかのように長がいうものだから、女神官も一瞬意味を解しかねた。

ぱちくりと瞬きをして、うたげ、宴。言葉が頭の中を巡って結びつく。

来客が来たから宴をする。それは良い。良いのだけれど――……。

「い、いくさの後ではないのですか……？」

思わず高座から立ち上がりかけた彼女に、奥方《フースフレイヤ》が「ええしけ《良いから》、ええしけ《良いから》」と手を振った。

「いくさの後に宴《ドレッカ》すっごんだば《をする事は》、えんがたがりにええごんだ《縁起担ぎに良いものです》」

「と、言うのがこちらの気風でな」

この程度で驚いていては身が持たぬぞと、若き長の目にも悪戯っぽい光が輝く。

「向こうも同じだ。攫《さら》った娘を返せと乗り込んでった使者が、酔い潰《つぶ》されてるだろうからな」

「つまり買収されっちまうわけだの」

女神官は思わず「ええ……」と目を向けるが、鉱人道士がにやつくばかりで要領を得ない。

そしてわざとらしく、深々と溜息《ためいき》を吐《つ》いた長が、やれやれと首を左右に振った。

「攫われて、使者まで買収されたなら仕方ないから、派手に婚姻の宴をするわけだ」

――ぶ、文化が……違う……。

気を確かに持たねば崩れ落ちそうな有様《ありさま》の女神官の横で、安っぽい鉄兜が深く縦に揺れた。

思わず彼女は縋《すが》るような目つきで、彼を見た。

変な冒険者扱いされてはいても、彼は実際とても常識的で、そう、戦術はともかく――……。

「実に興味深い話だ」

女神官は、思わず地母神の名を胸の内で唱えた。

§

「え、観光するの？　休まないで？」

そうして一通りの挨拶が終わり、宴の準備までの間、あてがわれた家の中。

炉床から二番目に近い長椅子《スカーリ》を自分の寝床と定めた妖精弓手が、長耳をひくひくと揺らした。

部屋は、長の座す母屋に比べると小さいが、それでも上等なものである事はわかる。

その程度は、長椅子に敷かれた獣の革の品質を見れば一目瞭然というものだ。

「俺は見に行こうと思う」

こっくりと鉄兜を揺らしたのは、興味深げにあちこちを眺めていた小鬼殺しだった。

彼は荷物を家の奥まった食料貯蔵所らしい土間にどさりと降ろして、平然とそう言うのだ。

女神官の思い返す限り、最後に休憩らしい休憩を取ったのは——……。

——あの地下都市に入る前の洞窟《どうくつ》、ですよね……。

「ええー……」

などと妖精弓手がぐたりと長椅子に伸びて、声をあげたのも無理はないように思えた。

すでに彼女は荷物を放り出し、外套を投げ、靴下も長靴も脱いで素足を晒《さら》しているのである。

完全にくつろぎにかかっている所にこれなのだから、まあ……。

「わ、わたしはご一緒させて頂ければ……！」

対して女神官はまだ辛うじて荷物を降ろしたばかりであったから、精一杯に声をあげた。

なにしろこれは依頼であり、仕事であり、冒険なのだ。きちんと街の様子を見ねばなるまい。

それに——好奇心がないと言えば、嘘《うそ》になる。

水の街も、森人の里も、雪山も、海も、鉱人の城塞跡地も、砂漠の国も、この最果ての地も。

——冒険者にならなかったら、きっと一生涯、訪れる事はありませんでしたでしょうし。

そうなると、やっぱり今この瞬間にだって何か見逃してしまうのではないか、なんて。

そんな風な……勿体《もったい》ないという心は、たしかに女神官の胸に、灯火《ともしび》のようにあったのだ。

もちろん、年の離れた友人のように長椅子に全部放り出して寝転がりたい欲もあったけれど。

「うー…………」

そしてその妖精弓手は、目に見えるようにその怠惰《たいだ》な欲求との戦いを繰り広げていた。

長椅子の上でうーうー唸《うな》りながらごろごろと寝返りをうち、うつ伏せになってこちらを見やる。

彼女が上目遣《うわめづか》いで視線を向けた先には、黙々と装備の点検をし、準備を整える小鬼殺しの姿。

考えるまでもなく、あと数秒もしない内に彼は支度《したく》を終えてしまうだろう。

女神官も、たいした装備ではないとはいえばたぱたと装束《しょうぞく》を検めるのには手慣れている。

そしてきっと次にかけられる言葉は「行くのか、行かんのか」という短い問いかけだ。

「……じゃあ、行く」

ようやっと勝利を収めた妖精弓手は、のそのそと、寝起きの猫のように上体を持ち上げた。

ひどく億劫《おっくう》そうに荷物に手を伸ばし、替えの靴下を出すか悩んで、元の靴下を引き寄せる。

そのすらりとした白い足を長靴へと押し込みながら、彼女はぶつくさと呟いた。

「次の機会なんてあるかわかんないし」

「エルフならあっだろ」

鉱人道士はといえば、炉床の面倒を見るのに執心しているし、そこを動く気もないらしい。

「ないわよ」と妖精弓手は鼻を鳴らした。「ちょっと目を離した隙《すき》に、皆消えちゃうじゃない」

「諸行無常ですなあ」

そして妖精弓手の空《あ》けた一番炉床に近い席で、しみじみと蜥蜴僧侶がその長首を揺らした。

屋内に入ってやっと息を吐く事ができたのだろうが、丸くなる様は、まさに――……。

――竜、ですよね。

砂漠で見た本物の竜が微睡《まどろ》む様は、たしかにこんなような様子であった。

「よろしいのですか？」

と、女神官が問うたのは、妖精弓手が顔を擦り、外套を羽織《はお》る合間のことだ。

炉床の傍に腰を据えた二人の仲間は動く気配がなさそうで、置いて行くのは少し気が引けた。

「荷番は必要じゃろ？」

にかりと歯を見せた鉱人道士は「それに」と、荷物から小刀を取り出して言った。

「宴だっつーなら、ちくとこっちも準備がいるでな。鱗《うろこ》のも――……」

「拙僧《せっそう》は、暖を取って血流を温めたいですなあ……」

「この有様じゃし」

そうですね。女神官は苦笑交じり、安堵半分、頬を緩めて頷いた。

ここは異邦だ。彼《か》の人々を疑うのではなく、旅人の習いとして荷番は必要な事だった。

それに体調の悪い仲間の傍に誰《だれ》かがついてくれているというのも、心強い事である。

「ホントに大丈夫なの？」

妖精弓手も同じ思いなのか、からかい半分、ひょいと蜥蜴僧侶の顔を覗《のぞ》き込む。

「ま、この程度で絶滅していれば、拙僧らの血脈は絶えておりますからな」

「岩が溶けるほど地下深くに潜ったとかでしょ？　耐えれてはいないわよね、寒さ」

「むむむ」

ぐうの音も出ないらしい蜥蜴僧侶に、妖精弓手はけらけらと声をあげて笑った。

「それじゃあ、また後で――宴の時かしらん？」

「それまでに戻ってくるようなら、なんぞ蛇の目でも引いたっつう事だろうな」

「ふむ」と、それまで黙々と支度を整えていたゴブリンスレイヤーが声を漏らした。

「では行ってくるが」

「構わん構わん。気にせず好きに見てくるとええ」

うむ。ひらひらと振られる無骨な掌《てのひら》に、こっくりと鉄兜が縦に動いた。

扉が外へ開かれるのに、女神官は慌てて、ぐいと帽子を被った妖精弓手は颯爽《さっそう》と、続いた。

――ああ、もう、日が――……。

道理で屋内も薄暗いわけだと、女神官は目を瞬かせた。

夜空が青いということを、女神官は初めて知った。

海が目の前にあるためだろうか。それとも空の星々がずれたせいだろうか。

双《ふた》つの月が星々と共に踊る空を見やり、は、と白んだ息を吐く。

何となしに手を口元にあてがって、温めるように息を吐くのが楽しかった。

「うう、冷える、冷える……」

「ホント、寒いですねえ……」

妖精弓手はその長耳をすっぽりと帽子で覆《おお》って、ぶるりと身を震わせている。

あの帽子を見るのは先の冬以来だが、どうやら部屋で埋もれる事はなかったらしい。

似合ってますよと言うと、妖精弓手は「ありがと」と片目を瞑《つむ》って、ころころと笑った。

──とはいえ、本当に、寒い……。

あまりにも寒いと、冷たいとか痛いを通り越して、息が詰まるものらしい。

どうしてゴブリンスレイヤーは平然と景色を見ていられるのか、女神官には不思議だった。

なんと言っても、自分は鎖帷子を着たままなのは失敗だったかと、少し後悔しているのに。

とても大切に使っている鎖帷子でも、この北国ではずしりと重く、そして冷えるものだ。

──後できちんと手入れをしないと、きっと凍《こお》ってしまいますよ、ね。

寒い土地では鋼も脆《もろ》くなる──だからこそ鍛冶神を、この地では崇めるのだと、昔に聞いた。

鉄は地の中に眠る、つまりは地母神の恵みともいえるから、女神官も少し学んだものだ。

もっとも、鋼の秘密は奥深い。

ほんのちょっぴり教えを聞いた程度では、考えることすらおこがましいというもの。

さしあたって、手入れの仕方はゴブリンスレイヤーさんに聞けば良いだろうか。

あるいは――……。

――お妃様も、お殿様も、鎖帷子を着ていらっしゃったし――……。

「あやや《おやや》、なしたや《どうかしましたか》？」

と、美しい竪琴のような声音こそは、その奥方《フースフレイヤ》のものであった。

§

暗い夜の下、雪の中、その美しい金と白の女性は穏やかな微笑を浮かべて佇《たたず》んでいた。

先程の佇まいはまさに戦女神の如しであったが、こうしてみれば地母神のようでもある。

すでに戦装束は解《ほど》かれ、彼女は羊毛の仕立ての良いドレスと前掛けを纏っている。

胸元《むなもと》は大きく開かれ、先程まで鎖帷子に押さえられた豊かな乳房の稜線と、白さがわかる。

しかし素晴らしい刺繍《ししゅう》入りの肩掛け《ショール》のおかげで、淫靡《いんび》でもなく、寒そうにも見えない。

刺繍といえばドレスにも前掛けにも紋様が施《ほどこ》されているのだから、手がかかっている。

そして相変わらず腰に下げている鍵束の、それはそれは見事なこととときたから！

流石《さすが》は鍛冶神の信仰篤い土地というべきか、鈍い黒鉄の鍵には繊細な彫金が細工されていた。

美しい金髪をスカーフで覆った彼女の立ち姿は、都の貴族とは趣《おもむき》こそ違えども――……。

――綺麗《きれい》な人だなぁ……。

と、女神官は思わず溜息を白く漏らした。北方の蛮族という言葉からは、想像もつくまい。

奥方《フースフレイヤ》はそんな女神官の表情に一つだけの瞳を柔らかく細め、自身の抱えた布を示した。

「あがどりたがえできたさけ《毛布持ってきましたよ》。おめだばがたにはおらほはさんぶいだろの《あなた方には此方はお寒いでしょう》？」

「わ……！　ありがとうございます……！」

あくしょん《くしゃみ》してはいけましね。差し出された敷布を、女神官はありがたく受け取った。

羊毛の織物はどれも彩り豊かで、手間と時間が惜しみなく使われた上等なものだ。

──なにより、とても暖かそう……！

抱きしめるようにするとそれだけでふわふわとして、夜に寝るのが楽しみになってくる。

女神官は重ねて礼を述べると、今開けたばかりの扉をくぐって中の二人に毛布を預けた。

蜥蜴僧侶が「よもや！」と尾で床を打つ様に笑いながら、後ろ手に戸をしめて──……。

「夜の国を見ていた」

そう、ゴブリンスレイヤーがぽつりと呟くのが聞こえて、女神官は思わず身動きを止めた。

「闇と、夜の国を」

彼はちらほらと雪が降りしきる中、道の真ん中に佇んで、ぼんやりと空を見上げていた。

鉄兜に白い物が積もっていくのも厭《いと》わぬ姿は、幼子が星をいつまでも眺めるようでもあった。

数え切れぬほど瞬くそれに目を凝らし、ひとつずつ、数えていくのを楽しむ子供だ。

「暗い森、灰色の雲、黒い河、寂《さび》しい風、限りなき山」

そうして数え上げた彼は、そこで初めて鉄兜を巡らせ、奥方《フースフレイヤ》の方へと視線を向けた。

「この地にあるのは風と雲と夢、狩りと戦、静寂と影だけと聞いたが……色々あるものだ」

「おめだば《あなた様は》、詩がじょんだのお《お上手ですね》。まるで詩人みでだ《スカルドのようです》」

「俺の詩ではない」

くすくすと笑う奥方《フースフレイヤ》へ、彼はいつも通りむっつりとした口調で否定し、鉄兜を左右に振った。

女神官すらも知らない、聞いたことのない、奇妙な文句であった。

「古い詩よね」

妖精弓手が何とも言えぬ様子で呟くのにも、「そうなのですか」と答えるので精一杯。

異国だからなのか、雪の中だからか、それとも夜だからなのか――……。

――……どうしてでしょう？

この旅を始めてから時折こうして、ぽつりと切り離されたように思ってしまうのは。

「宴の前に、港の方まで足を延ばそうと思ってな。迷惑でなければだが」

「あやー《あら》、今からでがんすか？　それだば、わぁもあべしますさけな《私もご一緒しますね》」

「悪いわね」と妖精弓手が帽子の下で、歯を見せて笑った。「お妃様にご案内させちゃって」

「いっこさすけね《一向に構いませんよ》。おだげっこださけ《お互い様です》」

そうして奥方《フースフレイヤ》に先導される形で、三人は雪道を歩き始めた。

集落のあちこちはまだブスブスと黒い煙があがり、崩れた家や石垣を直す人の手も多い。

そうした彼らが、路行く奥方《フースフレイヤ》を目に留める度《たび》に作業を止めて、頭を下げるのだ。

そして奥方《フースフレイヤ》がにこりと微笑んで会釈《えしゃく》をすると、後に続く者を訝《いぶか》しみながら、作業に戻る。

「慕われているのですね」

「だだ様《父》がしぐで《亡くなって》、おぼご《子供》がわぁ《私》しかいねかったかんの《いなかったから》」

いづめこ《揺り籠にいる》でもないのに。奥方《フースフレイヤ》は、どこか照れくさそうに集落の人々を見やる。

「王《コヌング》……」

そう言いかけて、奥方《フースフレイヤ》は慌てて言葉を言い換えた。

「頭領《ゴジ》んだたて《と言っても》、自由民《ボーンディ》の纏め役ださけ、そんなげもだな《えらい》もんでもね」

「それでも『皆の大事な子』が、余所者《よそもの》の案内してれば心配するわよ。ありがた迷惑だけどね」

妖精弓手が「わかるわ」と、親しみのこもった口調でからかった。

道の上に積もった雪を、上の森人がわざとらしく蹴《け》っ飛《と》ばして「ねえ」と言う。

「こっちでは冒険者って、どんな扱いなの？　その辺から知らないんだけどさ」

「あやー……」と奥方《フースフレイヤ》は苦笑い。「おらほ《此方》では、のすと《泥棒》とか、のすみど《盗賊》だなや」

「ならず者《ローグ》扱いという事ですか……」

女神官は寒さにかじかむ指先を唇にあてがい、は、と息を吐きかけながら頷いた。

そういうものなのだろう。恐らくは。女神官とて、実感があるわけではないけれども。

そもそも冒険者ギルドというのが、無頼漢《ぶらいかん》を国が管理するために立ち上げた組織だと聞く。

つまりそれがなければ冒険者とは無頼の徒であり――つまるところ、「職業」ではないのだ。

彼女の生まれ育った国の冒険者たちにも、そうした気風は未《いま》だに色濃く残っている。

一から十まで冒険者ギルドに頼ろうという手合は、軽んじられるものであった。

それ自体は女神官も、それで良いと思う。冒険者とはそうあるべきだと思うのだ。

ましてや我が国での歴史は相応に長いが、彼の国には存在すらしないものが冒険者ギルドだ。

冒険者とは――無頼の徒に他ならない。


「んだぁ」

奥方《フースフレイヤ》はしみじみと、けれど冒険者らが相手だからだろう、遠慮がちに頷いて、同意を示した。

「昔はがしょから、こがねの器さのすんだたぐらんけがおってな」

「竜でも出たのか」

ゴブリンスレイヤーが、鋭く食いついた。鉄兜を動かし、真っ直ぐに視線を向けて。

――ああ、まただ。

女神官は、そんな些細《ささい》な動きにも、どうしてか気になってしまって、息を吐く。

普段の彼と――何かが違っていて。何が違うのかもわからなくて。それが居心地悪かった。

「そらあもう、おかねぐのなんの。国中が火の海になったしけな」

けれど当たり前のように――当然のことだ――奥方《フースフレイヤ》は気にした風もなく、昔語りを続ける。

女神官は自分の中の曖昧模糊とした黒いものを払うように、冷たい空気を吸い込んだ。

「竜は、怖いですもの」

「みできたようにさべるの《見てきたようにおっしゃいますね》」

「見てきましたから」

目を丸くした奥方《フースフレイヤ》の愛らしさに、女神官はくすくすと笑った。

そしてとっておきの秘密を囁く子供のように、ちょっぴりとだけ胸を張って言った。

「怖かったので、大慌てで逃げ出しましたけどね！」

§

女神官は、思えばちゃんとした港というのを生まれて初めて見たやもしれなかった。

しかしてそれは、湖の湖畔に設けられた船着き場によく似ていた。

岸から水面へと張り出した桟橋と、そこに繋《つな》がれた船の数々。

船の形状もまた、水の街で見た猪牙舟《ゴンドラ》に似ていたから、そう思うのだろう。

「わ、あ……」

だがしかし――何よりも、大きさが違った。

女神官が生涯最初に見た『船』は、百人は乗れるかというほどの、大きな猪牙舟であった。

無論、百人乗れそうと思えただけで、実際は数十人が限度なのやもしれないが……。

両舷に幾本もの櫂《かい》がずらりと並び、大きな帆柱の立ったそれは、ただそれだけで目を瞠《みは》る。

この上に幾人もの蛮族の戦士が乗り、声をあげ、風雪吹き荒《すさ》ぶ海へと漕《こ》ぎ出していくのだ。

子供が夢に見るようにその光景を思い描いた女神官は、「すごい」ともう一度呟いた。

「うむ」

それに、傍に立ってしげしげと船を眺めていたゴブリンスレイヤーが、鉄兜の下で呟く。

「実に、すごいものだ」

「そげもしえがや？」《そんなに面白いですか》

それを奥方《フースフレイヤ》は、少しばかり苦笑するようにして、桟橋の上に立って見守っている。

夜の寒さはひとしおで、水辺ともなれば尚《なお》の事だが、しかし——……。

——これを見れただけでも……。

この地に来た甲斐《かい》はあると、女神官には思えた。

墨を流したように暗い水面に、黒ぐろとした船の影が薄ぼんやりとした輪郭を描く。

どれも船首には竜頭の細工が施されていることもあって、海竜の巣穴のようにも思えるのだ。

女神官はかじかむ指先に息を吹きかけながら、「はい、とっても！」と笑顔を返した。

「でも、ちょっぴり残念なところも、ありますけれど——……」

「そうね」妖精弓手が帽子で押さえられた耳を気にしつつ言った。「いくさの後じゃなきゃね」

そうなのだった。

無事な船の方が多いものの、幾艘《いくそう》かの船は、矢が突き立ち、火の焦《こ》げ跡が残っている。

幸いというべきか、大破轟沈といった有様の船はないが、明らかに戦いを終えたばかりだ。

戦士の古傷同様に痕跡となっているならばともかく、真新《まあたら》しい損傷は痛々しい。

「えっと、先程の話ですと、ご親戚が来られた、そうですが――……」

女神官は未だに異文化の衝撃《カルチャーショック》で目眩を覚えながらも、転がる材木に手を触れた。

そこに刻み込まれた傷は真新しくはあっても、今日つけられたというにはいささか、古い。

鉄兜越しに、ちらりと視線が投げかけられたのを感じ、女神官は頷いた。

ゴブリンスレイヤーは言った。

「ゴブリンか？」

「オルクでがんすか？」

奥方《フースフレイヤ》は不思議そうにした後で、いやあ、ないないと笑って掌をひらひらと振った。

「オルクはいっちょなし《頭の弱い》のなきみそ《泣き虫》だもの」

「だろうな」

「いっぱだこと《いつものこと》だども、おやご《親戚》がけずがる《来る》んが、今年はずでねはえし《随分早いし》、おっげでの《多いのです》」

「ああ、だからか」

帽子で押さえていなければ長耳をひくひく揺らしただろう妖精弓手が、こくりと頷いた。

「あの人、怪我してたのはちょっと気になってたのよね。右腕」

「あや。わがてしまたか《気づいておいでしたか》」

奥方《フースフレイヤ》は困ったように頬を掻くが、女神官としては思わず「えっ」と声をあげるほどに驚いた。

彼女は冷たい潮風に金髪を晒しながら「そうだったんですか？」と妖精弓手を振り返った。

「血の臭いしたし。右腕だけ外套に隠してたし。そもそもいくさに出てきてなかったし？」

まあ王様の怪我を指摘するのも宜しくないから黙ってたけど、と、上の森人は事もなげに言う。

それは彼女の観察眼によるものか、森人の尊き身ゆえの機微というものなのか。

女神官にはどちらとも判別つかなかったが、しかし怪我人に気づけなかったのは失態である。

集落の人々――自由民《ボーンディ》といったか――が平然としているから、置いてきぼりだっただけで。

――本当ならば。

今すぐにでも人々の間に混ざって、傷の手当や復興の手伝いをすべきであったに違いない。

そんな彼女の心配そうな表情に気づいたのか、奥方《フースフレイヤ》は「おど様《旦那》ならでんじね《大丈夫ですよ》」と微笑んだ。

「右腕の骨ば痛めてしまたのでな。えっどきやすめば《少し休めば》、いわせねおだぁ《平気ですよ》」

「骨……」

大変な事であった。きちんと治療したところで、しっかと繋がるとは限らないものだ。

ましてや戦士の腕ともなれば、繋がっても元通りに動くとも限らない。

その時その場に、奇跡を賜った神官がいるという幸運に恵まれる者は、そう多くはいない。

多くの冒険者や兵士、傭兵が引退する理由の一つは、こうした怪我の類だ。

それもこの寒地で――――武張った人々を率いる、頭《かしら》ともなれば。

「奇跡を授《さず》かった神官様はおられないのですか」

女神官の視線は気遣わしげに、奥方《フースフレイヤ》の額《ひたい》に巻かれた布へと向けられていた。

眼帯で隠されたその瞳に傷がある事は、帯から僅《わず》かに覗いた傷の筋でも察しが付く。

「これは嗜虐の女神様への捧《ささ》げものだぁ」

奥方《フースフレイヤ》は何でもない事のように微笑んだ後、どこか寂しげに、ゆるやかに首を横に振った。

「巫女《キジャ》ならおっけども……おど様はじょっぱり《意地っ張り》で、きがねのでがんす《聞いてくださらないのです》」

「奇跡は貴重だもの」上の森人が、訳知り顔で言った。「いくさの最中とあらば、王より兵か」

「……それは、命に関《かか》わる傷ではないのでしょうけれど」

女神官は何とも言えず、黙って海を眺める奥方《フースフレイヤ》へ、どう声をかけたものか言葉に詰まった。

誰よりも心配しているのは彼女であろうに、差し出がましい口を出すものでもないだろう。

この辺りの機微は――――どうにも、まだまだ未熟な彼女にはわからないものだった。

都で活躍している女商人や王妹《おうまい》といった、友人たちならば別なのかもしれないが――――……。

「……すみません」

「がってすね《気にしていません》。わぁ《私》はきいきでねさげだども《気が気でありませんけれども》、おど《旦那》様がきかんぽ《聞かん坊》なだけだぁ」

「そうか」

奥方《フースフレイヤ》との物憂げな会話をばっさりと断ち切ったのは、ゴブリンスレイヤーだった。

彼はすでにずかずかと桟橋を歩き回り、興味深く見聞した後――……。

「……そしてこれが、件《くだん》の起重機《クレーン》か」

岸辺に設けられた、大きな木製の櫓の前に立って、しげしげとそれを見上げていた。

黒ぐろとした夜空と海の間にあって尚黒く、大きな影がそこにはそびえ立っている。

女神官の思い描いた巨大な腕というイメージは、やはり間違っていたようであった。

それは腕というよりも、それこそ竜の長首か何かのように女神官には思えたのだ。

「ぞうの鼻みたいな感じね」

「ぞう？」

妖精弓手が呟いた言葉の意味がよくわからず小首を傾げると、何でもないと手が振られた。

櫓には綱《つな》が幾つも巻き付いた機械《からくり》が仕掛けられていて、これで荷を上げ下げするのだろう。

女神官の感心の声は白く煙り、妖精弓手も「只人って鉱人より変な事考えるわね」と言う。

「荷物が重くて上げ下ろしできないなら、諦《あきら》めるか、人を呼ぶか、どっちかでしょうに」

「諦めていては、このよぎのぐに《雪の国》では生きてはいきえましね」

夜の風雪に身を晒しながら、奥方《フースフレイヤ》はそれが秋のそよ風であるかのように目を細めて言う。

文化風習とは、その土地と人によって育まれてくるものだ。

四方世界全ての人々が共に掲げられる文化などは、決して存在しえないだろう。

この地に暮らす人々は、きっと女神官には思いもよらぬ日々を過ごしていたに違いない。

――――だから、きっと。

自分が驚き戸惑うのは、彼らの文化が奇異なのではなく、至極当然なことであったのだ。

「そしてこれが、起重機《クレーン》の操作装置か」

「んだぁ」

無論、そんな物思いはゴブリンスレイヤーには関係なく、彼の興味はそのからくりにあった。

起重機《クレーン》から伸びた綱は、桟橋に設けられた巨大な装置に繋がっていた。

石臼にも似たそれは、訓練場などに設けられる大きな木人の類に似ていた。

幾本もの太い木の棒が、一列、中心から放射状にずらりと生えて並んでいる。

足元の地面が円形にすり減っている辺り、これを持って、押して、回すのだろう。

「奴隷とかがぐるぐる回すやつよね」

「ん、奴隷《スレール》だぁな」

「そうすると綱が巻き上げられて、荷物が上がる――――……」

それ以外にもきっと、あの起重機《クレーン》自体の向きを変える仕掛けもあるに違いない。

船の修理ともなれば大勢の人手があり、こうした装置が八面六臂《はちめんろっぴ》の働きをするのだろう。

夜ともなれば、港にいるのは自分たちばかりではあったけれど――……。

やはり、驚くべき事ばかりだな、と。女神官は重ねて思う。

南方の自分たちからすれば彼らは北狄《ほくてき》だが、この街を見ては、とても蛮族とはいえまい。

「ふむ……」

寒さや夜闇――星灯があっても――を気にせず、ゴブリンスレイヤーは装置へと歩み寄った。

「押してみても構わんか？」

「かまいましね《構いませんよ》。だども……ひとりじゃあ、じょさねごどではねぞ？《容易いことではありませんよ》」

「だろうな」

ゴブリンスレイヤーは頷き、その巨大な装置の棒を握ると、ぐっと渾身《こんしん》の力を込めた。

無論――装置はぴくりとも動かなかった。

薄汚れた装備の男がどれほど力を入れて、踏ん張っても、小揺るぎもしない。

ややあって、彼は鉄兜の隙間《すきま》から大きく白い煙を吐き出して、その力を緩めた。

「やはり、無理だな」

「そりゃそうでしょ」

妖精弓手がけらけらと笑った。

「こんなもの一人で動かせるやつなんて、よっぽどの力持ちでなきゃ無理よ」

「ああ」

白く雪の積もった鉄兜が縦に揺れ、兜から落ちたものがはらはらと風に舞い、夜に散った。

「これを一人で動かせる者は、きっと、よほどの英傑であったに違いないのだ」

どうしてその声が嬉しそうに聞こえたのか、女神官にはよくわからなかったが――……。

§

「よし、とりあえずこいつを持っとけ」

「角……ですか？」

女神官は鉱人道士に差し出された獣の角を、しげしげと興味深く眺めながら手に取った。

そろそろ宴の頃合《ころあ》いだろうからと借家に戻り、母屋《スカーリ》へ向かう直前の事だった。

女神官、妖精弓手、ゴブリンスレイヤーに渡されたのは、一見して角笛のような代物だ。

「吹き口はないな」

それをひっくり返して眺めたゴブリンスレイヤーが呟いた。

「杯か」

「おう。それからまあ剣は置いてって――……」

「それは承知している」

と、頷くゴブリンスレイヤーの腰に、かの古ぶるしき鉱人の剣はない。

長椅子の横に立てかけられたそれは、炉床の灯にも鈍い黒鉄の輝きを返すばかりだ。

遺跡の中で見出したにしては朽ちてもおらず錆《さ》びてもいないが――……。

「ただの剣よ。まじないの一つもかかっとらん。造りは良いが、無銘の剣に過ぎぬわ」

三人が外を見回っている間に検分したのだろう鉱人道士は、そう請け負った。

「かみきり丸も、ちくとはがっかりしたか？」

「いや」と鉄兜が左右に揺れた。「先生……師の佩剣《はいけん》もそうだった。俺には十分だ」

「そうさの」と、鉱人道士はその答えを予期していたように、髭面に笑みを浮かべた。

「が、まあ短剣は帯びとけ。そんぐらいは、まあ、礼儀《エチケット》つうもんだわな」

「うむ」

頷くゴブリンスレイヤーは元より、鉱人道士の胴にも小刀が斜めに差し込まれている。

まあ礼儀を言えば鉄兜も鎧具足も脱ぐべきだが、それを言っては今更だ。

今更なのだが胡乱《うろん》な目を向けつつ、帽子を放り投げた妖精弓手が「一応聞くけど」と言う。

「酒の正しい注《そそ》ぎ方云々で剣抜いて血が飛び交う……って事はないでしょうね？」

「エルフはやりかねねえが、そんなんでケチつける方が、礼儀がなってねえぞ」

森人だってしないわよ。唇を尖《とが》らせる彼女の小脇《こわき》には、黒曜石の短剣が吊《つ》るされている。

「ほら、そっちは動ける？」

「うむ、うむ。大分と温まりましたし、母屋も火が焚《た》かれておりましょうしな」

彼女の助けを借りつつのそのそと身を起こす蜥蜴僧侶には、爪爪牙尾。

——どうしましょう。

わたわたと周囲を見回した女神官は、結局、その手に錫杖をしっかと握っていく事にした。

「準備ができたならば、ゆこう」

「あ、は、はい……っ」

そうして促され、慌ててぱたぱたと、今日幾度もくぐった扉をまた開けて、外に出る。

――お部屋の中、まだゆっくりと見れていないなぁ。

なんて、そんな事を思いながら、やはり先程も辿《たど》った道を皆と共にてくてくと歩いていく。

一度二度通っただけでは見慣れることもなく、夜の闇は町並みの雰囲気すらも変えるものだ。

皆とはぐれて道を外れたら二度と戻れないだろうな、と。そんな思いすらも胸に去来する。

さほど遠くもない母屋《スカーリ》の天窓に灯《とも》った明かりが奇妙なほどに心強く、辿り着けば息も漏れる。

「……帰り道は大丈夫でしょうか？」

「？」と妖精弓手が長耳を寒そうに揺らした。「大丈夫でしょ。すぐそこだし」

――そうでした。

この一党《パーティ》、夜目が利《き》かないのが自分とゴブリンスレイヤーだけな事を、よく忘れてしまう。

女神官がなんだか恥ずかしくなって視線を逸らした横で、妖精弓手が僅かに顔をしかめた。

それは苦笑めいた、眩《まぶ》しいものを見るような表情で、彼女は長耳をひくりとまた揺らす。

「どうか、されましたか？」

「なんでも。すぐにわかるわよ」

「――――？」

女神官には何やらさっぱりであったが、鉱人道士は察したようで、ははあと髭をしごいた。

そうした一切に頓着《とんちゃく》した様子もなく、ゴブリンスレイヤーが、がつがつと扉を叩《たた》いた。

「どんぞ、きさへ入《れ》」

中から聞こえたのは、かの頭領《ゴジ》の声だ。けれどそれに何か、他の声が被っている。

分厚い木の扉を押し開けば、その正体はすぐに知れた。

事ここに至り、勇士は己《おの》が怨敵、祭壇に立ちし呪われたる者をしかと見た
されどいかなる刃といえど、双頭の蛇を掲げし大帝に届く事能《あた》わぬと、知る由《よし》もなかった
この極悪《ごくあく》非道の者は、四方世界の勝利の剣を、まじないにて効《かい》なきものとなしていた

大帝は語る
お前に憎悪の火を焚《く》べたのは己である
お前の武勇を鍛え上げたのは己である
お前はお前の第二の父を殺すつもりか
怒り心頭に発した戦士は、己が愛剣を抜き放つ
塚山より見出した、いにしえの王の佩剣は、鍛え抜かれた鋼の刃

されど邪悪は嘲弄《ちょうろう》す
死すべき者の兜を鎧を打ち割ったその剣も、我が喉元《のどもと》には至るまい
編み上げた呪文《じゅもん》がその身にある限り、もはや骰子《サイコロ》など振るべくもなし
我は鋼の秘密を解いたのだ

されど心せよ
勇士が頼みとするのは剣に非《あら》ず
鋼の秘密は手力に非ず
鍛冶神が授けしは　いかなる時も消えぬ勇気の火

大帝は知る由もなかった
星の御卓におわす神々は、戦の帰趨《きすう》を決めるべく骰子を投じた
さもなくば、二度とこの勇士が祈らぬ事を知り給うていたがゆえに

おぞましき大帝は、その身に未だ嘗《かつ》て知らぬ激痛に、声をあげて悶《もだ》えた
戦士の太刀《たち》は、不倶戴天の敵を逃しはせぬ
黒鉄の刃は骨を砕き、勝利の凱歌を轟《とどろ》かせ、かくして勇士はその首級を刎《は》ね飛ばす

さあ、耳を傾《かたむ》けよ
偉大なりし彼の王の伝説に
千の後にまで伝わる勲《いさお》しに

その者は北の最果て、暗き夜と影の国より歩み出た
奴隷であった、戦士であった、盗賊であった、傭兵であった、将軍であった
数多《あまた》の玉座を蹂躙《じゅうりん》せしめた王であった

王よ
その名誉にかけて、汝の刃の前にはいかなる者も敗れ去る
王よ、我々は汝の祝福を祈らん

「……わ」

それは武勲歌《サガ》だった。聞いたこともない、忘れ去られたいにしえの歌だった。

寄る辺なき無頼の輩が、四方世界の頂点、その一つに至るまでの偉大な物語であった。

旋律を奏《かな》でる楽器もなく、ただ人々が歌う言葉だけが音色《ねいろ》となった、英雄の勲しだった。

長い屋敷の炉床を挟んだ長椅子には、戦の傷も生々しい男たちが並び、声をあげて歌う。

無論のこと炉床には猪と思わしき巨大な獣の肉が炙《あぶ》られ、じうじうと脂を滴《したた》らせていた。

主菜はそれだけでなく、鰊《にしん》や鱈《たら》などの魚を、玉葱《たまねぎ》と香草で煮込んだ汁も用意されていた。

他にも卓には林檎や、胡桃《くるみ》、苺果《ベリー》などの果物や、平たい麩《ふすま》入りのパンが並んでいる。

まさにここそは、異国の宴、その真《ま》っ只中《ただなか》に他ならなかった。

「おお、ござらっしぇ《いらっしゃい》。さあさ、どんぞねまって《どうぞ座ってください》！」

中央の高座に座った頭領《ゴジ》、その右隣に侍る奥方《フースフレイヤ》が、ぱあっと華やいだ笑顔で手招きをした。

なるほど、言われて見れば頭領《ゴジ》の対面、反対側の高座の部分だけがぽっかりと空いている。

とすれば——そこが席、なのだろう。

「さっきも座った場所ね」

「——」

囁く妖精弓手に、ゴブリンスレイヤーは何も言わなかった。

男たちの歌う武勲歌を前に、彼はただただ、その場に立ち尽くしていたのだ。

「ちょっと？」

「……上座だろう」

頬を尖らせる妖精弓手に、やっとゴブリンスレイヤーの鉄兜が揺れた。

「王の客だ」

そして彼は人いきれの只中へ、まったく躊躇《ちゅうちょ》する事なくずかずかと踏み込んでいった。

流石の北方人たちも、宴席に鎧兜の戦装束で現れた男にはぎょっと目を剝いたらしい。

顔を見合わせ、ひそひそと言葉を交わし、じろじろと眺め――……。

けれどまあ、結局は異人なのだからそういうものなのだろうと、決着したらしい。

慌てて女神官が後に続く頃には空気は落ち着いていて、鉱人道士は慣れたもの。

蜥蜴僧侶は「失敬」と身を縮め、妖精弓手はするりと人の間をすり抜ける、と――……。

「……よ、よろしくお願いします……？」

「ああ」

気づけば女神官はすっぽりと、高座に座るゴブリンスレイヤーの隣におさまっていた。

それがどうのこうのと言うわけではないが、こうした宴席の、つまりは主賓扱い。

――な、慣れない……！

どうして仲間の皆がこうも堂々としていられるのか、女神官は不思議でならなかった。

「さて、お客人」

「あ、はい……！」

と、その件の頭領《ゴジ》から不意に声をかけられて、女神官は慌てて思索の縁《ふち》から立ち戻った。

彼は相変わらず右腕を外套に隠してはいたが、ゆったりとくつろいでいる風に思える。

女神官は先の気遣わしげな奥方《フースフレイヤ》を思えば、何か言うべきやも、と口を開きかけ――……。

「――――」

その奥方《フースフレイヤ》がそっと首を横に振るのを見て、形の曖昧なままに言葉を喉奥《のどおく》へと呑みこんだ。

「杯は持っておられるかな？」

「杯――……………あ」

女神官は、つい今しがた渡されて、錫杖ともども持ち込んだ角杯《かくはい》へと目を落とした。

「あ、あります……！」

「この地では皆、己の杯は己で用意するのが流儀でな。それならば良かった」

微笑ましいものを見るように、狼を思わせる精悍な顔つきの男が柔らかく目を細める。

「では、誰ぞ、客人に酒を――あー…………」

「おど様《旦那》のお言葉ださけ、してくえね？《差し上げて》」

その右隣にぴたりと寄り添う奥方《フースフレイヤ》が、頭領《ゴジ》に続いてさも当然というように指示を出す。

対面に座っていた女神官ですら頭領《ゴジ》がこの国の言葉に詰まったと、気づかなかったのに。

「蜂蜜酒《ミード》、麦酒《ビョール》、そいからスキュルだ。どれにすんね」

「あ、は、はい……っ」

そしてそれについて何か言うよりも早く、酒壺を幾つも目の前に差し出される。

筋骨隆々とした北方人の男で、昼間にも会ったのかもしれないが、女神官にはわからない。

女神官が角杯を両手で握ったまま困惑する中で、ゴブリンスレイヤーは「ふむ」と唸った。

「林檎酒もあると昔に聞いた事があるが」

「林檎《エブリ》の酒だの。ほれ、杯《はい》ぐれ」

「うむ」

ゴブリンスレイヤーが差し出した角杯に、酒壺から林檎酒がなみなみと注がれていく。

よくよく考えれば角杯の底は尖ったままだ。これでは飲み干さねば杯を置けまい。

「めっちゃはどやする？」

「え、えと……」

そのことに気づいた女神官は、どうすべきか必死に頭を巡らせた。

お酒の強い弱いはあまり自分で気にした事はないが、このような場での失態は避けたい。

視察とはいいつつも、縁を繋ぐことこそが本来の依頼であるし――……。

「その、スキュルとは何でしょうか……？」

「山羊っ子の乳だァ」

「では、それをお願いします！」

女神官が勢い込んで言うと、北方人の男は「ほ」とその巌《いわお》のような顔を和《やわ》らげた。

ごろりと転げたような大岩に、伸ばして編まれた髭面で、鉱人のような笑みだった。

とろとろと白い飲料が杯に注がれるのを前に、女神官も、思わず頰を緩めて笑い返した。

「む……」

そんなやりとりを横で見て、思わず声を漏らし、喉を鳴らしたのが蜥蜴僧侶である。

彼はそわそわと長首を巡らせて、自分の元に酒壺が運ばれてくるのを待ち――……。

「ほれ、蜂蜜酒《ミード》だの」

「む、む、む……！」

有無を言わさず角杯に蜂蜜酒をなみなみと注がれて、その目をぐるりと回した。

「いやさ、拙僧は――」

「おう。おれさのさげすわずれんか《俺たちの酒が飲めねえか》？」

ぴたりと、宴席の賑《にぎ》やかさが途絶えた。

蜥蜴僧侶の対面から蜂蜜酒を注いだのは、顔中に包帯を巻き付けた戦士であった。

赤黒く血を滲ませた顔で、じろと蜥蜴人の強面《こわおもて》を睨《にら》み付《つ》ける様はまったく臆していない。

周囲の人々も、男の動向を注視しているようであった。

戸惑いや恐れなどではなく、宴で刃が抜かれる事など当然であるかのように受け入れている。

応じる蜥蜴僧侶も、生来の気質からか、その意気や良しとその顎《あご》に牙を剝き――……。

「ほら、貸しなさいって」

頭領《ゴジ》や奥方《フースフレイヤ》、女神官を含む誰よりも速く、嫋《たお》やかな上の森人の手がその角杯を掠《かす》め取った。

只人の剣呑《けんのん》さなど意に介さない森人の姫君は、その角杯に鼻をひくつかせ、にこりと微笑む。

「うん、綺麗ね。素敵な蜂蜜を使ってるじゃない。こういうの好きだな、私」

「む……む……」

包帯顔の北方人は、戸惑いか羞恥《しゅうち》か、毒気を抜かれたように、もたもたと言葉を発した。

「ア、アルヴのおじょま《お嬢さん》にける《差し上げる》にゃ、しょすさげ《恥ずかしい酒》だども――……」

「良いから良いから。私これもらうわ。この人には、スキュルだっけ？　それあげて」

「えがんす《承知しました》」

頭を下げた北方人が、山羊乳の入った壺を蜥蜴僧侶に差し出し、角杯たっぷりに注ぎ入れる。

「うむ、うむ。かたじけない……！」

「けっちかい《しゃらくさい》。ほえだばほうと《それならそうと》、はよいわ《早く言え》んね」

そうして男がぴしゃりと蜥蜴僧侶の手を叩く動作は、打って変わって親しみのあるものだ。

とっくの昔――妖精弓手が手を出した途端に空気は弛緩《しかん》していて、剣呑さは消え失せている。

隣で起こった騒動に身を強ばらせていた女神官も、これにはほっと息を吐いた。

ちらりと奥方《フースフレイヤ》を窺《うかが》えば、似たような表情をした彼女と目があって、くすりと笑みがこぼれる。

「けなりな《羨ましい》ことだわ。アルヴのおじょま《お嬢様》がのう」

「んだのう。いつまでもあねこ《若い嫁》ださけなあ」

「――……えっ？」

女神官は北方人らが上機嫌に交わすやりとりに疑問符を浮かべて、ぱちぱちと瞬きをした。

もちろん、言葉の意味がはっきりとわかったわけではない。ない、のだが――……。

見れば同じように、隣にいる女性に酒を分担して貰《もら》っている男が、ちらほらと認められる。

とすれば先程の剣呑さと一転して緩んだ空気から察するに、これもまた普通の事なのだろう。

酒を飲むのは礼儀だが、飲めないならば女性に手伝ってもらう事が、認められているらしい。

と、すれば、それが許されるような男女の関係は――――……。

「あ。あー…………！」

酒を飲んでもいないのに頬に熱の昇った女神官は、思わず年上の友人の袖を引いた。

「よ、よろしいんですか……⁉」

「？」蜂蜜の匂《にお》いに機嫌よく目を細めた上の森人の長耳が、ひくりと揺れた。「何が？」

あまりにもあっけらかんとした返事。

意味がわかっていても、いなくても通じる言葉。赤面したまま女神官は視線を彷徨わせた。

蜥蜴僧侶は角杯の中身を楽しめるのは今か今かと我関せず。ゴブリンスレイヤーは頼れない。

鉱人道士へ縋るような目を向けると、彼は、野暮《やぼ》はよせとでも言う風にひらひらと手を振った。

――面白がっていますよね、あれは。

女神官は半眼になって睨むが、鉱人道士には通じぬだろう事を悟って息を吐いた。

そして高い天井《てんじょう》を見上げ、地母神様の名前を唱えた後、にこやかに微笑むことにした。

「いえ、なんでも」

「そう？」

年上の友人は不思議そうに小首を傾げ、そして「ほら、始まるわよ」と目を輝かせる。

――うん、今は。

余計な事を考えず、せっかく招いてもらったこの宴席を楽しむことにだけ注視しよう。

皆に酒が行き渡ったことを確かめた頭領《ゴジ》が、女神官の対面でゆらりと立ち上がる。

女神官の知る王侯貴族ならば、こういう時に長々と話をするのだろうけれど――……。

ここは、異国だ。頭領《ゴジ》の言葉は、ただ一言。

「――同胞と、友に！」

右隣に奥方《フースフレイヤ》を侍らせ、左手で角杯を掲げたその言葉に、わっと家臣たちが歓声をあげる。

「長き昼と快適な夜に！」

「夜の母がくださる艱難辛苦《かんなんしんく》と武勲に！」

「平和に！」

北方の人々が次々と叫ぶ言葉に、女神官は慌てて「へ、平和に！」と声を重ねた。

そしてたかだかと角杯が掲げられて――宴《ドレッカ》が、始まった。

§

宴について、特筆すべき事は特になく、けれど書くべき事は無数にあった。

とかく、賑やかな騒ぎであった――と、そう述べるべきだろう。

まず女神官が困ったのが食事の作法だ。なにしろ卓上には皿以外の食器がない。

手づかみか？　と思えば、皆一様に自分の小刀を取り出して食べだしたので、「あ」となる。

出かける時は忘れずに。冒険者セットの小刀を持ち歩いていたので、事なきを得た。

食べてみれば平パンも、焼いた猪肉も、魚も、どれも思いの外さっぱりして、とても美味だ。

とはいえスープは玉葱や香草がたっぷり使われていて、その匂いには驚いてしまったが。

交易を生業として船を駆る北方人は、世界中から薬草や香草を持ち帰っているのだという。

また鉱人道士の酒豪ぶりは女神官も知っていたが、それは北方人から見ても、であったようだ。

一杯に注がれた酒を、それこそ水か何かのように次々と呷る様には歓声も上がるというもの。

やんややんやと騒ぎ立てる中、蜥蜴僧侶がならばと口を開いたのは父祖より伝わるいくさ歌。

巨人を滅ぼし、竜を討《う》ち、呪われた剣を持つ女詩人を妻とした、黒き鱗の豪傑の勲しだ。

それは女神官も砂漠の舞踏として見た覚えがあり、妖精弓手の里でも語り口を聞いていた。

しかし語り部が変われば語り口も変わるというもの。

あの鳥人の踊り子が舞う様は切なくいじらしい、詩人の目から見た浪漫譚《ロマンス》だ。

蜥蜴僧侶の顎から紡がれるそれは、金棒一振りを頼みに広野を行く、大蜥蜴の勝利の凱歌だ。

惚れた女人が歌うに値する武勇伝を貢がんと、並み居る怪物へのっしじゃんがと突き進む。

まさに竜の息吹が如き純情を思えば、やはりこれもまた浪漫譚《ロマンス》なのやもしれない。

いずれにせよ、北方人たちにとっては物珍しい物語であったことに間違いはあるまい。

女神官にとってかの豪傑の英雄譚が馴染《なじ》みないものであったのと、同様に。

「のう、わあのいさおしはねのか《お前の武勇伝はないのか》？」

そうした中で、ゴブリンスレイヤーへ声がかけられるのは、むしろ当然であったといえよう。

「武勲はない」

林檎酒をがぶりがぶりと飲んでいた彼は、女神官が口を挟むより早く、こっくりと頷いた。

「小鬼は退治しているが」

「オルクか。あえだば数だけで《あんなのは数だけで》、あおけねえのう《意気地がないぞ》」

「ずるこぎ《ずるいだけ》だぁね」

「同感だ」

こっくりと鉄兜が上下に揺れる。

「こればとんかででやんのはめどくせごどでがんすな《これだけの手勢で戦うのは面倒くさい事ですな》」

「まったくだ」

もう一度こっくりと鉄兜が上下に揺れた。

「どったげやいた《どれだけやった》？」

「……」

ゴブリンスレイヤーは押し黙り、虚空《こくう》を睨んだ。真剣な様子で、考え込んでいるようだった。

「一度ばかし、百匹かそこらは相手取った事があるが」

北方人たちは、どっと笑った。悪意のない、愉快げな様子であった。

――それは、わたしも知らないお話だ。

いつか聞けるだろうか。教えてもらうことはあるのだろうか。今聞いても良いのだろうか。

そう考えながら女神官は両手に握った角杯の中身を、ちびりちびりと口元に運んだ。

甘酸っぱくて、不思議な風味がして、舌の上を伝わる感触はたぶん、美味といって良いはず。

甘露《かんろ》、と。蜥蜴僧侶が尻尾《しっぽ》を打って声をあげるのもわかろうものだ――……。

「だいたいだ、俺の嫁が都で何と言われているか知っているか?」

などと考えていると、対面の頭領《ゴジ》が気炎を上げていて、既に話題は移り変わっていた。

機を逸した女神官が戸惑うように周囲を見やれば、北方人たちはどこか曖昧な笑顔。

それを一言で表現するなら、恐らくは「まぁだはじまった」というところだろう。

「片目の羆《ヒグマ》だぞ、信じられるか⁉」

「は、はあ……」

角杯ごと拳《こぶし》をだんと卓に叩きつける頭領《ゴジ》の風速に、女神官はひとまず頷くばかりだ。

寒い方面では強い酒が好まれると聞くが――頭領《ゴジ》の顔は赤く、目は据わっている。

「あいつら、この地に来たことがないからそんな事が言えるのだ」

そうした、いわば民草《たみくさ》と何ら変わらぬ態度が咎《とが》められないのも、この土地の気質か――……。

「北方に封じられたが、俺の嫁さんは四方世界一可愛《かわい》い……！」

――いや、あの人が好きなのは一緒だからですね……。

あまりにも堂々と断言する様には、当人ではない女神官すらも顔に熱が昇るほどだ。

「ははは、頭領《ゴジ》どんも、しんさん相手にゃ蜜をのすむよにはいかねが！」

「みっ？」

きょとりと小首を傾げたのは、女神官とはまったく違う理由で顔の赤い妖精弓手だ。

手にした角杯に注がれている蜂蜜酒は、はたして何杯目であったろうか。

くぴくぴと飲むあたり気に入っているのは間違いなかろうけれども。

「おう、頭領《ゴジ》どんが足入れしたときにの、蜂みでな魔神とやりあっての」

「足入れ？」

「婚礼の儀式《ブルーズヴェイエラ》前に、嫁ンとこさ住むこっだ」

「で、いしぎとって、蜂ッこの腕ばもいだのよ」

同胞らが得意げに語る言葉に、頭領《ゴジ》は苦笑まじりに、平然と肩を竦《すく》めた。

「相手が剣を使わぬのに俺が剣を使ったら、勝ちが決まっているだろうが」

「へえー、それはすごいわね！」

そう言ってけらけらと笑う妖精弓手は、さて、どこまで話を理解しているのやら。

――というか、本当にすごい事なのでは……？

女神官は聞き慣れぬ言葉の数々に小首を捻《ひね》りながらも、ひとまずは角杯を飲み干した。

そしてそれを卓上に置くと「すみません、ちょっと」と言って、席を立つ。

こうした騒ぎが始まる前に中座した、奥方《フースフレイヤ》の事が気になっていたのだ――……。

§

「ぷ、あ……っ」

宴席に賑わいを背後に母屋《スカーリ》を出ると、人いきれから解放され、思わず息が漏れた。

ただ人が多いというだけで火照った頰に、汗ばんだ体に、吹き荒ぶ寒風が何とも心地よい。

――これは……。

お酒を飲む気持ちも、何となくわかるものだ。

夜だというのにどうしてか明るい中を、さくさくと雪を踏んで、女神官は歩いていく。

星明かりか、それとも双子の月のおかげだろうか。奥方《フースフレイヤ》を探すのは、さして難しくもなかった。

宴席に向かったであろう人々の足跡から、一つだけ外れたものが見て取れたからだ。

――野伏の皆さんじゃあなくても、これくらいは……。

できる。わかりやすいほどくっきりした足跡なら、小鬼か、そうでないかだってわかる。

母屋の裏手、まだ明かりも人々の声も聞こえる程度に離れた、集落の外れ。

ちらちらと舞い散る雪の輝きを纏わせた奥方《フースフレイヤ》は、近づく足音に振り向き、その隻眼《せきがん》を細めた。

「あじゃ、もうねずぶん《おやすみ》でがんすか？」

「いえ」と女神官は微笑みを返して、首を横に振った。「少し、風に当たりに」

女神官は彼女の隣に並んで、ほ、と息を吐く。白い煙が、ふわふわと漂った。

「今日は本当にありがとうございます。いくさの後なのに、猪とか、ご馳走とか……」

「宴《スカーリ》はどうど毎度《だもの》だざけ。あちとさもてなすのも、あたりまえでがんす」

たとえ仇《かたき》が家を訪ねてきても、旅人であるなら受け入れるのが度量なのだ――と。

言葉通り当然のように語る様には、女神官は「すごいなぁ」と平凡な感想を抱くばかりだ。

受け入れる側も受け入れる側なら、仇を訪ねる側も訪ねる側だ。

仇敵《きゅうてき》同士、許し合うでもなく、お互いに相手の度量を試す様は……なんともはや。

そんな呆けたような女神官の表情を認め、奥方《フースフレイヤ》は全てを見通したように首を横に振った。

「おど様のいづものが始まったんだろちゃ？　旦那《のでしょうね》」

「あ、あはは……」

奥方《フースフレイヤ》が、あっちゃけと呟く莫迦《あっちゃけ》のを、女神官は気づかないふりをした。その頬が赤いのも。

何を言うべきか。言いたいことはわかるけれど、言葉が上手《うま》く形にならない。

――でも、うん。

たぶん、言いたいことはとても単純な一言。

「……素敵な、旦那様ですね？」

「ん……」

奥方《フースフレイヤ》は、言葉少なにこくりと頭を動かした。そして、腰に下げた鍵束を、そっと撫《な》でる。

幼い娘がそうする仕草で、もしやすると、女神官とはさほど、歳も変わらないのやもしれない。

「このよぼみたら《顔》、あきでむこのあごわかれ《婚約破棄》も当然だろうにの」

「素敵だと思いますよ？」

「うそんこだぁ《嘘ですよう》」

「ホントです」

女神官は、くすくすと笑った。その笑みもまた、白い煙に変わってしまうのだけれど。

「水の街……えっと、わたしの住んでいる方の大きな街なんですけど、そこの大司教《ビショップ》様も」

目が、と。女神官は示した後で、けれどはっきりと、奥方《フースフレイヤ》に向けて言い切った。

「とっても素敵な人で……だから、あなたも素敵だと思います」

「…………んだか《そうですか》」

「はい、そうなんです」

「んだかぁ《そうですかぁ》……」

奥方《フースフレイヤ》は、しみじみと息を吐く。その吐息が女神官の白息と混ざり、絡《から》まって、宙に踊った。

「……四方世界は、ひれえね《広いですね》？」

「はい、とっても――……とっても」

――本当に、そうだ。

女神官は、ここが世界の果てだと思っていたのだ。

見上げるほどの岩山を超えて、見たことのないその向こうに踏み込めば、そこが最果てだと。

けれど、そんな事はなかった。

この地に棲まう人は、さらに北の人々と交流があって、こうして暮らしているのだ。

その人と人との交わりは、女神官にはとても想像もつかないほど、荒々しいものだが。

東の砂漠の向こうにだって、まだ大きな世界は広がっているに違いない。

南の樹海の彼方にだって、見たことのないものが大いにあるだろう。

なんなら自分の棲まう西の辺境にしたところで、そのさらに西には何があるのか、知らない。

世界も、人も、何もかも。

多くの人々がもはや忘れてしまった領域《フォーゴトン・レルム》の物語も、どれほどあろう。

女神官自身が、かの英傑の物語を知らなかったのと同じように。

『こうに違いない』などと言い切ることは――価値を推し量る事は、きっとできまい。

誰にだって、できないのだ。

その時点で、もはや掛け替えのないほどに、尊いものに違いあるまい。

――ああ、そうか。

女神官は、自分がここまでずっと胸にわだかまっていた、黒い靄《もや》の正体を見出した。

それはきっと、この旅に出る前、あの迷宮探険競技の頃から既に生まれていたのだろう。

自分は、知らなかったのだ。

あの人《ゴブリンスレイヤー》が、あんな表情――もとい、感情を露《あら》わにするのを。

自分にとって彼は、尊敬すべき人であり、完璧《かんぺき》であり、決断的で、完成された先達だった。

怒りを表に出すことなんて、滅多《めった》になかった。常に冷静沈着だと、そう思っていた。

けれど、違うのだ。

彼は、女神官には理由がわからないが――この地に来たいと思っていた。

憧《あこが》れがあったし、願いもあったのだろう。期待するものがあって、楽しんでいるのだ。

嗚呼《ああ》、なんて事だろう。小鬼を殺す者は、決して、小鬼を殺すだけの人ではないのに！

「……ふ、ふふっ」

「なして？《どうかしました》」

「いえ……いえ」

女神官は、笑みと共に目尻に滲んだものをそっと拭《ぬぐ》って、夜風に金髪をふるりと振った。

「知らない事が多いな、って。もっと頑張らないといけないなあ、と」

「んだのや《そうですね》……あ、のやのや《ねぇねぇ》」

不意に、奥方《フースフレイヤ》から声をかけられ、女神官は「どうしました？」と彼女の方を振り向いた。

雪より白い肌を薔薇色に紅潮させた彼女は、とびっきりの悪戯をするように、頬を緩めて。

「あみゃからの雨は……」

深呼吸。

咳払《せきばら》い。

「天《あま》からの雨は、あまねく海原《あまはら》に降りゅで……」

「……あま、からの、あめは、あま、ねく、あまはら、に、ふる、でしょう《The rain in plain stays mainly in the marine》……！」

「わ……！」

女神官は、思わず手を叩いた。

拙く、たどたどしく、幼く、未熟で――ああ、しかし。

「言えてます……！　きれいに！」

「やったあ……！」

きゅっと拳を握って誇らしげにする奥方《フースフレイヤ》が愛らしく、思わず女神官は彼女の手を取った。

小さくて傷だらけ、無骨で、角ばっていて――……。

――ああ、素敵な手だ。

そう思い、そっと包み込むと、奥方《フースフレイヤ》はてれてれと恥じ入ったように視線を彷徨わせた。

「まだ、なったらだぁ《全然です》。おど《旦那》様には内緒へ《にしてくださいね》？」

「練習なさったのですか……⁉」

「おど《旦那》様が、なんしえ《どうしても》わぁ《私》を都さつれてくってきがねくて」

おど《旦那》様をわれもの《笑いもの》にするわけにはいかないから、と彼女は言う。

きっと——頭領《ゴジ》の思いとまったく同じで、まったく正反対なのだろう。

あの若い北方の領主は、彼女のことを我が女神《マイ・フェア・レディ》と思っているに違いないのだから。

「……素敵ですよ。あなたも、旦那様も」

「ん……」

その後、女神官は奥方《フースフレイヤ》に誘われるまま、彼女と共に風呂《ふろ》に入った。

曰く、今日は「洗濯の日」で、たとえ合戦があったとしても入浴する決まりなのだという。

　風呂《バズストゥーヴァ》は炉に熱した浴槽《よくそう》神の石像に水をかけた蒸《む》し風呂で、馴染みのある仕組みだった。

特別なのは行水用のしゅわしゅわ泡立つ水で、女神官は「ひゃ」と声をあげて驚いたものだ。

　奥方《フースフレイヤ》はそれを見てくすくす笑ったが、彼女だって鎖帷子を訝しんだのだからお互い様だ。

というより、奥方《フースフレイヤ》だとて大事そうに鍵束を風呂へ持ち込むのだから、人のことはいえまい。

宴席に参加していた女が、みな腰に鍵を下げていると女神官は気づいていた。その意味も。

不思議な薄明かりに照らされる奥方《フースフレイヤ》の白い裸体には、紋様が白く透き通って浮かんでいた。

眼帯に覆われていた目を貫いて、心臓と、片腕の先まで深く根を張った、白い大樹。

そう、それはまるで枝葉を広げた大樹のようで、人の手によるものではないように思えた。

思わずしげしげと眺めた女神官に、奥方《フースフレイヤ》は尊いものを示すように、その傷を示す。

「ん、神さまからの御恩《みめぐみ》ださけ、な」

幼い頃に受けた、嗜虐神からの聖なる疵痕《きずあと》。

天の火は彼女の体を焼いて、傷を刻み、その片目を奪い去った。

それは女神官には思いも及《およ》ばぬ、大いなる苦痛であったろう。

けれど同時に――……。

――だからこそ、彼女は最愛の人と巡り会えた。

《宿命》にせよ、《偶然》にせよ、天の神々は骰子を振る。物語を紡いでいく。

その道をどう歩んでいくかは、全て人々の自由意志だ。

彼女が出会った彼の人が、共に在ろうと思わねば、きっとこうはならなかったろう。

彼女が出会った彼の人が、小鬼の巣に挑んだ新人を救おうと思ってくれたように。

本当に、四方世界には――神々でさえも思いもよらぬ事柄が、満ち満ちている。

「つれごどがあるしたさげの《辛いことがあるからこそ》、えごどがでんじだて《良いことが尊いのだと》、わかるのでがんす《わかるのですよ》」

「それが、嗜虐の女神様の、教え……」

「んだぁ」

この地が素敵だと思えるのは、きっと女神官が異邦人だからだろう。

宴でもてなしてくれた。誰も彼も親切――少なくとも受け入れようとしてくれた。

旅人を迎え入れる文化があって、料理を拵《こしら》えて、宿も貸してくれて、温かい。

だから、だけど、暮らすとなれば――きっとまた別だ。
寒く、凍えて、海は荒れ、いくさがあり、昼は暗く――影の横たわる国。
雪が降り、地面は固く、波は厳しく、日々の糧を得るのはどれほど苦労するだろう。
人々は荒っぽく、血を見るのは日常茶飯事で、争いとなれば躊躇はない。
――だけど。
良いところだと、思うのだ。
素敵な人たちだと、思うのだ。
それは嘘偽りなどでは、決してないはずなのだ。
「ほれ」
「……あ……！」
奥方《フースフレイヤ》が示した湯殿の天窓、その向こうの夜空。
そこに翻《ひるがえ》る、虹光《にじびかり》の天幕にかけて――……。

第4章 『玉座の戦い《ゲーム・オブ・スローン》』

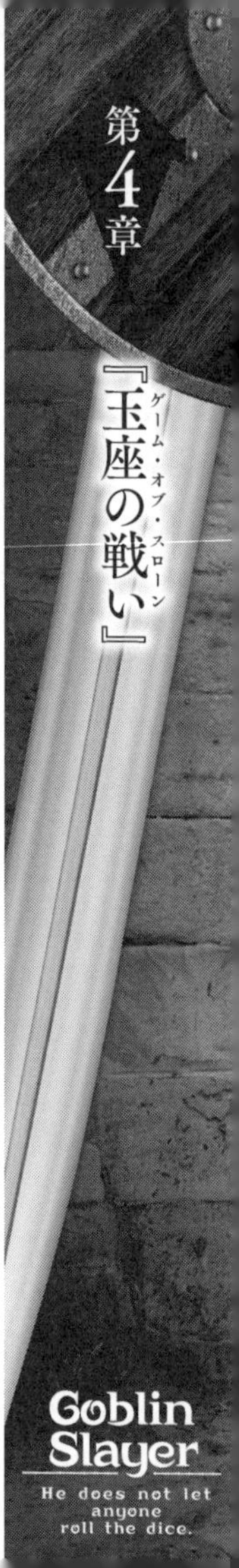
Goblin Slayer
He does not let anyone roll the dice.

「頭領様《ゴジ》に贈り物を差し上げたいと思います！」

ふんすと両手を握って気を上げる女神官へ、一同の視線が真《ま》っ直《す》ぐに突き刺さった。

翌朝、朝食をどうぞと招かれた母屋《スカーリ》での事である。

奥方《フースフレイヤ》が意図を計りかねて瞬《まばた》きし、頭領《ゴジ》はこちらの意を探るように食事の手を止め、目を向ける。

そして同様の目線は、彼女の仲間たちといえど変わりない。

「ごめん、聞き間違いじゃないと思うけど、もうちょっと小さく言って……」

「頭領様《ゴジ》に贈り物を差し上げたいと思うんです」

上の森人《ハイエルフ》といえど酒の毒から逃れ得ぬのは、二日酔いの辛さも酒の楽しみと言ったが故か。

少なくともかつて己《おのれ》で口にした事を違えぬ彼女は、酒造神からも愛されているに違いない。

顔をしかめて呻《うめ》き呻き、白湯を口にする妖精弓手《エルフ》は「そう」と短く呟《つぶや》き頷《うなず》いた。

もそもそと頬張《ほおば》っている平たい薄焼きのパンを、彼女は存外に気に入っているらしかった。

「初めて聞いた気がするんだけど……」

「はい、今ここで初めて言いましたから」

妖精弓手は、胡乱《うろん》げな目線を小鬼殺しの鉄兜《てつかぶと》へ向けた。

ゴブリンスレイヤーは「何だ」とでも言いたげにその鉄兜を傾《かたむ》けた。

妖精弓手は天を振り仰《あお》いだ。薄革の天窓から、ぼやけた朝日が透けて見えた。

「いくらこちらの文化と言いましても、流石《さすが》に歓待して頂いて、そのままというわけにも……」

つらつらと、女神官は自然な口調で方便を並べ立てた。

といっても、何も一から十まで嘘《うそ》偽りというわけではない。

無償の善意は尊《とうと》いが、何事にも理由があった方が受け入れやすい事を、彼女は学んでいた。

――こうしてご説明した方が、きっと受け取って頂けますし……！

もっとも、その事実こそが自身の成長であるという点にまでは、未《いま》だ思い至らぬようだが。

「構わんだろう」

故《ゆえ》に、ゴブリンスレイヤーがこっくりと頭を上下させた時に、彼女はほっと息を吐いた。

「少なくとも宿と食事の分は、恩を受けている」

「公正な取引は、交易神も尊ぶところ。この地は吹き荒《すさ》ぶ寒風故、彼の神の恩寵《おんちょう》も篤《あつ》いしの」

鉱人《ドワーフ》道士は迎え酒――というわけでもなく平常通り、蜂蜜酒に舌鼓を打ちつつ、したり顔。

「鉱人《わし》らとも付き合いがあったのだもの。その辺りは頭領《ゴジ》様も重々承知よな」

「ははは。無論、礼を求めて宿を貸したわけではないのだがな」

頭領《ゴジ》はそう言って、からからと笑った。

客人とあらば何者であっても歓待する——というのは、何もそう、珍しい話ではない。

それは家主、領主の度量を示す何よりの証拠だ。

貧相な旅人が神の御使いで、拒んだ者が禍《か》を、歓待した者が幸を得る——……。

などという昔話は珍しくもないが、つまりは一つの教訓話と言えよう。

一夜の宿を乞うた者を受け入れる余裕のない者は、その内に没落しても当然という事だ。

御使いを拒んだのが先か、後かというのはまた別の話。因果は時として事象を遡《さかのぼ》って生じる。

世の中には「敵に追われている者は何者であれ守る」という風習を持った村もあると聞く。

それを単に金品などで贖《あがな》うというのでは、他者の文化風習を軽んじることにもなろう。

「はい。ですので、お礼ではなく贈り物として差し上げたいのです」

そうした諸々を意図してかどうか、女神官はにっこりと笑顔を浮かべてみせた。

「して、その贈り物とは何ですかな?」

善き僧侶とはただ純粋に信心深いだけでなく、人に教えを説く弁舌もなければなるまい。

徳の高さを解している蜥蜴僧侶《リザードマン》は愉快げにぐるりと目を回し、女神官は「はい」と頷いた。

「よろしければ頭領《ゴジ》様のため、癒《い》やしの奇跡を、地母神《ちぼしん》様へ希《こいねが》いさせて頂きたく」

「ほう」

「あや」

頭領《ゴジ》と奥方《フースフレイヤ》が、揃《そろ》って声を出した。

頭領《ゴジ》は気づかれたかといった風で、奥方《フースフレイヤ》や誰《だれ》かが語ったなどとは露ほども疑わぬ感心の声。

対して奥方《フースフレイヤ》のそれは何とも形容し難《がた》い、戸惑いが形になったようなものであった。

彼女の眼帯に覆《おお》われてない隻眼《せきがん》がちら、ちらと忙しなく夫と、女神官との間を行き交いする。

けれど奥方《フースフレイヤ》は差し出口を挟むでなく、奥ゆかしく沈黙を選び、きゅっと唇を結んだ。

「確かに右腕を痛めてはいるし、いくさの最中とあれば奇跡は貴重だ。願ってもない」

その様をちらと横目で見て、頭領《ゴジ》は何とも愉快そうに口元を緩《ゆる》めた。

「そして俺《おれ》に、ではなく、俺のため、か」

「地母神様の教えは、守り、癒やし、救え……ですので」

女神官も心得たものとばかり、先程までの笑みをきゅっと引き締めて頷いてみせる。

その表情を前に、頭領《ゴジ》は息を漏《も》らすと、諦《あきら》めたように頭を横に振った。

「客人からそう言われたのでは、俺も意地は張れんな」

彼は外套《がいとう》に隠し続けていた右腕を、そっと高座の肘掛けの上に出した。

その二の腕から手首までは、痛々しく、僅《わず》かに血の滲《にじ》む包帯で覆われていた――が。

しかしそれは、彼の傷が放置されていたという事を決して意味しない。

亜麻布の包帯は真新《まあたら》しく丁寧に巻き直されていたし、結び目もしっかりと縛られている。

止血のためにはきつく結ぶのが肝要だが、必要以上にやればそこから先が腐り落ちるものだ。

嗜虐神《しぎゃくしん》のあるところ、傷口をさらに切開する、良くわからぬ治療法が多いと聞くが――……。

――心のこもった、手当ですね。

誰が手当をしたのかを思えば、自然と女神官は胸の内が温かくなる。

それは、続く頭領《ゴジ》の言葉を聞けば、疑いの余地なく証明されるものだ。

「奥。……いや、かが《奥方》。おれ《俺》とこの腕ん傷をみらへ《見て下さい》」

「あや」

奥方《フースフレイヤ》は、残された一つの目をぱちくりと瞬《またた》かせた。頭領《ゴジ》がわざとらしく、溜息を吐《つ》く。

「ひとに頼むと、かがば《奥方》、すぐむんつげっさげ《拗ねるからな》」

「そ、そげだことありましね……！」

そして白雪のように美しい頬《ほお》を、さっと薔薇《ばら》色に染めながら、年頃《としごろ》の娘のように声をあげる。

頭領《ゴジ》と奥方《フースフレイヤ》の仲睦《なかむつ》まじい夫婦姿は、朝食の席で見るにはいささか胃に重たい。

微笑《ほほえ》ましいのは何よりだが冒険者ら――女神官と小鬼殺し以外――は、曖昧《あいまい》に視線を交わす。

無論、その意味に気づかぬ二人でもない。

慌ててそそくさと奥方《フースフレイヤ》が居住まいを正す横で、頭領《ゴジ》は軽く咳払《せきばら》いを一つ。

「そして、あちとら《客人》をとりこ《捕虜》のとこまで、案内してくれ」

「ん」と、羞恥《しゅうち》に顔を俯《うつむ》かせた奥方《フースフレイヤ》の小さな声は、恐らく承諾のそれと見て間違いあるまい。

頭領《ゴジ》は満足そうに彼女へ頷いた後、しっかりと女神官に視線をあわせた。

「奇跡を賜って治療し、話を聞かねばならん。よろしいかな？」

「はい、もちろんです！」

当然、女神官はその慎ましやかな胸を精一杯に反《そ》らし、自信たっぷりといった風に請け負う。

それで終いだ。

朝食の場にぽんと放り込まれた唐突な議題は、和《なご》やかなままに決着し、食事が再開された。

ちびちび杯――昨夜とは違い、普通の――の白湯を舐《な》めていた妖精弓手が、目を細める。

「……手慣れてるわね」

「そうでしょうか？」

女神官は、羞恥でもなく謙遜《けんそん》でもなく、言葉通りの疑問を、ぽそぽそと小声で返した。

「そうだと良いのですけれど……」

「口挟む余地ないじゃない、私たち」

ねえ？　と、皆に問いかける妖精弓手の口ぶりは、実に愉快そうなものであった。

それはじんわりとした白湯のぬくもりが、ようやっと臓腑《ぞうふ》に染《し》み込《こ》んできたためだろうか。

あるいは、この年の離れた友人の成長ぶりを喜ぶ、年長者としての喜び故だろうか。

「ああ」

言葉少なに同意を示したのは、鉄兜を被った姿でこの場にいるゴブリンスレイヤーだった。

彼は続けて、まるで料理の感想でも口にするかのように、短くぼそりと言った。

「悪くあるまい」

「勝手な事だったでしょうか……?」

「いや」と呟いたゴブリンスレイヤーは「先程も言った通り、構わんだろう」と続けた。

鉄兜の隙間《すきま》からもそもそと薄焼きのパンを齧《かじ》り、魚の粗《あら》を用いているらしい汁を啜《すす》る。

「お前が考えて決めた事なら、それで問題はあるまい」

「……はいっ」

女神官は、傍《かたわ》らに座る男の言葉が全《すべ》てを保障してくれたような心持ちで、頭を上下させた。

何かを為《な》そうという時は、いつだって、自分自身では事の成否などわからないものだ。

誰かが――信頼できる誰かが認めてくれなければ、これで大丈夫とは、到底思えまい。

やっとホッとして息を吐けば、途端に感じるのは寝起きの朝に特有の空腹感だ。

腹が鳴るのは年頃の娘として避けたく、彼女は臍の上に手をあてがって、そっと力を入れる。

見れば薄焼きのパンも、器に盛られた果実も、魚の汁も、どれもこれも旨そうではないか。

きっと自分たちが棲まう辺境とは、味付けも何もかも違っているはずだ。

昨晩の宴《うたげ》で供された料理の品を思えば――いよいよ、腹がころりと鳴きそうなほどだった。

「ま、その前に」

最後に、今まで無言のままに食事にありついていた鉱人道士が、重々しく口を開いた。

彼はこの世の全てを見透かした賢者さながらに、四方《しほう》世界の真理の一つを言葉に紡《つむ》ぐ。

「まずは腹ごしらえをすませねばならんだろうな」

そして蜥蜴僧侶が器いっぱいの山羊乳をがぶりと飲み干し、「甘露《かんろ》！」と尾で床を打った。

§

「《いと慈悲深き地母神よ、どうかこの者の傷に、御手をお触れください》」

「こう、いだみ《ほうみ》がひいてゆぐ……！」

女神官のあてがった手から淡い光が溢《あふ》れ出し、虜囚の傷を地母神の癒やしの指が撫《な》でていく。

捕虜というのは、あの顔中に包帯を巻いた、酒宴の席で蜥蜴僧侶を睨《にら》んだ男であった。

その扱いというのも部屋をあてがわれ、宴席に招かれと、捕虜でなく客人のそれだ。

奥方《フースフレイヤ》によって案内された家でくつろいでいた様には、思わず苦笑も漏れるというもの。

女神官はもうこれもまた文化の違いなのだとして、深く考える事を避けてはいたが――……。

「たまげだごどだの。よぐもおれを、喜びの野からとっぐにしでぐれたわ」

そう豪快に笑う姿には死の気配は微塵《みじん》もなく、女神官にはそれが何よりも嬉《うれ》しいのだった。

「あなたの行く手には未だ赫奕《かくえき》たる武勲《ぶくん》があると、戦女神様が仰せなのですよ」

「まだまだねっぱてかねばな」

もっとも、この地の人々は自ら好んで死の淵へ突き進むきらいはあるのだけれど。

――どう死にたいかという事は、どう生きるのかという事にも繋《つな》がりますし……ね。

前向きに己が生命を全うしようと言うのであれば、地母神のしもべとしては否《いな》やはない。守り、癒やし、救うのだ。自分のスタンスが揺らがない以上、すべき事は変わらない。

「でもんで《それで》、なったどて《どうして》ごっとけすがった《急にやってきた》のでがんすか《でしょうか》?」

そうして人心地つくと、奥方《フースフレイヤ》がしずしずと前に踏み出て口を開いた。

女神官は「よろしいのですか?」と問うたが「嗜虐神の巫女《キジャ》の務めなのだ」という。

曰《いわ》く嗜虐神の巫女は傷の癒やし手であり、同時に捕虜を責め苛む拷問吏でもあるのだとか。

傷の苦しみ、生の喜び、その両方を尊ぶのが嗜虐の女神の教えだ、という事はわかる。

わかる、のだが――……。

――わたしたちが尋問に立ち会ってもよろしいのでしょうか……?

奥方《フースフレイヤ》が禍々《まがまが》しい手術刀とも拷問器具ともつかぬものを用意しているのを、ちらと横目で見る。

いささか何も感じなくなってきた辺り、感覚も麻痺してきてしまったのやもしれなかった。

「おえ《おお》奥方《フースフレイヤ》様よ。いずたげる《意地張る》もんでもあんめ、そう《話そう》」

そうして、傷顔の虜囚が話す事には、だ。

彼らとしても、これほど急に嫁取りを行うつもりはなかったのだという。

嫁取りと称して他の集落に押しかけ、暴《あば》れ、奪うのは別に忌避される事ではない。

だがそれはそれとして、正式に婚約の儀式《フェスタルマール》を交わす事が軽んじられてもいない。

二人が誓いあって麦酒《エール》を飲み交わし、一年を経て花嫁の魔除けのベールを取る。

その婚礼の儀式《ブルーズヴェイエラ》が、尊ばれないわけもないのだ。

「いくさが多ぐでな」

「宴を開くにも先立つものがありませぬとなあ」

大いに理解を示した蜥蜴僧侶が長首を縦に振る。妖精弓手が胡乱げな目を向けた。

「ええ……？」

「野伏殿も婚礼の儀式は華やかな方を好まれるかと思いましたがな」

「それはそうかもだけどさ」

「そしてかような宴を準備できるか、さもなくば攫《さら》って来れる強いおのここそ良しと」

「んだのや《その通り》！」

「然《しか》り然り」

傷顔の男と蜥蜴僧侶は、気を良くした様子で首肯を繰り返す。

妖精弓手は助けを求めるように鉱人道士、女神官へと目を向けるが、何を言えるだろうか。

「……あはは」

「寛容さちうのが大事だぞ、耳長の」

ばっさりと切り捨てる鉱人道士の横で、女神官は曖昧に笑って誤魔化《ごまか》すことにした。

先の宴席でのやりとりを思えば、うかつな事を言えないような気もしたのだ。

「ほだども《ですけれど》」

そして何より、この場の本題は妖精弓手と蜥蜴僧侶の間柄の事では、もちろんない。

場の雰囲気をきちりと締め直すように、奥方《フースフレイヤ》が凛と張った声をあげた。

「氏族《エット》でいくさをふかげだ《ふっかけた》なんで集会《シング》でも聞いておりましね《聞いていませんよ》」

それは恐らく、嗜虐の神の巫女としてではなく、頭領《ゴジ》の妻としての言葉なのだろう。

確かに頭領《ゴジ》を長として頂き、彼らはこの王国の傘下に入ることを選んだ。

しかしそれは全ての北方人が、王国に従う事を選んだわけではない。

だがもちろん、明確に敵対しているというわけでもなかった。

北狄《ほくてき》、つまりは北から押し寄せる混沌の勢力に対し、北方人たちは団結を誓っている。

争いは絶えず、血風吹き荒ぶ中でも、一応の平和は保たれていたのだ。

——今までは。

けれど北方で何らかの理由により乱が起こるとなれば、それは一大事だ。

それは災いを招く。その嵐《あらし》は混沌の渦となりて、王国や四方世界を巻き込んでいくだろう。

「ゴブリンか」

黙って話を聞いていたゴブリンスレイヤーが、切りつけるように言い放った。

長椅子《ながいす》の片隅に腰を下ろしていたその男の唐突な言葉に、虜囚も一瞬黙り込む。

ややあって、虜囚は用心深く目を細めながら、ゆっくりと頭を動かした。

「ほだ《そうだ》」

「やはりな」

一言である。

女神官は「えっ」と声を漏らし、目をぱちくりと瞬かせた。

「ずっと、そう思われていたのですか……？」

だとすれば、今までの様々な――自分の困惑した行動も、全てそのためだったのだろうか。

「宴席の場で、多少なり話は聞いていた」

ゴブリンスレイヤーは、女神官へと淡々とそう説明をした。

女神官は雰囲気に呑まれて、とても他人の話を聞いてられるような宴ではなかったけれど。

――やっぱり、ああいう場に残るのも大事なのですね……。

苦手意識は、少し改めないといけないいやもしれない。

もちろん、宴を抜け出して奥方《フースフレイヤ》と二人で語らったのは、とても大切な思い出ではあったが。

「それに予想もできた」

そんな女神官の内心に、ゴブリンスレイヤーは淡々と言葉を続ける。

「山の下で遭遇した手合だ。南方の個体ではあるまい。が、移住にしては数も装備も雑だ」

もとより小鬼の装備も練度も数も、そう大したものではないが。

彼はそう言い置いて、

「なら、北方より勢力争いに敗れて落ち延びてきた連中だと見るのが、妥当だろう」

「そのわりには落ち着いて見物しとったの」

「当然だ」と彼は言い切った。「彼《か》の国の戦士が小鬼に負けるわけもあるまい」

「ほだとも《そうとも》。入り江の民《ヴィーキング》は、オルクなどに負けましね《負けはしない》」

不意をうたれ、傷つき倒れ、時には死ぬこともあるだろう。

しかしそれは負ける事を意味しない。魂の屈服を意味はしない。

厳しい北風によって、勇敢なる入り江の民《ヴィーキング》が作られるのだ。

この二人の男たちは、そう無邪気に信じているらしかった。

――――ああ、そうか。

もし昨晩の気づきがなければ、きっと今も女神官は困惑していたに違いない。

自分が彼に憧《あこが》れるように。彼ならば間違えないと信じているように。

――彼にとっては。

女神官の知らぬ、北方の荒野から現れた蛮族の英傑が、それなのだ。

かの豪傑と同じ地に棲まう戦士は、決して死の瞬間まで膝《ひざ》を突くことはないはずだ。

そう、ゴブリンスレイヤーという人は信じているに違いない。

「あのまきたがり《業突く張り》ども、船にのっかがってて《乗っていやがって》な」

傷顔の虜囚は、己が挟持を理解されたとみて、幾分か饒舌になり、身振りも交えて語った。

小鬼どもが船に乗って襲ってくる。いしぇこぎ《調子こき》やがってと、彼は罵《ののし》った。

別に、さほどのこともないのだという。

それは辺境の村々が、はぐれの小鬼に襲われても大した事がないようなものだ。

けれど一度だけならまだ良い。

二度、三度、繰り返し繰り返し、懲りないのか学ばないのか、何度始末してもやってくる。

「巣穴かなんかあるって事でしょ？」

腕組みして話を聞いていた妖精弓手が、ひらとその白い手を振って問いかけた。

「だったらそこを叩けば良いだけじゃない」

「んげ《そう》だんばぐ《上手く》は《は》できね《行かない》のでがんす《のだ》」

無論の事、百戦錬磨、一騎当千の北方人であれば、その程度のことに気づかぬわけもなし。

気づいた上で、できぬ理由があるとすれば、それは一つ。

「船が戻らない？」

「ほうじゃ」

虜囚の男は、重ねて頷いた。

「しょんべ《商売》にですた《出した》いくさ船《ヘルスキプ》が、一隻も戻ってくね《来ない》」

無論、誰一人としてこれを小鬼の仕業《しわざ》と思う者はいなかった。

当たり前のことだ。

北方人は小鬼を恐れぬ。

しかれども幽鬼《ドラウグ》を恐れる。海の魔をこそ、彼らは恐れるのだ。

そして抗《あらが》おうにも――凍土の寒さ、過酷さは、平等に何もかもを襲ってくる。

四方世界の全ては平等だ。

誰にでも平等に恵みをもたらし、平等に責め苛む。対処できねば滅びるしかない。

かくして北方人たちは一先ず、親戚のもとに押しかけて急場凌《しの》ぎの物資調達に走ったのだ。

南の王国と通じているところなら、まあ何があっても飢えて死ぬ事はあるまいと判断して。

――――そこで助けを求めないのは、ううん……。

「ま、仮にも他国となってしまいましたからな」

眉《まゆ》をひそめる女神官の疑問に、炉床《ろしょう》に最も近い長椅子で丸まっていた蜥蜴僧侶が答えた。

「嫁取りは単なる交流でありましょうが、援助やら援軍やらとならば、これはまつりごと」

事が大きくなって、諸々の厄介事がまたぞろ出てきて、かえって混乱もするのだろう。

女神官は「なるほど……なるほど？」と、納得半分疑問半分に、首を斜めに傾けた。

唇に指先をあてがって「んん……」と考え込んでも、いまいちピンと来ない。

「面子《メンツ》の問題もあらぁな」

と、これはわざわざ蜂蜜酒を調達し、長椅子の上で旨そうに呷《あお》る鉱人道士だ。

この寒さでは酒も進むらしく、朝食――下手すると昨夜からずっと、飲み通しらしい。

そして酒精を楽しむ鉱人《ドワーフ》ほど、知恵の回る種族は四方世界にいないものだ。

「小鬼に負けて金がねえ助けてくれなんざ、一端の戦士がいや、笑いものだわ」

「あー……」

それはまあ、とても良くわかる話だった。

無論のこと女神官には戦士の挟持というものはわからない。わからないが。

けれど、一端の——ひとかどの冒険者たらんという者ならば、ありえぬ言動だ。

小鬼程度に負けて逃げて人様に頼るような者が、どうして冒険者になれようか。

冒険者とは、無頼《ぶらい》の徒だ。己の力を頼みに四方世界に歩みを進める者なのだから。

最初の冒険、最初の一党《パーティ》、最初の仲間たち。

思い出す度《たび》に女神官の胸のうちで疼《うず》く、深く刺さった棘《とげ》のような、苦い思い出。

その記憶があればこそ——誰もが、最後まで抗おうとしたからこそ——……。

「うん。……それは、ないですね」

無様に自分の不始末を棚に上げて縋《すが》り付くなんて、したくはないと思うのだ。

とはいえ、放置はできまい。

「……こんなは《これは》……こまりましね《困りましたね》」

奥方《フースフレイヤ》は難しい顔をして考え込んでいる。

北方から押し寄せてくる混沌の勢力、北狄と戦うのは北方人の使命といっても良い。

ましてやここは王国の北端である。

逃げるわけにはいかぬし、踏ん張らねばならぬ――武威を示すべき時だ。

小鬼はどうとでもなろう。

だがしかし、海魔。船を帰さぬ、何か。氷海の向こうにはそれが潜んでいる。

「………………」

女神官は胸いっぱいに息を吸い込んで、そっと吐き出した。

彼女たちは冒険者なのだ。

冒険をしにきたのだ。

冒険をするために、ここにいるのだ。

この場にもし、あの時の皆がいたなら、きっとこう言うだろう。

この場にいる、今の皆だって、きっとわかってくれるだろう。

「良い、ですよね？」

「良いんじゃない？」

恐る恐るといった問いかけに、真っ先に妖精弓手が応じてくれた。

彼女は鈴の転がるような美しい笑い声と共に、典雅な仕草で片目を瞑《つむ》る。

「私は乗ったわ。こういうのって、楽しいじゃないの。小鬼絡みは、アレだけどさ」

「拙僧《せっそう》としては、寒い上に海の上というのは、いやはや……」

丸まっていた蜥蜴僧侶は、ことさら億劫《おっくう》そうな動きで長首をもたげて、目を回す。

もう彼とも長い付き合いだ。本気で面倒臭がっているなら、すぐにそれとわかる。

「とはいえ、ここらで一番、いくさ働きは見せねばなりますまいて」

「竜とは逃げぬ者なれば、かえ？」

鉱人道士が髭《ひげ》についた酒の雫《しずく》を拭《ぬぐ》いながら、にかりと笑う。「然り」と長首が揺れた。

「娘っ子らに、この鱗《うろこ》のが行くてぇなら、鉱人だって逃げるわけにゃいかねえわな」

「そうこなくっちゃね！」妖精弓手が笑った。「酒樽なら海にも浮かぶしさ」

「金床は沈んじまうな」

「あんたのが重いでしょが……！」

そして喧々囂々《けんけんごうごう》、いつも通りの賑《にぎ》やかな二人のやりとり。

すわ何事かと、奥方《フースフレイヤ》と虜囚が目を白黒させているのがおかしくて、女神官は笑った。

安心と、嬉しさと、感謝とが混じって、くすくすと、自然に腹から笑いが起こるのだ。

「……良い、ですよね？」

そして最後にもうひとり。

薄汚れた革鎧《かわよろい》、安っぽい鉄兜のその人に声をかけると、彼は淡々と言った。

「構わん」

はっきりとした、いつも通りの決断的な一言。

「お前が考えて、決めた、お前の冒険であるならば」

それが何よりも頼もしくて、その言葉に背中を勢いよく押されて、女神官は立ち上がる。

そして彼女は奥方《フースフレイヤ》に向けて、真っ直ぐにはっきりと、誇り高くその一言を切り出した。

「冒険者《アドベンチャラー》に、任せてください……！」

§

「いや、そうは言ってもだな」

再びの母屋《スカーリ》である。

とはいっても、朝とは違い、頭領《ゴジ》の周囲には大勢の北方人たちが詰めかけている。

奥方《フースフレイヤ》が捕虜から聞き出した情報を元に、軍議が開かれた事は想像に難くない。

そしてその場に何故部外者である冒険者たちがいるのかといえば――……。

「てづでどいってもな《手伝いと言ってもな》」

「冒険者てのはのすみど《盗賊》でろ《だろう》？　いくさにえてもそんましぐや《行ってもすぐに死んじまう》」

「いぐら霧降のお山さ越えたて、のすみど《盗賊》ではな」

渋い顔で腕を組む、北方人らの表情が如実に物語っていた。

――端的に言えば、信用の問題なのですよね。

女神官は受付嬢を見習って曖昧な笑みを崩さぬまま、そっと内心で小さく息を吐く。

一頃《ひところ》なら慌てふためいたかもしれないけれど、今なら、動揺を多少は隠せるようになった。

冒険者とは無頼の輩だ。

冒険者ギルドなるものがあるのは王国だけ——他の国家にもあるのだろうか？——と聞く。

つまり、後生大事に下げている認識票が「信用」として通じぬ場の方が、多いものだ。

そしてそのうちの一つがここだ、というだけの事。

幸いにして、かつて赴《おもむ》いた東の砂漠の国では、さほど問題にはならなかったけれど——……。

「問題点はどこだ」

そうして女神官がどうしたものか思案している横で、ゴブリンスレイヤーが切り込んでいた。

「我々に信用がない点か。それとも戦力面での不安要素か。どちらだ」

「貴殿は話が早いな」

「解決できる点があるなら、早々に解決すべきだ」

苦笑する頭領《ゴジ》に、ゴブリンスレイヤーは短く言い返す。

「で、どうだ？」

「アールヴがの盗《ぬす》むとはおもわね」

答えたのは頭領《ゴジ》ではなく、他の北方人の一人であった。

「んだ」「んだぞ」と、場の人々が次々に頷く。あたかも、全員が全員、代表であるように。

どうやら頭領《ゴジ》は高座にこそ座っているものの、会議の場における立場としては皆と等しいらしい。

もっとも女神官は、それよりも――妖精弓手が強く信頼されている事が、おかしかった。

白磁の冒険者として軽んじられても、地母神の神官としては敬われた事は幾度かある。

その自分が今この場で問題にもされておらず――妖精弓手が上の森人というだけで敬われる。

当の本人、年の離れた友人が超然としているのは、二日酔いの頭痛のせいだというのに！

――信用というのは、色々あるのだなぁ……。

時と、場合と、人によって、何もかもが変わってしまうのだ。

それを知った事が、女神官には何とも愉快な事であった。

「わぁは霧降のお山さ越えたんだがもしね」

「ほだども、おらがだはそれをみでね」

「見せれば良いのか」

「ん」と、また別の北方人が頷いた。「かまぞをみせれちゃ」

「ほう、腕試しですとな」

のそり。寝起きの竜もかくやと言った体《てい》で、蜥蜴僧侶の長首が持ち上がった。

北方人が臆するわけもないから同情か気遣いか、その巨体は炉床の傍《そば》に収まっている。

火に当てられて温まった血は。戦いの予感にぐつぐつと煮えたぎる――……。

「できれば拙僧が参加する刻限は、陽《ひ》が最も高い時分に、火の横で願いたいですな」

……わけもなく。

再びゆるゆると降りた長首ごと尾を丸めて、蜥蜴僧侶はすっかりそこを巣穴と定めたらしい。

思えば今まで北方に向かうとなれば、当然ながらその冒険は雪中行軍ばかりであった。

寒い時期に暖かな火の傍にうずくまるという贅沢は、そう冒険の中で許されるものではない。

それを余すところなく享受するというのは——竜らしい、のだろうか？

女神官は「いざという時はお願いしますね？」と声をかけ、尾が揺れたので場に向き直った。

「では、どうしましょうか。試合などではなく、力比べ……となりますと——……」

「のう、ここじゃアレはやらんのか？」

唇に指をあてがい思案する女神官の横で、蜂蜜酒の次は麦酒を楽しんでいた鉱人道士が言う。

蜥蜴僧侶とは趣こそ違えども、長椅子の上で足を組む様は、実に悠々とくつろいでいる。

まだどうしても内心に緊張が残る女神官としては、正直羨《うらや》ましくも思うのだが——……。

「アレ、と申しますと？」

「土地によって名前が違うから何とも言えんが、アレつーたらコレよ」

鉱人道士がその太い指で何かを摘《つま》んで、トントンと卓上に置くような仕草を見せた。

「無論、あるとも」

高座の上、奥方《フースフレイヤ》に癒やされた事を示すように右腕で顎《あご》を支えた頭領《ゴジ》が、牙《きば》を剝《む》いた。

「四方は全て神々の盤上だ。冒険者には、盤面にて己の力量を示してもらうのが道理だな——かが《奥方》」

「よがんす《よろしいかと》。あがさしぇる《謎掛け》もえけど《良いですが》、いくさの前の盤《ネファタフル》は、ごまたぎ《縁起担ぎ》でがんす」

奥方《フースフレイヤ》が、その白雪のような細面《ほそおもて》を凛々《りり》しく引き締めて、すっと顎を引いて頷いた。

眼帯に覆われていない瞳《ひとみ》が稲妻のような視線を、冒険者たちの上へ走らせる。

「巫女《キジャ》として、だんでろ、誰《で》でも《も》おあいでさせて頂きます」

「良かろう」

女神官が何かを言うよりも早く、ゴブリンスレイヤーの鋭い返事があった。

彼は何の問題もないかと言うように、鉄兜の庇越《ひさしご》しに、真っ直ぐ視線を受け止める。

「盤上遊戯で実力を示せば良いのだな」

「んだ」

「ならば」

ゴブリンスレイヤーの腕が動いた。

無骨で、使い込まれた籠手《こて》に覆われた手指が、女神官の華奢《きゃしゃ》な肩に触れる。

ぐいと力強く摑《つか》まれる感触に、女神官は「わ」と思わず口を開けて――――……。

「この娘がやろう」

「えっ」

ひどく間の抜けた声をあげた。

右を見る。ゴブリンスレイヤーの鉄兜は、真っ直ぐに奥方《フースフレイヤ》の方へ向けられている。

左を見る。妖精弓手はそれどころではなく、蜥蜴僧侶は頷き、鉱人道士は酒を一口。

前を見る。奥方《フースフレイヤ》が、その独眼を爛々《らんらん》と輝かせて、女神官の心臓を射抜くような目を向ける。

女神官は、ぱちくりと目を瞬かせた。

「――――えっ？」

§

「ようは、ただ戦争遊戯《ただけだ》」


高座の間、炉床を跨《また》ぐようにして置かれた卓上には、四方世界が広がっていた。

即ち正方形で、マスが刻まれ、刻印文字で彩《いろど》られた、それはそれは見事な木製の盤である。

その上には白と赤、二色に塗り分けられた軍勢がずらりと戦列を整えて陣を敷いている。

海獣の牙かなにかであろうか――いや、これは錫《すず》、白鉄《ホワイトメタル》に違いない。

王と兵たちの鎧兜は精密な彫刻に加え、繊細な筆さばきによる塗装が施《ほどこ》されている。

剣や兜、それを彩る宝玉の輝きや影まで、何色もの塗料を重ねる事で表現されているのだ。

触れ得ざる風にはためくΩ《オメガ》の旗指し物などは、今にも本当に動き出しそうに思えてくる。

例えるならば、本物の兵士たちがそのまま指先ほどの大きさにまで縮んでしまったよう。

ともすれば、この盤と駒《こま》の一揃いには、何かの魔法か加護が宿っていてもおかしくはない。

ただ一つ、女神官にとって奇異であったのは――――……。

「白い駒を、赤い駒が囲んでいる……のですね？」

二つの軍勢が対峙《たいじ》するのではなく、白軍を、赤軍が四方から取り囲むような布陣であった。

真剣な面持《おもも》ちで盤面を覗《のぞ》き込む女神官は、唇に細い指をあてがって俯いた。

北方人――それもむくつけき戦士らが興味深く、というより見世物の体で周囲を囲んでいる。

怯《おび》え、竦《すく》み、物もまともに考えられまい。年若い娘ならば、それも当然であろう――が。

「初めて見る遊戯です。盤《ネファタフル》と……？」

にもかかわらず彼女は物怖じせずに顔を上げ、相対する指し手へと真っ直ぐに瞳を向けた。

「んだんず《その通りです》」

それがどうしてか嬉しくてたまらないと言った風に、奥方《フースフレイヤ》は頬を緩めて頷く。

「しれ《白》はやうぢ《内》の『玉座』から、すまこ《隅》の『角』に、王《コヌング》を逃せば勝ちでがんす《となります》」

「逆に四辺の赤の軍勢は王を捕らえれば勝ち、というわけですね」

――やっぱり、どこか呪的だ。

それは盤を示す奥方《フースフレイヤ》の指の動きか、語り口調か、盤と駒に施された職人の術によるものか。

四方の『角』から盤の外へ。それが何を意味するのか、女神官にはわからなかったけれど。

「……駒の動かし方は？」

「たで《縦》ちゃま《に》よご《横》ちゃま《に》、まっつぐえっだけ《真っ直ぐ好きなだけ》、ぶつがるまでだぁ《ですね》」

奥方《フースフレイヤ》がそのいくさ働きの痕《あと》も美しい指先で、滑らかに赤の軍勢を動かして、また戻す。

なるほど、なるほど。女神官は繰り返し頷いた。斜めはだめ。という事は――……。

女神官は、じっと十一かける十一、百二十一の戦場を睨んだ。

いつだか遊んだ卓上演習は、四方世界を巡って竜退治《ドラスレ》をするものだった。

それに比べれば、この四角いマスで区切られた世界は、その片隅の戦場に過ぎまい。

一方で抽象化され、ほんの何十マスにまで落とし込まれた四方世界よりは、広大だ。

――広いようでいて、狭い……。

女神官は、このいくさ場をそう見て取った。縦横無尽に駆け回るには、味方も敵も多すぎる。

ましてや王は中央にいるのだから、どう足掻《あが》いても、『角』に至るには最短で二手必要。

それさえも、事前に進路の邪魔となる兵を排除した上での事、となれば――……。

「駒を減らさないといけませんよね。同じ場所に入れれば、取れるのでしょうか?」

「やあや。ふだつの駒で挟むのでがんす」

奥方《フースフレイヤ》が指先を翻《ひるがえ》し、白と赤の軍勢を魔法のように操《あやつ》ってみせた。

駒と駒。あるいは駒と『玉座』、もしくは駒と『角』。それに挟まれた駒は、奪われる。

例外は『玉座』の領域にいる王で、その王だけは四方を取り囲まねば囚《とら》われない。

――狼《おおかみ》と羊の遊戯だ。

地母神の寺院で、手慰みに遊んだことのある競技を、女神官はふと思い出した。

幼い子供――自分も含めて――が多く、誰も信仰心のみで生きてゆく事はできない。

女神官は褐色の肌も美しい先達の尼僧に手ほどきを受け、長じてからは後輩に教えた。

幼い頃は先輩に勝てた事が嬉しかったが、立場が変わって、手加減されたと悟ったものだ。

――先輩は、うまかったな。

女神官は、状況を理解してはいたものの、懐かしさに頬が緩むのを我慢しなかった。

戦遊戯《ウォーゲーム》よりもむしろ、あの懐かしい遊びの方に近いように感じられるのだ。

「自分から駒の間に飛び込んだ時はどうなります？」

「それなら大丈夫《それならだいじょうぶ》ですだばでんじね」

「なるほど……」

そうやって女神官が逐一頷き、確認していたせいだろうか。

高座に座って見守っていた頭領《ゴジ》が、助け舟を出すような口調で切り出した。

「覚え書きが必要なら、したためても構わないが」

「？」

頭領《ゴジ》からの申し出に、女神官は不思議そうに小首を傾《かし》げた。

「いえ、大丈夫です」

「そうかね？」

はい。女神官は頷いた。冒険中にそんなものを書いた事は、今まで一度だってないのだ。

「ただルールを確認したいので、試しに一局、それから本番でもよろしいでしょうか？」

「どうだ、かが《奥方》」

「かまいましね」

頭領《ゴジ》に問われた奥方《フースフレイヤ》は、嫋《たお》やかに微笑んで頷きを返した。

「うそんこ《遊び》でもほんこ《真剣》でも、じょじょ《処女》まはあわねさけ《敵じゃないですから》」

「だからって、手加減はしないでくださいね」

対する女神官は、ふんすと気合を入れて盤面に向き合った。自分が操るのは、白の軍。

「遊びでも、本気でやるべきでしょうから……！」

そして、戦いが始まった。

§

「ね、良いの、オルクボルグ」

「なにがだ」

そうしたやりとりを、無論のこと冒険者らも固唾《かたず》を呑《の》んで見守っていた。

真剣に盤面を見つめる女神官の周囲で、やはり彼らも盤上の戦いに目を落とす。

包囲を敷かれた白の軍は、悪戦苦闘しながら赤の軍に立ち向かっていたが――……。

「勝てないと思うわよ、たぶん」

妖精弓手が、殊更に声を潜めて、そっと鉄兜の奥へと囁《ささや》きかけた。

年の離れた友人が真剣に勝負しているところへ水を差すのは、流儀ではあるまい。

かといって、冒険の場において戦力を分析しないのは、良い事とは言えなかった。

「そうか？」

しかし問われたゴブリンスレイヤーは、不思議そうに鉄兜を傾《かたむ》けるばかりだ。

――この男は。

いつだって真剣なのだが、どうにもそういう態度は頂けない。

「わしゃてっきり、かみきり丸。お前さんがやっかと思っとったんだがの」

妖精弓手がふんと鼻を鳴らす横で、酒を片手に見物を決め込んだ鉱人道士が言う。

この一党《パーティ》の頭目《リーダー》といえば、この偏屈な冒険者だ。

力量を示せと言うのであれば、彼が出張るのが道理であろう。

「それか私よね」

妖精弓手が、その薄い胸を得意げに反らし、長耳を振った。

「なんてったって森人《エルフ》はいくさに負けた事がほとんどないんだから」

「そりゃ寿命が長いんだからいつかは勝つわな」

あにおう⁉　小声で怒鳴るという器用な事をしつつも、妖精弓手の罵倒もそこまでだ。

なにしろ彼女にとっては、大事な友達が懸命に立ち向かっている最中なのである。

鉱人なんていう手合のちゃちゃ入れよりも、よほど優先度が高い。

ゴブリンスレイヤーもまたひどく真剣な様子で、ぼそりと言い切った。

「俺は盤上遊戯が苦手だ」

妖精弓手と鉱人道士が、信じられないものを見るような目を向けた。

「迷宮探険競技前に卓上演習をやったが、どうにも上手くはないらしい」

出目が振るわんのだ。ぼそぼそと、ゴブリンスレイヤーは続けて呟く。

妖精弓手と鉱人道士が顔を見合わせると、蜥蜴僧侶はからからと笑った。

「常から拙僧に意見を求めておりますものな」

「俺が考えるよりも、得意な奴《やつ》の意見を聞いた方が早い」

こっくりと、ゴブリンスレイヤーの鉄兜が揺れた。

自分が全ての情勢を完璧《かんぺき》に掌握していて、その判断が常に正しく、絶対の勝利への道である。

……などと、考えるような愚か者にはなるまいと、彼は努めている。

少なくともそれほどの才覚ある者であれば、小鬼退治などしていまいと、彼は思う。

蛇の目は常に起こる。見落としもあれば、知らぬことも多い。

いつだって、己が知っている事よりも、他人の知る事の方が多いものだ。

その上で――気にかかることがあるとすれば、一つ。

「手間だったか？」

「なんの、なんの」

蜥蜴僧侶は、ようやく温《ぬく》もってきたのか炉床の方から長首を伸ばし、盤を覗き込む。

また一つ、白の兵士が赤の軍に挟まれ、討《う》ち取《と》られたところであった。

けれど女神官は考えつつも悩むことなく、次の手、次の手と、駒を進めていく。

あの兵士らに意志があるならば、将への信はともあれ、迷うという事はあるまい。

「頭目《リーダー》の役目は即断即決。拙僧の意見を鵜《う》呑《の》みにされているわけでもなし」

蜥蜴僧侶は、ぐるりとその目を回して、小鬼殺しの鉄兜へ目を向けた。

「小鬼殺し殿は、善き頭目《リーダー》ですぞ」

「……そうか」

ゴブリンスレイヤーは低く唸《うな》るように呻き、兜の内でぼそぼそと「そうか」と繰り返した。

「ならば、良い」

それきり、ゴブリンスレイヤーはむっつりと黙り込んだ。

しばし居間《ストーヴァ》には、娘ら二人がこつこつと駒を運ぶ音だけが響いた。

周囲を取り囲む観客たちは密《ひそ》やかに会話を交わし、ぼそぼそと感想が飛び交っていく。

妖精弓手の長耳であれば、その言葉のひとつひとつを聞き取る事は造作もないだろう。

この場がどちらに傾いているか、知っているはずの彼女は、難しい顔をして言った。

「だったら、あの子よりもこっちにやらせた方が良かったんじゃない？」

こっち、と言いつつ蜥蜴僧侶の長首を軽く肘で小突きながら、妖精弓手が鼻を鳴らす。

「知らんのか」

ゴブリンスレイヤーが初めて盤から目を外し、鉄兜を妖精弓手へと巡らせた。

庇の奥から向けられたのは、信じられないものを見るような視線であった。

「あれは俺よりも、遥《はる》かに腕っこきの冒険者だぞ」

§

「む、む、む……」

女神官は戦況の進んだ盤面を見下ろし、天上の神々もさながらに難しい顔をしていた。

――これは、敗色が濃厚な……。

とかく敵陣を中央から突破しようと考えたのが、過《あやま》ちだったように思う。

四方の四軍に分散しているとはいえ、駒の数は白が十二に対し、赤は二十四。

この圧倒的な戦力差では、まともに戦おうとすれば白の王は脱出もできずに討ち死《じ》にである。

故に現状は――残念でもなく、当然の結果だ。

なにしろ赤の軍は小鬼ではない。白の兵らと互角の強さを持った、古兵である。

この盤と駒が世に生まれて以来、彼らがくぐり抜けてきた戦いの数は、女神官の比ではない。

『玉座』の領域にいれば安心――とはいえ、それは王だけの話。

兵士が『玉座』によって挟まれて討ち取られることも多い。『角』も同様。

つまり、これは――……。

「これは、籠城戦《ろうじょうせん》なのですね……」

『玉座』と呼ばれるから惑わされた。これは城、砦《とりで》と見るべきなのだ。

そして『玉座』の領域は城壁。そう見れば、兵が追い詰められ、討たれるのも察しがつく。

兵たちを預かる身として最後まで諦めるつもりはないけれど、それでも限界は見えてきた。

「そえだはげ《その通り》。よっくり《ゆっくり》よりこんべはいぃ《はしっこい》のはえけどな《良いですけれど》」

けれども、必死に食い下がる女神官の姿勢は、奥方《フースフレイヤ》にとって好ましいものなのだろう。

彼女は女神官とは対照的な笑顔で、こつこつと盤上の兵士を動かしていく。

「これで、詰みだぁ」

「あ……！」

迂闊《うかつ》だった――……というわけではない。

順当に追い詰められた結果だ。

どうしたって、王が『角』へ向かうには四辺に触れざるを得ない。

移動方向を一つ、自ずから塞《ふさ》ぐことになるのだ。そこを狙《ねら》い、罠《わな》を仕掛ける。仕掛けられた。

「ああー…………」

深々と息を吐いて、女神官は前のめりに突っ伏した。無論、盤に触れぬよう気をつけて。

「難しいですね、この遊びは……」

「さもねか？」

「いいえ！」ぱっと女神官は顔を上げた。「いいえ、ちっとも！」

そう、難しい。ルールは単純だけれど、とても奥深い。

いや――……。

世の中の遊戯というものは、全てかくあるべきなのかもしれない。

簡単に遊べて、でも奥深い。そうそう、絶対に勝つ方法などあるわけもないのだ。

そんな簡単に勝ててしまうような遊びは、はたして面白《おもしろ》いのかどうか――……。

「どやする？《どうします》　次は、あがさやるだか？《赤をやりますか》」

「そうですね……」

にこにことこちらを見守る奥方《フースフレイヤ》の視線にも気づかぬまま、女神官は唇に指を当てた。

んん。小さく声を漏らして、考え込んだ末、女神官は「うん」と決意も新たに頷く。

「いえ、やはり、また白をやらせて頂けますか？」

「ええだか？」

「はい！」

女神官は、敗北の憂いを一切《いっさい》感じさせない、明るい微笑みを輝かせた。

「わたし、籠城戦なら経験があるのですっ」

§

——とはいえ、だ。

女神官が勝てる道理などない。

盤上遊戯《ネファタフル》を神事として司《つかさど》る嗜虐の巫女と、地母神の敬虔《けいけん》なる信徒では得意分野が異なるものだ。

ましてや、昨日今日始めたばかりの素人《しろうと》が、容易に玄人《くろうと》を打ち負かす、など。

それはあらゆる遊戯に対する冒瀆であるやもしれなかった。

女神官操る白の軍勢の王は、またしても脱出を果たせずに討ち取られた。

討ち取られた、が——……。

「なるほどー……」

「あ、そんな手が⁉」

「すごいですね……！」

「もう一局お願いします！」

女神官の表情は、明るかった。

盤上の攻防に一喜一憂し、悔しがり、喜び、新たな手を示されれば感心する。

もちろん真剣勝負であれば二度はない。当然のことだ。

「ほんこ《真剣》のつもりでがんしたが、なんじょもなんねぇ《仕方ありませんね》」

しかし、それを相手取る奥方《フースフレイヤ》が、苦笑しながら受け入れるのだから――問題にもならない。

繰り返し、繰り返し、二人の娘が盤上に駒を運ぶ、こつこつという音が響く。

女神官の駒さばきは拙いながらも、徐々に徐々に、上達――いや、慣れを見せつつあった。

けれどもやはり、到底、奥方《フースフレイヤ》の采配《さいはい》に敵《かな》うほどの事はない。

北方人たちはひそひそと囁きを交わしていたが、やがて、ついに――……。

「そごおさぐな《そこを押さえるな》。あこら《あの辺り》に兵をおげ《置け》」

顔の傷跡もまだ生々しい、あの虜囚の男だった。

ぼそりという静かな、けれど鋭く重い声。

「え、あ……!?」

言われてぱちくりと瞬きをした女神官は、置きかけた駒を元の位置に戻し、盤を睨む。

そして指をつかってマスを数え、彼我《ひが》の駒の位置を調べて「あ！」と一声。

「そうですね、確かに……！　ありがとうございます！」

「なんとまね《何でもない》」

かつこつと駒が新たな位置に運ばれ、女神官がむふーと得意げに息を吐く。

なかなかの良手であったらしい。これには奥方《フースフレイヤ》も「あやー」と初めて困り顔を見せた。

しかし当然、これに黙っていられないのが、見守り続ける他の北方人たちである。

「おう、なんでろかんでろへかこぐでね《あれやこれや口出しするな》」

「ほうじゃ。へかへかでうな《しゃしゃりでるもんじゃない》。かしこいぞ《ずるだぞ》」

「なにがかしこいか《何がずるだ》。きゃあわるばっこ《困ってる娘》のてづね《手伝い》もしねで」

さも当然と傷顔の虜囚は腕を組み、その巌のような顔に小馬鹿《こばか》にした笑みを刻んだ。

「わあら《貴様》、んでも《それでも》入江の民《ヴィーキング》か、うしけねども《弱虫》め」

「そったの《言ったな》……!?」

そもそもが血気盛んな彼らが、今まで黙っていたのはよほどの我慢の事だったのだろう。

そこからはあっという間だ。

わっと二人の娘の周りに押し寄せた彼らは、次々にあれやこれやと口を出し始めた。

やれ右にいけ。いや上だ。そこだ。違う。その駒をとれ。いやまだだ。王を動かせ。待て。

「あっちゃくせ《馬鹿馬鹿しい》ごど！　そげ《そんな》手があっか！」

「なにぬがして《何を言》けつがる《いやがる》！」

「おう、盤《ネファタフル》たがえでごい《持って来い》！」

「おお、やっぞ!!」

ばんと叩《たた》きつけるように盤が長椅子の上に置かれ、あちら、こちらで勝負が始まる。

となれば当然それを眺める者たちがやいのやいのと遠慮なく叫び、飲み、歌う。

まったく、その賑やかなことときたら！

先程までの黙々と戦いを見守っていた光景が、嘘のようである。

「あやー……」

奥方《フースフレイヤ》が困ったように笑うのも何のその。

居間《ストーヴァ》はもはや会議などしている場合ではないといった風な、大騒ぎだ。

「う、うー……うー……」

その光景に、うずうずと妖精弓手が長耳を震わせた。

「ねえ、私もそのネファ……タフルってやってみたい！　教えて！」

「お、おお……！　アールヴさまのいうごどだば《おっしゃることなら》……！」

わっと声をあげた上の森人に、北方人たちも恐る恐ると盤を用意し、対面に座った。

憧れの女性を前にした少年さながらの立ち居振る舞いには、鉱人道士も苦笑い。

彼は蜂蜜酒の次はさてどれを楽しもうかと、薄い麦酒を舐めながら、隣の友を小突く。

「おう、鱗の。そろそろ陽も天ぞ」

既に日差《ひざ》しは空高く、天窓からは陽光が居間《ストーヴァ》の中に注《そそ》ぎ込んでいる。

微睡《まどろ》むように薄目を閉じていた蜥蜴僧侶が、その瞼《まぶた》と瞬膜《しゅんまく》とを僅かに持ち上げた。

「むむむ。……となれば、やらぬわけには参りませぬな」

のっそりと身を起こし、手近な誰ぞに盤と食事とを所望する。

「無論、山羊乳も」

と、注文を付け加えることも忘れない。

そうして盤を囲む彼ら二人の周りにも、入れ代わり立ち代わり、北方人たちが取り囲む。

深刻で重要な軍議としてはじまったこの場も、もはやその目的は失われたらしい。

はたして幾人が、南方から現れた異邦人らの「試しの場」であった事を覚えているだろう？

「勝ったな」

「そうらしい」

その様子を見守っていたゴブリンスレイヤーと、頭領《ゴジ》が、言葉を交わした。

そもそもが、この対局は究極、盤《ネファアタフル》に勝つ事が目的ではない。

北方人、入江の民《ヴィーキング》に実力を認めさせる事が目的なのだ。

勝利条件を常に明確にしておくのは、ゴブリンスレイヤーにとって当然のことだ。

そしてそれを鑑《かんが》みれば――……。

「も、もう一局、もう一局お願いします……！」

「なんぎになって、じりぎたりぎねの」《夢中でキリがないですね》

言葉とは裏腹、にこにこと駒を並び直す奥方《フースフレイヤ》の、その表情を引き出せるのは。

周りの北方人たちから自然と助言を引き出し、打ち解けて、会話へと到《いた》れるのは。

「――――あの娘は、冒険者だからな」

ゴブリンスレイヤーにとって、それは自明の理なのであった。

「負けたつもりはないが……」

鉄兜の先を目で追いかけた頭領《ゴジ》は、戦《いくさ》運びに一喜一憂する娘らの姿に、ふ、と息を吐いた。

そう、素人が容易に玄人を打ち負かしてしまっては、遊戯への冒瀆だ。

しかれども、素人が玄人同様に楽しめるのは、神々からの言祝《ことほ》ぎだ。

世の中の遊びは、かくあるべきだ。

四方世界の盤を見守る神々が、そう願っているのは、祈りし者全てが知っている。

何となれば――この光景こそが、四方世界の神々の喜びの在り方、そのものであった。

「こちらの、負けだな」

「いや」

感慨深く呟く頭領《ゴジ》へ、ゴブリンスレイヤーは鉄兜を横に振った。

「我らの、勝ちだ」

そう、勝利条件は常に明確にしておかねばならない。

彼女は冒険者だ。自分の休暇は終わった。敵は小鬼だ。いつもと同じ。何も変わるまい。

であれば、これもまた自明の理だ。

「ゴブリンどもは、皆殺しだ」

間章

「世界は見えるとこ以外でも止まらずに動いているというお話」

「それで……よろしかったのですか?」

女商人は、自分でも具体的に何を、誰《だれ》に向けたかもわからぬまま、その問いを投げかけた。

受け取るべき相手は、若き王の執務室に――――数名。

王か、あるいは影のように控える銀髪の侍女、はたまた呑気《のんき》に書類を眺める地母神《ちぼしん》の神官か。

手練手管《てれんてくだ》を駆使して寺院から辺境の視察に赴《おもむ》いた彼女は、兄の苦言もどこ吹く風。

無知故の奔放さは、過酷な経験を踏まえて、確かな強《したた》かさへと変わりつつある。

女商人としては、それが微笑《ほほえ》ましくもあり――羨《うらや》ましくもあったのだけれど。

「答えるべき事は諸々あるようだな」と、執務を続ける王が呟《つぶや》いた。「どの辺りからだ?」

「我が国の騎士を、北方の領主に据えたあたりから、でしょうか」

「ははは、まずはそこから間違いがある」

羽筆《はねふで》を走らせていた王が、軽《かろ》やかに笑って羽筆を放り出し、新たな一本を取り出した。

――さて、あれで今月は何本目でしょうか。

女商人は頭の中で数えながら、僅《わず》かに嘆息する。

羽筆というのは、どれほど豪奢でも消耗品だ。日に何度も先を削り、尖《とが》らせねばならない。それでいて王が扱う以上、安い品を仕入れてくるわけにもいかない。

安物を使う王にも、王に安物を売りつける商人にも、周囲は賢《さか》しらな事を言うものだから。

――それでいて、高価なものを用意すればまた色々とさえずるのだから……。

まつりごととは、つくづく面倒なものだ。女商人は、ここ最近、とみにそう思うのであった。

「あれの父は北方の豪族だ。育ちこそ我が国だが、生まれも血筋も、北方人だよ」

新たな羽筆の先に短剣を当てて尖らせながら、王は書類仕事から離れるのを喜んで言った。

「曰《いわ》く、血の応報の中で相手を殺《あや》めて出奔《しゅっぽん》せざるを得なくなったとかでな」

「ちのおーほー？」

と、意味もわからず教典の内容を読み上げるように、長椅子《ながいす》に寝転がった王妹《おうまい》が呟いた。

「って、なんだっけ？」

「一族一人の死は、氏族間の合戦による復讐《ふくしゅう》、殺し合いで解決するのが北方人の流儀」

窓際《まどぎわ》に控えた銀髪の侍女が、王族を前にしているとは思えぬ態度で答えを呟いた。

女商人は思わず「野蛮な……」と眉《まゆ》をひそめるが、それ以上表には出さぬように努める。

何故なら北方人たちが決して戦だけの人々ではないと、彼女は書類上では知っていたからだ。

「無論、野蛮だとも」

しかしその努力を無視して、若き王は笑った。

無駄に丹念に筆先の具合を確かめ、仕事に戻らぬよう手間を重ねながら、彼は頷《うなず》く。

「だから北方人たちは、大概の事柄に賠償金を定めて、争いを控えているわけだな」

賠償の折り合いがつかねばどうなるのか。女商人は考えて、ゆるく首を横に振った。

考えるまでもない事だろう。そうした環境が、あの恐るべき北方人たちを鍛え上げるのだ。

「で、彼奴《あいつ》は……なんというか……身内の恥を晒《さら》すようでもあるが……」

だから女商人の気を引いたのは、珍しくどこか言いよどむ、若き王の仕草だった。

「陛下？」

気遣うように小首を傾《かし》げると、返ってきたのは何でもないような苦笑い。

「俺《おれ》の叔父《おじ》だ」

「叔父？」奇妙な言葉だった。「それにしては、お歳《とし》が……それに北方人なのでは？」

「彷徨《ほうこう》の身であったあれの姉を私の父が側室として娶《めと》って、父共々、将として迎え入れた」

「ああ……」

よくある事だった。珍しくもない――評価については人それぞれであろうけれども。

王侯貴族たるもの、嫡男がなければ話にならぬし、予備も用意しておくのはある種の義務だ。

寵姫《ちょうき》側室愛人その他。身分の確かな者に限っている分、むしろ上等な方だともいえる。

ある猟奇殺人の真相は、暗愚《あんぐ》な王子が考えなしに娼婦へばら撒《ま》いた種を刈《か》るためだ、とか。

そんな地獄よりもたらされたような風聞だとて、過去に遡《さかのぼ》れば出てくるものだ。

――そもそも、この部屋にいる事にしたって……。

あの赤毛の枢機卿《すうききけい》が、王妹はともかく、自分と侍女だけを残して早々に退出したのは。

――そういう事なのだろうな。

女商人は、それを余計な気遣いだとも、迷惑だとも思わぬ自分を理解している。

かといって、是とするには――自分の身に降り掛かった災難が、後を引いていたけれど。

「私はよく知らないんだよねえ」

出家したからにはそんな事柄とは無縁とばかり、ぱたぱたと足を振りながら王妹がぼやく。

ドレスでやるにもはしたないが、神官衣だと尚《なお》の事、いかがなものかというような有様《ありさま》だ。

戸惑ったように侍女を見れば、侍女は侍女でやれやれと首を左右に振るのみ。

――まあ、良いですか。

ここは寺院ではない。ここは王城であり、王の執務室であり、兄の私室で、周りは友だけ。

それが得難《がた》い場所、時間であることを、女商人は理解していた。

「お父様って、小さい頃に亡くなっちゃったし」

「《死の迷宮《ダンジョン・オブ・ザ・デッド》》での戦い、その前の事だ。父は……いや、よそう」

王妹のあっけらかんとした表情に対し、王は苦虫を嚙《か》み潰《つぶ》した顔をして、手を振った。

「ともあれ先の魔神王との戦いの頃に、ようやっと賠償金支払いの目処が立ってな」

そして北方に赴《おもむ》いたところで、かの氏族の窮地に巡り合って助太刀《すけだち》した――……。

出会った姫と恋に落ち、結ばれ、王となる。二人は仲睦《なかむつ》まじく幸せに。

まるで叙事詩だ。女商人はそう思う。古の英雄譚を地で行くような物語。

そうなりたいと願って、けれど決してそうはなれぬもの。自分もそうだった。

決してそうはなれないのだと思い知らされるのは辛く——だからこそ眩《まぶ》しく、尊《とうと》い。

表立ってこちらで語られないのは、ひとえに異国、異教の武勲《ぶくん》だからであろう。

「勇者様が現れになった時のいくさですね」

それに何より、かの輝かしき少女の活躍あればこそ、だ。

異国の英雄より、祖国の英雄。それは至極当然、当たり前の事であった。

「北方でも、混沌の眷属が現れていたとは知りませんでしたが」

「早期に片付いたのは、勇者のおかげだな。だが、それでも取りこぼしは出ようものだ」

北方人の誉《ほまれ》は北狄《ほくてき》と戦うことだと聞く。北狄。最果てより現れる混沌の軍勢。

だが、度重なる戦でもはや単独での継戦は困難になった。故《ゆえ》に……。

「我が国へ、と」

「そして向こうの姫君と婚姻を結ぶにうってつけの騎士がいた。話は簡単なものだ」

疑問点は？　そう問いかける王は、とうとう取り繕《つくろ》う努力もせず、羽筆を机上へ放り出した。

女商人は僅かに頰《ほお》を緩《ゆる》めてその白い指先を伸ばし、筆を取って墨壺の隣に立てかける。

「色々と反発も起きそうですね、とだけ」

「玉虫色の回答をするまでだ」

若き王はつまらなさそうに鼻を鳴らして、獅子がそうするような仕草で頰杖《ほおづえ》を突いた。

彼を嫌う者には放逐、慕う者には栄転。乱を望む者には侵出、和を欲す者には友好のため。

そう説明してやれば、後は勝手に各々で好みの理屈を練ってくれるというものだ。

何を言っても不平不満を撒き散らす者は出てくるのだから、一々付き合ってはいられまい。

――とも言っていられないのが、王の務めというものでしょうか。

「むしろこの時期になんで視察に送り込んだかって話だよ」

ぼそりと茶々を入れたのは、窓際で腕組みをした銀髪の侍女であった。

「それも辺境の冒険者を。わざわざ」

面白《おもしろ》くもなさそうな顔――というのは彼女の常の表情で、感情を窺《うかが》い知るのは容易ではない。

今、彼女の人形のような細面《ほそおもて》は真っ直ぐに王へ向けられ、硝子《ガラス》の瞳《ひとみ》は鋭く細められていた。

その視線が王妹の方にも向いているような気がしたのは――何故だろうか。

「私情が入ってないかい?」

まさかと、若き王は言った。まさか、だ。噛んで言い含めるように繰り返す。

「金等級を動かしても良い案件ではあるが……水の街の大司教《ビショップ》から、推薦もあったのでな」

「地母神寺院からもオススメしてまーすっ」

対して、王妹はあっけらかんと声を弾《はず》ませた。若き王はちらりと妹へ目を向け、嘆息を一つ。

女商人は僅かに唇に人差し指を当てて考えた後、こくりと小さく頭を頷かせた。

「私が懸念《けねん》しているのは、何か北方で……混沌の気配が蠢《うごめ》いているからなのでは、と」

その兆候はいつだって、ささやかな記録と、情報の積み重ねだ。

当節、海を用いた商いはいつだって危険だ。船がまったく沈まぬほうがおかしい。

それでも、少し船の沈没が多いように思えた。北からの品々に滞りが見え始めた。

北方人は蛮族の如《ごと》き戦士というばかりではない。熟達の船乗りであり、商人でもある。

彼らが運ぶ品々、北海を経由しての商いが僅かに淀《よど》み、金品の流れが濁り出す。

それは大河に一滴、墨を垂らしたようなもので――大した違いがおこるわけでもない。

だが、後ろ暗いところのある貴族、商人が急に息を潜めだした。人々の顔に陰りが見えた。

世界の危機、勇者の出番。そう呼ぶには遠く、けれど見過ごしてはいけない、忍び寄るもの。

膨大な書類と文字列、人々の口の端、その間から、僅《わず》かに滲《にじ》み出る――何か。

これを読み取る事こそが、外套と短剣《クローク・アンド・ダガー》の基本だと、侍女から教わったものだが……。

――混沌の気配だ。

うなじの烙印《らくいん》が疼《うず》くように痛む時、女商人はいつも、そのように思うのだった。

「そうだとも」

若き王は、すっかり開き直った様子で頰杖《ほおづえ》を突いていた身を起こし、獅子のように笑った。

「であればこそ、我ら冒険者の出番であろう?」

「陛下」

今にも武具を身に着けて飛び出しそうな王を前に、女商人はしようのない人と溜息《ためいき》を漏《も》らす。
それが不快ではないという自分への驚きも――やはり、不快ではなかった。

第5章

『襲撃《ヴィーキング》と略奪』

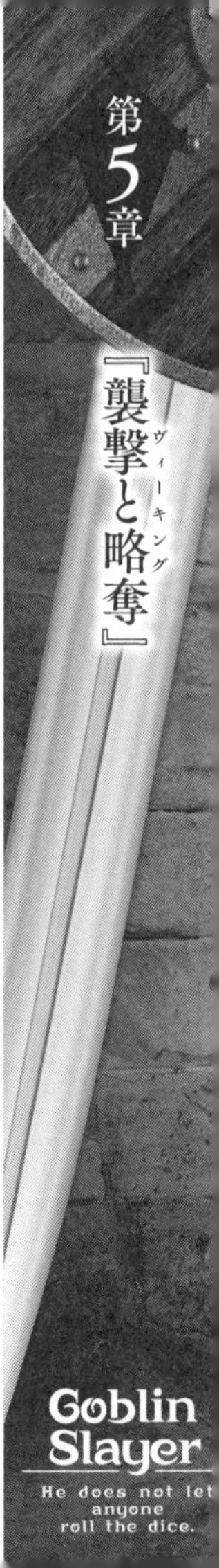
Goblin
Slayer
He does not let
anyone
roll the dice.

北方人たちの動きは迅速であった。

敵が幽鬼《ドラウグ》、海魔では恐ろしく、けれど小鬼では物足りない。

しかれども頭領《ゴジ》がやるべしと言った以上、これはいくさである。

財は失われ　一族は絶え
己《おの》が命もいずれはついえる
だが勲《いさお》しは
己が手で掴《つか》んだ最も尊きものは
決して滅びることはなし

火が焚《た》かれ、巫女《みこ》たる奥方《フースフレイヤ》の祝詞《のりと》にあわせて戦士たちの喝采《かっさい》が上がる。

いくさの中にあって敵を殺し、苦痛の中にあって生を全うすれば、喜びの野が待っている。

入江の民《ヴィーキング》にとって、合戦とはそれそのものが神聖な儀式にほかならない。

何と言っても万物に平等に与えられる一つの命、その成果が問われる、一大行事なのだから。

もっとも女神官は、半ば理解を諦《あきら》めて、そういうものだと受け入れるようになっていたが。

ともあれ、そうした賑《にぎ》わいの只中《ただなか》にあって――……。

「あれ？　ゴブリンスレイヤーさん、その剣は使われないのですか？」

あてがわれた借家にて装備を整えるゴブリンスレイヤーは、長剣をじっと眺めていた。

長椅子《ながいす》に腰を下ろし、膝《ひざ》の上に載せたドワーフ作りの鋼の剱《つるぎ》を、ためつすがめつ。

幅広く、肉厚で、鋭い。彼が普段使いする中途半端《ちゅうとはんぱ》な長剣とは、何もかもが雲泥の差だ。

魔法こそかけられていない無銘の剣といえど、確かな業物《わざもの》である事は、素人目《しろうとめ》にもわかる。

「ああ」

ゴブリンスレイヤーは、そっとその曇りなき刃を指先で撫《な》でて、頷《うなず》いた。

「そのつもりだ」

彼は抜身の剣を、丁寧に慎重な手つきで、長椅子の上に横たえた。

敷物の上で炉床《ろしょう》の明かりを受け、黒鉄《くろがね》の刃がぴかり、ぴかりと星のように瞬《またた》く。

それをじっと眺めていたゴブリンスレイヤーは、もう一度柄《つか》を握り、剣を天窓に透かした。

「オルクボルグが使うには、長すぎるもんねえ」

くすくすと涼やかな鈴が転がるように笑う妖精弓手《エルフ》は、既に準備万端といった体だった。

彼女は神話さながらの動きで帽子を指に引っ掛け、くるくると回して皆を待っている。

「いつもの変な長さの剣、この辺りにもあるのかしら？　貸してくださいって頼んだ？」

「頭領《ゴジ》に、武具庫から一振り借り受けさせて貰《もら》っている」

鉄兜《てつかぶと》をドワーフの剣に向けたまま、彼はまるで興味がないといった口調で応じた。

実際、彼の腰の鞘《さや》には、しっかりと小振りな蛮刀が叩《たた》き込《こ》まれている。

女神官は武具に詳しくないが、この地では両手に二振りの武器を持つのも珍しくないらしい。

――まあ、盾と剣は両手で持ちますものね。

友人である女商人からも、突剣は短剣と組み合わせて使うものだと前に聞いたことがあるし。

というかそもそも――……。

「ゴブリンスレイヤーさん、わりとどんな武器でも使えちゃいますもんね……」

多節棍《フレイル》だって神楽の練習で扱うのに難儀した自分とは、大違いだ。

「無手勝流《むてかつりゅう》だ」と鉄兜の向こうから返事があった。「使いこなせてはいない。扱いも乱暴だ」

「ま、長脇差《ながわきざし》の一つ二つ、失われたところで困るような土地でもありますまい」

羽毛の塊の内側から、もごもごとくぐもった、不明瞭な声があがった。

ちょろりと端から鱗《うろこ》に覆《おお》われた尾が覗《のぞ》いている辺りは、蜥蜴僧侶《リザードマン》の外套《がいとう》なのだろうか。

女神官は苦笑しながらも、その柔らかな羽毛へ一度、二度、触れてみたりもする。

状況が状況でなければ、抱きついてみたいほどの、ふんわりとした感触であった。

「水中呼吸の指輪も、船上までは我慢せねばなりませんからなぁ」

凍《こご》える氷の海の上。そこに繰り出す事を思えば、蜥蜴僧侶の警戒は笑い事ではない。

一度、ほんの少しばかり海に出た――あの鰓人《ギルマン》たちは元気だろうか――経験があるとはいえ。

「鎖帷子《くさりかたびら》、大丈夫でしょうか……?」

女神官としても、自分の防備の事はとても気にかかるのであった。

海に転げ落ちでもしたら、きっと鎖帷子の重みで沈んでしまうに違いない。

いくら水中呼吸の指輪があって即時の溺死を避けられるとはいえ、それも絶対ではあるまい。

「北方人の方々もつけてらっしゃるし、そう問題にはならないと思うのですが……」

「そりゃあ、あの人たちみんな前衛だからでしょ」

ぐい、と。被った帽子の中に長耳を押し込みながら、妖精弓手が言った。

いくら帽子が気に入っているとはいえ、若干窮屈そうなのはご愛嬌《あいきょう》か。

「いっつも思うんだけどさ。あなたもオルクボルグも、きつくないの?」

「鎖帷子ですか?」

妖精弓手が「そ」と頷くが、確かに彼女は防寒具を除けば、普段通りの軽装だ。

というよりこの一党《パーティ》、まともに防具を身に着けているのは只人《ヒューム》二人だけだ。

妖精弓手はもとより、鉱人道士《ドワーフ》は術師であるし、蜥蜴僧侶には戒律がある。

もっともそれを言ったら、女神官だとて過度な武装は良い顔をされないのだが――……。

「最初は重かったですけれども……」

と、彼女は自分の神官衣の裾《すそ》をめくりあげ、着込んだ鎖帷子の腹を撫でた。

油と金属のひやりとした感触は、常にも増して冴《さ》え冴えとしている気がする。

「腰帯の辺りでぎゅっと絞ると、そこまででも。慣れてしまいましたし」

「寒くないのかって意味でも聞いているんだけど？」

「まあ、それもなんとか……」

女神官が曖昧《あいまい》に笑うと、妖精弓手は「信じらんないわよね」と僅《わず》かに頬《ほお》を緩《ゆる》めた。

「只人ってさ、ホント。こんなとこに住もうって事自体もだけど……」

「こんなところ？」

「住みづらいってとこには住まなきゃ良いじゃない。諦めるでしょ、普通はさ」

家を建てて、服を拵《こしら》えて、寒さに耐えて、あっさりと適応してしまう。

上の森人《ハイエルフ》はその所業を称えるように、「信じらんないわよね」ともう一度呟《つぶや》いた。

「只人《どこにでもいる》故《ゆえ》に只人でありますからな」

その辺りは、より強き生命を志す蜥蜴人《リザードマン》としても、同感なのやもしれなかった。

羽毛の塊めいた状態になって尚《なお》、彼はこの地で生きていく事はできまい。

それは蜥蜴人にとって、ある種の敗北といっても過言ではなかった。

「その呼び名は伊達《だて》ではありますまいて。霊長などと名乗るは傲慢にしても」

「あはは……」

数年来の付き合いになって尚、女神官は蜥蜴僧侶の冗句がいまいちわからない。

悪《あ》しざまに言われているわけではないのだろうと思うから、まあ、良いのだけれど。

「鞘が必要だな」

そんな仲間たちのやりとりをよそに、ゴブリンスレイヤーが小さく呟くのが聞こえた。

彼は様々な角度からためつすがめつ眺めた長剣を、またそっと長椅子に置いたところだった。

しかしそれでも何か名残惜《なごりお》しいのか、ふとするとまた手に取りそうな気配がある。

どうして彼がそんなにもその剣を気にするのか、女神官にはよくわからなかったが。

「もどったら、誰《だれ》ぞ鍛冶師《スミズ》でも探して拵えてもらうがええ」

そこでようやっと、無言で鞄《かばん》の整理を行っていた鉱人道士が口を開いた。

彼は触媒の詰まった鞄の中身を取り出して店を広げ、あれこれと入れ替えていたのだ。

妖精弓手が「おっそーい」と唇を尖《とが》らせるが、邪魔をしなかったのは彼女なりの気遣いか。

いや、呪文《じゅもん》使いの術が一党《パーティ》の命運を分ける以上、それは当然の事なのかもしれなかったが。

「………」

「どしたね?」

ともあれ、ゴブリンスレイヤーは鉱人道士の言葉に押し黙っていた。

いや――……。

――驚いている?

女神官の目からは、庇《ひさし》の奥の表情は見て取れなかったけれど、そんな気配がある。

「……そうだな」

ややあって、ゴブリンスレイヤーはこっくりとその鉄兜を縦に動かした。

「それが良い」彼はもう一度頷いて、言った。「……そうしよう」

§

灰色の水面を白く蹴《け》散らして、船団がざっと海原を切り裂いていく。

ほとんど水に沈まぬ北方人の船は、海の上を文字通り滑るようにして進む。

波のうねりの上を弾《はず》むようにして進む航跡は、さながら丘を進む蛇のようにしなやかだ。

「わ、ぷ……!?」

と、言ってもそのおかげで波も盛大に被る羽目になり、女神官は思わず目を白黒とさせた。

勇ましい竜頭の船首から跳ね上がる波は、まるで大雨へ晒《さら》されたように女神官を濡《ぬ》らす。

「したぐりおぢんじゃね《ころがり落ちないでくださいね》ぞ？」

「は、はい……！」

背後からかけられる奥方《フースフレイヤ》の声に、女神官は船べりにしがみつきながら賢明に頷いた。

奥方《フースフレイヤ》は既に、あの初めて会った時と同様、神々しささえ感じられる戦装束《いくさしょうぞく》姿であった。

それでも尚大事そうに腰に黒鉄の鍵《かぎ》を下げているところに、女神官は胸が温かくなる。

とはいえ――――……。

覗き込める海の色々は黒ぐろとしていて、板子一枚下は地獄とは、よくいったものだ。

もっとも――不思議と女神官は、恐ろしさを覚えたりはしなかった。

両舷《りょうげん》から無数に突き出された櫂《かい》は規則正しい動きで水を掻《か》き、力強く船を推し進める。

その力の源《みなもと》は、船の甲板に並んで座った戦士たちの、そのたくましい両腕によるものだ。

一人ひとりが一騎当千の北方人たちは、見事に拍子をあわせて櫂を回していく。

そして漕手を護《まも》るため、舷にはずらりと円盾が並べられていて、まさしくいくさ船そのもの。

女神官には思いもよらぬ仕組みで、この櫂はするりと内側にしまいこめるのだという。

帆だけに頼る時はそうするのだと聞くが、見上げればそこには毛織物の帆が張られている。

風を孕《はら》んでぴんと引っ張られたその帆は頼もしく、船にさらなる力をもたらしていた。

入江の民の船は、櫂と帆、その両方を巧みに操《あやつ》って進む事ができるのだろう。

そうした全《すべ》てを見ていると、不思議と恐怖など消えてしまって、かわって――……。

――どうして、うきうきとしてしまうのでしょう？

女神官は帽子を押さえながら、甲板の上、漕手たちの狭間《はざま》にそろそろと立ち上がる。

船なればこそ揺れるが、それでも思ったより揺れが少ないのは、北方人の技量によるものか。

そして左右を見れば、そこには同様にして海を行く船が幾艘《いくそう》も並び、楔形《くさびがた》を作っていた。

ほぼ船列は一直線なのだが、先陣を切るのが中央のこの船で、つまりはそこが切っ先だ。

故に波も一段と激しく、女神官はまたしても「わ」と水を被って声をあげるはめになった。

「頭領《ゴジ》はいくさん時、しょっぱしにえぐなすん《最初に行きますから》」

くすくすと笑う奥方《フースフレイヤ》に手を貸してもらいながら、女神官は船の上を行く。

足元に大量に積まれた石――恐らくは重石だろう――に気をつけて、向かう先は船の中央。

帆柱の下には天幕が用意されており、そこがこのいくさ船《ヘルスキプ》の船室なのだった。

「行き先はわかっているのだったな」

「無論だ。貴公らが捕虜から聞き出した通りにな」

そこでは山と積まれた武具の狭間で、頭領《ゴジ》と一党《パーティ》の面々による軍議が行われていた。

天幕をくぐった女神官がぺこりと会釈《えしゃく》をすると、薄汚れた鉄兜が無言のまま揺れた。

彼女がちょこちょこと卓代わりの樽《たる》に近寄る間も、会議は途切れる事なく続いていく。

「船が帰ってこなかった海域に、何かがいると見るべきだろう」

「そして何もなければ、そのまま小鬼どもの巣穴を探索しに向かう」

「うむ」

頷いた頭領《ゴジ》もまた、兜こそ被っていないが、既に戦装束に身を包んでいる。

鎖帷子を中心とした具足姿は、もはや完全に北方人の出《い》で立《た》ちそのもののように思えた。

唯一の違いは髭《ひげ》を生やしていない辺りだが――……。

『わぁ《私》が、したえほして《そうして欲しいと》、お願いしたのでがんす』

と、奥方《フースフレイヤ》がはにかむように微笑《ほほえ》みながら、こっそり教えてくれたのを女神官は知っていた。

「小鬼どもに、さほどの航海技術はあるまい？」

「ないな」

ゴブリンスレイヤーは断言した。こと小鬼に関して、彼が躊躇《ためら》いを見せた事はほぼない。

——でも、確かに——……。

一言一句聞《き》き漏らすまいと、波風に負けぬよう女神官は耳をそばだてながら思案する。

水の街の地下で船に乗った小鬼は見たけれど、そう、あれは「操る」でなく「乗る」だ。

風や潮流に抗《あらが》い、従い、北方人の戦士らのように一致団結して櫂を回すなど、不可能だろう。

「小鬼は騎乗の秘密を盗んだが、技術があっても、連中の性根《しょうね》では長距離航行には耐えられん」

「風と潮流に従って流れてきただけなら、奴《やつ》らの拠点も自ずと見当がつくな……」

ふむ。顎《あご》を撫でて思案する頭領《ゴジ》は、不意に思いついた疑問を、特に考えもせず口にした。

「……小鬼ども、帰路はどうするつもりだろうな？」

「考えてはいまい」

ゴブリンスレイヤーは、ただ淡々と事実を述べるように答えた。

「連中、自分たちが上手《うま》くいく事しか思いもよらんのだ」

ゴブリンとは、常にそういう生き物だ。それでいて、自分たちが賢いと思っている。

それだけに始末が悪く――――傲慢で、残酷なのだろう。

四方《しほう》世界の怪物の中で最も弱いとはいえ、小鬼もやはり怪物ではあるのだ。

そして小鬼に勝てぬようでは――――……。

「我らも、海魔に勝つ算段などついてはおらんがな」

苦く笑って、頭領《ゴジ》は荒れ狂う――――常通りの北の湖へと目を向けた。

この人智を越えた盤面の内には、思いもよらぬものがどれほどあろうか。

自分の足元に何があるのかすら知らないのに、海の向こうにあるものを学ぶことは難しい。

北方人《ヴィーキング》の如《ごと》し疾《ウィキ》さで海を駆けても、百学連環《エンサイクロペディア》とはいかぬものだ。

「考えていても致し方ありますまいよ」

蜥蜴僧侶が、いくさの前の腹ごしらえとばかり、チーズに齧《かじ》りつきながら言った。

彼は長い舌でもって顎から零《こぼ》れ落ちたものまで舐《な》め取りながら、含蓄のある風に物を言う。

「実体《データ》があれば殺せる。殺し方は、その後に考えればよろしいかと」

「行き当たりばったりだな」

「高度の柔軟性を維持しつつ臨機応変に対処すると言って頂きたい」

なんともはや。頭領《ゴジ》から戸惑いの目を向けられたゴブリンスレイヤーは、頷いた。

「冒険とは斯《か》くの如しだそうだ」

「なんともはや」

頭領《ゴジ》は困惑とも、愉快とも取れる言葉を漏らし、彼方へと目を凝らす。

いかに北方人との暮らしに揉《も》まれたとはいえ、只人の船乗りでは視力に限度がある。

が――……。

「そろそろ見えるんじゃない？」

ひらり、と。帆柱の上から木の葉のように降り立った、上の森人ならば別だ。

彼女は猫がそうするように伸びをすると、大弓の弦《つる》をぐいぐいと確かめて頷いた。

「趣味の悪い船。数は……二十ぐらいかな？　ゴブリンばっかり」

「となら、術の準備をしとくかね」

のっそりと、体力を温存するために座り込んでいた鉱人道士が身を起こした。

魔術師、神官の類《たぐい》が力を溜めておくのは、冒険にしろ合戦にしろ、ある種の鉄則である。

「他の船にも風の司は乗っとるだろし、《追風《テイルウインド》》かけても足並みは乱れねえじゃろ？」

「あ、わ、わたしも……！」

故に女神官もまた、大慌てで自分の存在を主張し、ぎゅっと両手で錫杖《しゃくじょう》を握った。

周囲からの認識はどうであれ――……まだちゃんと、身の証《あかし》を立てたとは思っていないのだ。

奥方《フースフレイヤ》や頭領《ゴジ》、北方の人々がよくしてくれたとはいえ、遊技盤では負けたまま。

ここは一番、頑張らねばと気を入れるのはむしろ当然のことであった。

「……いや」

そうした彼女を、娘でもできたらこうだろうかと頭領《ゴジ》が見ていることには気づかない。

疑問符を頭に浮かべて小首を傾《かし》げる少女へ、奥方《フースフレイヤ》は微笑んで言った。

「まずは、石にがんす」

§

忌々《いまいま》しい限りだと、そのゴブリンはいつだって思っていた。

いつだって彼は損をしているし、ずるいやつばかりが得をしているのだ。

ようやっと運が回ってきたと思ったたってのに、それで良い思いをするのは他の奴らなのだ。

例えば――そう、この辺りにいる只人どもだ。

我が物顔で、船とかなんとかいう、あのでかい乗り物を動かして威張り散らしてやがる。

奴らが威張れるのは船があるからであって、奴ら自身が凄いわけでもあるまいに。

――いずれは。

あの高慢ちきな娘だって引きずり倒して、思う様に痛めつけてやろうと、小鬼は思っていた。

遠目に見ただけだが、つんと澄まし顔をしている辺り、高慢ちきに違いあるまい。

残ってる方でも潰《つぶ》れた方でも、目に突っ込んでやったらどんな顔をするだろうか！

まずは潰れた方からだろう。そっちのが、より長く痛めつけて、楽しめるに違いない。

そんな愚にもつかない妄想を弄《もてあそ》んでは、ゴブリンは自らの境遇に不平不満を漏らしていた。

特に変える努力もしていないにもかかわらず、変わらないのは周りのせいだと思っていたのだ。

だが——それも、ほんの少し前までのこと。

ある日、巣穴の傍《そば》の海岸に、それが流れ着いたのだ。

そう——船が。

幾隻も、幾隻も、まるで飽きたおもちゃを放り出すようにして、砂浜に横たわっていた。

穴が空《あ》いていたり、柱が折れていたりするのは不満だったが、まあ良い。

どうしてか乗員が一人もいない事にも、小鬼どもは何の疑問も抱かなかった。

只人どもというのは間抜けでこちらを見下しているから、船を捨てても、気にしていないのだろう。

だが、それもこれで終わりだ。

船だ！　船だ！　船だ！

奴らが威張り散らせる日は終わりだ。船さえあれば、こちらが強いに決まっている。

実際、船を持ってない馬鹿《ばか》な奴らを追い散らすことは上手くいったではないか。

奴らは南——という言葉を小鬼は知らないが——に逃げていったが、馬鹿な奴らめ。

あっちには山しかないのだ。どうせそのうち飢えて死ぬに決まってる。

とはいえ、群れの長——間抜けで傲慢でふさわしくない！——の命令には、閉口したものだ。

船を砂浜から、この寒い中、海に押し出せなどとは！

ひぃひぃ言いながら押し出したってのに、乗り込むのは他の奴らばかり。

そして、海の向こうに行った奴らは戻っては来なかった。

――クズどもめ、きっとどっかでよろしくやっているに違いない。

あれだけ流れ着いた船もおかげで少なくなってしまって、とうとうこれで最後だ。

おかげで自分が乗り込む順番も、ずいぶんと後になったものだが――……。

「い、つぎぃっ⁉　いた、いだぁ……いッ⁉」

ゴブリンは苛立《いらだ》ちを、槍に刺されて悶《もだ》える娘の声でもって我慢することにした。

そこそこ長く遊んだせいか、息も絶え絶えだが、船に積み込んだのは実に正解であった。

それは獣人――山鼠の氏族だが、小鬼にはどうでもよかった――の娘であった。

雪だまりの中を適当に槍で突いて回るのは、寒さが和《やわ》らいできた頃の良い暇つぶしだった。

たまさかに「ぎぃぃっ⁉」などと悲鳴が上がればしめたもの。

間抜けにも雪の中で眠ってる奴らを槍だ鈎《かぎ》だで引きずり出して、玩具にできるのだから。

――それに動かなくなったら飯にすれば良い。

「GOORGB‼」

「うあ、ッ⁉　お、ぎゅ……ッ⁉」

「GBBOG！　GGGBBOROGB！」

「や、ああ……ッ⁉　や、だ、やめ――ぅ、ぎッ、ぃ……ッ⁉」

甲板上を見回せば、他にも幾人かの玩具が、仲間の群れに埋もれて喚いているのがわかった。

中には首に縄を掛けて、船の真ん中にあるよくわからない柱に吊《つ》るされている者もいる。

この小鬼としては、そいつらが羨《うらや》ましくて仕方がないのだ。

こんな死にかけの奴より、よっぽど生きがよい。どうせ小狡い手を使って捕まえたんだろう。

時々、どうしたわけか熊に襲われて死ぬ小鬼もいるが、それは連中が愚かなだけに違いない。

自分は今まで一度だって、そんな間違いを犯したことはないのだから！

「ひぃ……っ、ひぃ……。も、や……だぁ……」

それにしても、ちょっとは静かにできないのか。

おかげで船はぐらぐら揺れるし、この塩っ辛い水もざばざばかかって気分が悪い。

船を操ってる奴——誰がどうやってるんだか知らないが——の責任だ。

自分が群れの長だったら、もっとずっと上手く船を動かしてやるのに。図体ばかりのクズめ。

——そうだ、こいつも水につけたら少しは静かになるだろうか。

「ぁ、うぁあ……ッ!? ひぃっ、や、……も、や——……ッ!?」

ゴブリンが娘の髪を掴んで、ぶちぶちと引き抜きながら持ち上げると、それだけで騒ぎ出す。

舷に向かって引きずると、じたばた手足を振り回し出したので、苛立ち紛《まぎ》れに蹴りつける。

玩具が啜《すす》り泣《な》く様に満足しながら、小鬼はその頭を海に沈めるべく、船から身を乗り出した。

と——……遠くに、何かが見えた。あれは船か？　只人どもの、船。船の群れ。

「GBBB……！」

小鬼の顔に、笑みが浮かんだ。

あいつら、船に乗ってるから勝った気でいるらしいが、そうはいくもんか。

あの片目の女もいるだろうか。いなくても良い。上手いことやれば、自分が船の長になれる。

だがそのためには忌々しいことに、船を近づけなければなるまい。愚図な奴らめ。

そして小鬼が、役に立たぬ同胞どもに向けて何事かを叫ぼうとした瞬間。

「GOROGB……？」

石礫《いしつぶて》が、波のように落ちてきた。

§

「Tyrrrrrrrrrrrrrrrr！！！！！！」

戦女神を讃《たた》える雄叫《おたけ》びと共に、北方の戦士たちは重石を投じる事で文字通り敵を撃った。

幾艘も並んだ戦列から次々と礫が放たれ、それが矢の雨、槍の雨へと移り変わっていく。

恐らくは喫水《きっすい》を上げ、動きを早めるためだと、女神官は見て取った。

戦となれば、重石は文字通り邪魔になる。合理的だ。

それに何より目を見張ったのは、入江の戦士たちの技の見事さだ。

常からゴブリンスレイヤーの投擲《とうてき》を目の当《ま》たりにしているが、それでも、である。

両手に持った二本の槍をどうするかと思えば、右、左の順で一瞬に投じるなどとは！

荒れ狂う波の上、錫杖を構えて気を張りながらも、息を呑《の》むほどの迫力。

しかし女神官の目はただただ、真っ直ぐに敵陣へと向けられ、そこに意識を集中させていた。

「GRB！　GROORGB!!」

「GROOROGB!!」

「GORG！　GGGBB！」

――おぞましい。

女神官は思わず怖気《おぞけ》を震った。決して、寒さによるものなどではなかった。

そう、それは小鬼どもの操る、船と呼ぶのも憚《はばか》られる代物の数々である。

海の上に浮かぶそれはなるほど、確かに北方人たちの操る船と、似た代物であったろう。

穴が空き、柱は折れ、帆も破れてさえいなければ――……だが。

誇らしく飾られていたはずの船首像には、かわって言葉持つ者の死体が括《くく》られていた。

見事に施《ほどこ》されていたはずの装飾は汚されるがままで、かつての美しさは存在しない。

櫂はでたらめにばたばたと水を打ち、息絶える間際《まぎわ》の蟲《むし》の足のように蠢《うごめ》いている。

風に乗るでもない、波に乗るでもない、ただただ、流されているだけ。

もはやあれは、船ではない。船の軀《むくろ》だ。腐り果てた、死骸なのだ。

にもかかわらず遠目にさえ、ゴブリンどもは北風を、海を、支配していると信じて疑わない。

武具を振り回し、女子供を嬲《なぶ》り、げたげたと笑う様には勇猛さも、気高さもあるまい。

そこにあるのはただの――どこまでも醜悪で、戯画的な、表面をなぞっただけの模倣。

短い時間とはいえ、理解し難《がた》いとはいえ、女神官は北方人たちの文化に触れてきた。

だからこそ、はっきりとわかる。

――冒瀆だ。

あれは――水上の、小鬼の巣窟《そうくつ》。ただそれだけに過ぎないのだ。

「GOROGGB！　GRGGB!!」

「……ッ！」

そして女神官が目を瞠《みは》るより早く、大弓を引き絞る妖精弓手が声をあげた。

「反撃、来る!!」

模倣故に、ゴブリンどもは距離もわきまえず、自分たちにもそれができると信じたのだろう。

手にした槍を、弓を、石を、それもなければ船の板を引き剝《は》がして、次々に投じる。

その大半は無論、船と船とを隔てる海に落ちて、虚しく泡を上げて沈むばかり。

波間に浮かぶそれらを越えてこちらに届いたものも、その大半は舷の盾に弾《はじ》かれる。

いつだったかの雪山で我が身に浴びた鏃《やじり》の細工同様、下手な真似《まね》に過ぎないのだ。

だが、女神官が目の当たりにしたのがそれだけであれば、彼女は冷静であったろう。

そしてそれが乱雑に掴まれて、船から暗黒の海へと、無慈悲に投じられ――……。

薄汚い緑肌《グリーンスキン》の狭間に、確かに白い、女の肌が見えた。

「あ――………!」

拙《まず》い、と。そう思った刹那《せつな》だった。

骰子《サイコロ》の出目は冒険者にとっても、怪物にとっても平等に投じられるもの。

一匹の小鬼の投じた石斧が、奇跡めいた達成値により甲高く唸《うな》りをあげて弧を描く。

大きく山なりに飛んだそれは、高さを疾《はや》さと鋭さに変え、一直線に落下する。

女神官は咄嗟《とっさ》に視界を上げ、それを認めた。刃めがけ、視野が収束していくのを覚える。

悲鳴をあげるなどという無駄なことはできない。咄嗟に、身を捩《よじ》り、倒れ込み――……。

「……ふん」

すぱんと、その石斧を薄汚れた籠手《こて》が空中で掻っ攫《さら》った。

安っぽい鉄兜を被った戦士は、低く唸るや否《いな》や、掴み取った石斧を無造作に敵陣へ投じる。

それは先程の一投の逆回しであり、けれど輪をかけて速く、そして鋭かった。

「GOBBB!?!?」

断末魔と共に、どよめきが、上がった。

「まず、一つだ」

「ありがとうございます……！」

女神官は帽子を押さえながら立ち上がった。頰が少し熱かった。

失態は恥ずかしく、けれど北方人の戦士たちが目を見張ったのが、我が事のように嬉《うれ》しい。

彼女はそっと、鎖帷子に守られた薄い胸を反《そ》らしながら、きびきびと言葉を発した。

「あのひとを、助けましょう……！」

「捕虜だな」

波間からがぼがぼと響く、微かな、言葉持つ者の叫び声を聞き取ったのだろうか。

ゴブリンスレイヤーは決断的に言った。

「飛び込むべきだな」

「ああ、それが常法だ。接舷を急がせ――……」

頭領《ゴジ》が頷くよりも早く、鉄兜が左右に振られた。

「いつぞやのだ」とゴブリンスレイヤーは短く言った。「《水歩《ウォーターウォーク》》！」

「ほいきた！」

打てば響くが如し返事に続き、鉱人道士の呼びかけが嵐《あらし》の海へと響き渡る。

「《踊れ踊れ水精《ニンフ》に風精《シルフ》、陸と海の境《はざかい》で、転ばぬよう気をつけて》！」

同時、ざ、と水飛沫《しぶき》をあげてゴブリンスレイヤーは舷を蹴って海の中へ飛んでいた。

氷河の如き凍《い》てつく海だ。寒さで肉は強《こわ》ばり、泳ぐことはおろか、息することもままならぬ。

だが一瞬沈みかけたその体が精霊らによって引き上げられる頃には、彼は駆け出している。

波を踏みしめ、潮のうねりを跳ぶ。飛び交う礫の中をひた走り、躊躇《ちゅうちょ》はかけらもない。

そしてその手には、呼気の指輪の灯火《スパーク》ひとつ。

「ぁ――――……」

小鬼に嬲られ、海に捨てられた娘にとって、その輝きがどれほどの希望であったろうか。

衰弱しきった山鼠の娘は、最後の力を振り絞って、薄汚れた革鎧《かわよろい》へと縋《すが》りつく。

ゴブリンスレイヤーは躊躇なく娘の体を胸に抱いた。無論、小鬼どもへ背を向けるためだ。

「GOROOGGBB!」

「GBBB!　GOROOGGBB!!」

そしてそんな自ら海に飛び込む愚か者の背を、躊躇なく狙《ねら》うのが小鬼であるならば――……。

「先陣切るなら一声かけてほしいわよ、ね……！」

その仲間を躊躇なく補うのが、一党《パーティ》の連携というものだ。

言葉と共に妖精弓手の体は宙を舞い、その大弓から放たれる木芽《きめ》鏃の矢は天と海を貫く。

不遜にも空に弓を向けた小鬼は頭蓋《ずがい》から顎までを射抜かれ、びぃんと弦が鳴って矢が落ちた。

声もあげずに小鬼の弓兵が海へ転げる時には、妖精弓手はその船の帆柱を蹴っている。

八艘に拍子《ビート》を刻みながら、イチイの大弓からは矢継ぎ早に小鬼の死がばら撒《ま》かれていく。

「はしゃぎすぎっと、海に弓だの矢だの落っことすぞ！」

「そんな間の抜けたこと！」

鉱人道士の悪態に不敵に笑う頃には、彼女はふわりと元の位置に降り立っていた。

ふうと息を吐いて、額《ひたい》にかかった髪を払うと、上の森人は何でもないかのように言う。

「こんな弱い弓だって、ゴブリンどもに笑われたら癪《しゃく》だもん」

「森人《エルフ》基準でいやあ、だいたいの弓は女子供が引くようなもんだろがよ」

ふんと鼻を鳴らし、面白《おもしろ》くもなさそうに鉱人道士は頸を横にふる。

褒《ほ》めるとつけあがるから気に入らないのだ、この耳長娘は。

「無駄と思うけんど、一応聞いとくがの、鱗の」

故に彼は古馴染《なじ》みの喧嘩《けんか》友達から目を逸《そ》らし、羽毛の外套を纏《まと》った蜥蜴僧侶に声をかける。

意地悪く笑みを浮かべるのは、無論、どんな返事が来るかわかっているからだ。

「《水歩》はいるかや?」

「拙僧《せっそう》が海に入るは、街を灰燼《かいじん》に帰した後と決めておりますでな」

のっそりと立ち上がった蜥蜴僧侶は、その手に北方人の大楯を摑み取り、掲げていた。

そして「失敬」と舷に立つ戦士らを押しのけると、尻尾《しっぽ》を海側へと垂らす。

あっけに取られた戦士たちが、何をするのかと、物も言えずに見ていると――……。

「すまん、助かった」

「なんの、なんの……!」

その尻尾に摑まり、釣り上げられるようにして、小鬼殺しが船上へと帰還を果たす。

胸に掻き抱かれた山鼠の娘は、もはや力尽きたか、ぐたりと弛緩《しかん》した体を甲板に転げた。

「どうだ？」

「診てみます……！」

彼からの問いかけが飛ぶ頃には、既に女神官がその哀れな娘に駆け寄っていた。

蜥蜴僧侶のかざす盾に守られながら、手早く彼女の体を検め、具合を確かめていく。

嗜虐《しぎゃく》の神々に仕《つか》える巫女ほどでなくとも、女神官が奉じるのは慈悲深き地母神《ちぼしん》だ。

守り、癒《い》やし、救え。

そのための御業《みわざ》は、奇跡ならずとも授《さず》かっている。なればこその神官なのだ。

傷は浅い。飢え、寒さ、疲労、衰弱、眠りの不足。どれも命に関《かか》わる深刻なもの。

「……でも、もう大丈夫です……！」

――致命的では、決してない。

女神官はすぐさま娘の体を清めてやりつつ、毛布と外套にくるんでやる。

傷口の手当もすべきだが、今はなにより、体を暖めてやらねばなるまい。

「おう、酒はいっかの？」

「喉《のど》につまらないよう、まずは少しだけお願いします」

鉱人道士のありがたい申し出に、女神官は慎重に、けれど淀《よど》みなく応じた。

「気付けになりますから。ただお酒だけだと水が足りなくなりますので……」

「おう、その辺りは心得とるわい」

鉱人道士が枯れ木のようにやせ衰えた娘を受け取り、船の中央へと横たえる。

波からも、風からも、矢雨からも最も遠い、全てに守られた、安全な場所だ。

彼がそっと娘の口に火酒を含ませてやるのを横目に、ゴブリンスレイヤーは低く唸る。

「どう見る？」

「他に虜囚もいましょうや。加えて、呼気の指輪があるとはいえ《水歩》は貴重」

距離が近づいてきたせいだろう。蜥蜴僧侶の掲げた盾にぶつかる物も増えてきた。

がつがつと音を立てて弾ける投擲を物ともせず、彼は長い顎に牙《きば》を剝《む》いて見せる。

「早々に相手の船へ移ってしまうがよろしいかと」

「まったくだ」ゴブリンスレイヤーは頷いた。「接舷しろ。切り込むべきだ」

「――――……」

あっけに取られたでもなく、感心するでもなく、頭領《ゴジ》は笑っていた。

まったく、見事なものだった。

流れるような連携は、戦達者な北方人らのそれとは似て非なるものに違いない。

今まさに彼らは、冒険者の「冒険」を目の当たりにしたのだ。

異質な――けれど尊ぶべき何かを見た戦士らの間に広がるものを見れば――……。

――甲斐《かい》はあった。

そう、思うのだ。

「やはり、冒険者の組合はこっちゃにも必要だの、かが《奥方》？」

「あっちゃげだごどいうなぁ《馬鹿なことを言ってないでください》」

問われた奥方《フースフレイヤ》が、その怜悧な横顔をツンと澄まして、唇を尖らせていった。

「わぁがた《私たち》も、負けてはおりましね《負けてはいません》」

拗《す》ねている——などと、愛する夫が気づいたら、彼女はどんな愛らしい表情を見せるのか。

いくさの中であっても女神官はその様を想像し、くすりと笑みを噛《か》み殺《ころ》す。

無論のこと、奥方《フースフレイヤ》の独眼が、新たな友人の振る舞いに気づかぬわけもない。

最果ての姫騎士は「ちょろがさねお《からかわないで》」と呟いて、深呼吸。

冒険者たちがその身の証を立てたのであれば、今度は彼女たちの番だ。

凍える大気を吸い込んで、波浪の彼方へ向けて、嗜虐神の巫女の声があがる。

「《風あれば樹を刈り、太陽あれば海に出よ。乙女《おとめ》は闇《やみ》の内に、昼の眼を避けよ》！」

さあ——襲撃《ヴィーキング》と略奪の時間だ。

§

「戦闘陣形《フュルキング》！」

「GOROGGB⁉」

「GOG！　GOBBG‼」

衝撃と共に船と船が激突し、振るわれる鉤が敵船を逃さぬようがっきと噛み付《つ》いた。

今更慌てた小鬼どもが鉤を外そうとし、しくじった者が蹴倒《けたお》されるが、もう遅い。

「ちゃあとえげぃッ‼」

「おおおおおッ‼」

先陣を切った頭領《ゴジ》の号令一下、北方人たちが敵船めがけて踊り込んでいく。

不幸にも一番に血祭りにされる同胞を目の当たりにした小鬼が、手にした武具を振り回す。

錆《さ》びた剣、折れかけた槍、あるいは粗雑な棍棒《こんぼう》。

だがしかし、そんなものは戦士たちがしっかと掴む、大楯の前には虚しい抵抗に過ぎない。

波間に揺れ動く船の上、けれど乱れる事なくがっつりと戦陣を組んだ、楯の壁。

それこそはまさに、そびえ立つ楯の城《スキャルドボルグ》にほかならぬ。

「おつげぇーっ‼」

「ほおおおう‼」

「GOROGGB⁉」

小鬼どもの攻撃を受け止めた城壁が、ずんと前に大きく踏み込み、楯を叩きつけた。

どぉんと弾かれた小鬼どもがよろめき、うろたえ、どぼんと海に落ちては沈んでいく。

怯《おび》えて後ずさる者もいれば、転げる者、状況もわからず吠《ほ》える者もいる。

だがいずれにせよ――この海に逃げ場などあろうはずもない。

ゴブリンどもは戦おうにも怯えようにも互いに押し合いへし合い、船を揺らすが関の山。

「えっちょなしめが！」

頭領《ゴジ》が牙を剝くように笑い、一刀のもとに小鬼の頸を跳ね飛ばす。

「ぼたぐれえ！」

「ほおおう！！！！」

槍が唸り、斧が吠え、剣が叫び、六尺棒が轟《とどろ》いた。

小鬼どもの無駄な抵抗はたやすく踏み躙られ、断末魔の雄叫びと共に汚れた血が飛び散る。

人質を盾にしようものなら強引に毟《むし》り取られ、身代とばかりに黒鉄の刃が頭蓋をかち割った。

僅かに貯めた財貨があれば長持《ながもち》ごと奪い取り、縋り付く小鬼は氷海へと蹴り落とされる。

命乞いなぞ聞く耳持たぬ。殺し、乙女と財宝を奪い、勝利の凱歌を歌うことが彼らの喜びだ。

「――神《ガイギャックス》を讃えよ！！！！」

「神《ガイギャックス》を讃えよ!!　神《ガイギャックス》を讃えよ!!　神《ガイギャックス》を讃えよ!!」

「黒湫《アーネソン》の主よ御照覧あれ!!」

「大神《ジャクソン》万歳！　罠《リビングストン》の王に栄光あれ!!」

襲撃と略奪《ハックアンドスラッシュ》！　襲撃と略奪《ヴィーキング》！　襲撃と略奪《ヴィーキング》！

なるほど、確かに平地で、洞窟《どうくつ》で、迷宮で、小鬼に不意を討《う》たれれば膝を突くこともあろう。

しかしこの北の大海で、氷と炎の歌轟く海原で、いくさ船を並べて戦うのであれば――……。

「わぁがた《我ら》が小鬼《オルク》なぞに負けるわきゃあねえだろが！！！」

入江の民《ヴィーキング》こそは、まさしく海の覇者たちなのだ。

「合戦になっちゃうと、こっちの出番はないわね」

「そうですねえ」

と、妖精弓手と女神官は言葉を交わすが、別に彼女らとて呑気《のんき》していたわけではない。

乗り込んでの切り合いの最中とはいえ、次々に人質は運び込まれる、傷つく者もいる。

それらを守り、治療するのは員数外の冒険者らの役目であった。

船の中央では奥方《フースフレイヤ》が、特に傷の深い者を相手取って、その御業を振るっている。

楯で守られておらぬ右半身に多い刀傷を、酒や酢で洗い、縫いあわせ、亜麻布を巻く。

女神官には拷問具と見分けのつかぬ器具を用いて傷口を探り、鏃や刃の破片を抜き取る。

時として血の管を縫合し、見事な止血を施す様には女神官とても目を見張った。

彼女の生まれ育った寺院では、このような時にしか奇跡を施さなかったというのに。

もちろん北方の戦士といえど人の子だ。

傷はともかく、傷口を探られる痛みに悲鳴をあげ、叫ぶ者もいようが――……。

「あがじゃね《赤ちゃんでもないのに》しこんぐらいでなぐなで《泣くものじゃありません》！」

奥方《フースフレイヤ》はぴしゃりと言って、芥子《けし》や菲沃斯《ヒヨス》の種といった痛み止めは滅多《めった》に使わないのだ。

「こちらの人はもう大丈夫です……！」

「おおぎの《ありがとうございます》！　ほいだば、こっちのを――……」

「はい……！」

――すごい人だ。

そんな人と共に、自分は戦っている。

それが何とも誇らしく、狭い船の上を、女神官は包帯を抱えて、ぱたぱたと走り回る。

そうした彼女らを、影を落とすようにして守るのは――蜥蜴僧侶の巨体だ。

「いやはや、拙僧はあまり役に立てませぬなぁ……」

「それならしっかり守っててよ、ね……！」

申し訳なさそうに呟く彼の小脇《こわき》を通して、舷に片足をかけた妖精弓手が矢を放つ。

きりりと引き絞られた弦は竪琴のような音を立て、その度《たび》に小鬼の頭蓋が弾け飛ぶ。

波に揺れ動く標的だろうと、森人の弓は眦《まなじり》でも、手業《てわざ》でもなく、魂魄《こんぱく》に依りて貫くのだ。

北方人の戦士たちもなかなかの射手揃《そろ》いだが、それでも上の森人には遠く及《およ》ぶまい。

これに呪術合戦が始まれば、また戦場の様相も変わろうが――……。

「小鬼どもに呪文使いはおらなんだようだの」

控えていた鉱人道士は、これは手を出さなくても良さそうだと、一旦《いったん》の見切りをつけた。

合戦となればモノを言うのは指揮官の采配《さいはい》であり、彼の人は最前線。

剣を振り回し、声を張り上げ、北方人を率いているそのさまは——なるほど、頭領《ゴジ》だ。

異邦人にもかかわらずその地位を認められたのは、王配《プリンス・コンソート》と言うだけではないらしい。

ちらりと横目で窺《うかが》えば、奥方《フースフレイヤ》がどこか得意げに微笑んでいるのは、ご馳走様というところか。

——ま、その地にはその地の、英雄がおるものよな。

いつでも、どこでも、己こそが活躍せねば気がすまぬなどというのは傲慢だ。

世界の危機の真っ只中に飛び込む勇者だとて、小鬼退治に割って入って我が物顔はすまい。

此方《こなた》においては此方《こなた》の、彼方《かなた》には彼方《かなた》の物語があるものだ。

果てしなき物語とは、一繋《ひとつな》ぎの英雄譚ではなく、受け継がれていく叙事詩《サーガ》なのだから。

「どう見る？」

と、不意に鉱人道士に声をかけてきたのは、言うまでもなく、ゴブリンスレイヤーだった。

捕虜を助けて後、「十、十二」と礫を投じて小鬼を減らしながら、彼は戦場を俯瞰《ふかん》していた。

こと合戦となれば——冒険者にできることは限られてくるものだ。

切り込む心算ではあったものの、あの一糸乱れぬ連携に部外者が関われば、かえって危うい。

「ほう、わしに聞くかや」

無論、この男の場合はそれだけではあるまい。にやりと、鉱人道士の髭面《ひげづら》が笑みに歪《ゆが》んだ。

「ま、どうみたって、あれがあっちの大将だろうの」

それは、対陣する船の残骸《ざんがい》の中でも、ひときわ大きな軀に君臨する小鬼であった。

ゴブリンスレイヤー同様いくさ場に飛び込まず、しかし対照的に喚き散らす――……。

「GOOROOOGGBB!!」

これみよがしに腐りかけた熊皮を被った――小鬼だ。

北方の小鬼は総じて大柄だが、その中でも輪をかけて巨漢である。

されど巨大《ホブ》では言葉が足りぬ。英雄《チャンピオン》と呼ぶには憚られる。

「熊皮の戦士《べるせるく》気取りなんて、どうってことありましね……！」

だが、奥方《フースフレイヤ》はそう断じた。自分の愛する男が、人々が、小鬼風情《ふぜい》に後れを取るわけもなし。

ゴブリンスレイヤーは「そうだとも」と頷く。

「何にせよ、あれはゴブリンに過ぎん」

§

それはとても静かに、誰にも気づかれる事なく――侵略を行っていた。

遥《はる》かな深みより、音と光のみを頼りに、獲物を捕らえては思うがままに喰《く》らう。

彼にとってそれは、微睡《まどろ》みの中に響く鼓の音色《ねいろ》のように単調で、心地よい日々であった。

いや、日々と呼ぶのもいささか語弊があろう。

彼が太陽と月の巡りなど気にしたことは、ただの一瞬たりとてなかった。

彼は自分が今どこにいるのかなど、考えたことすらなかった。

彼にとっては己の空腹と、食事がどこにあるかという事だけが四方の全てであった。

喰らうが故に彼が在り、彼が在るということは即ち喰らうという事に他ならなかった。

ここがいつで、今がどこでも、頭上が騒がしくなればその時だと彼にはわかっていた。

だから、手を伸ばす。

死すら死に絶える泡沫《うたかた》の眠りの中にあって、ただそれだけが確かなものだ。

故に――音を立てて忍び寄る、それに引き込まれていると気づいた時には――……。

全てが、手遅れだ。

§

どぉんと海が爆発《ばくはつ》した。

白波が柱のように立ち上り、巻き込まれた船々が木っ端のように舞い上がり、吹き飛ぶ。

空中で砕け散った破片と共に波間に叩きつけられれば、人も小鬼も等しく弾け飛ぶだろう。

押し寄せる大波に残された船は激しく揺さぶられ、宙に浮かぶような感覚と共に床へ落ちる。

「な――……!?」

呻《うめ》いたのは、一党《パーティ》の中の誰であったろうか。

咄嗟に舷にしがみつき、這《は》いつくばり、あるいは蜥蜴僧侶の尾や蹴爪《けづめ》がその身を支えていた。

小鬼たちはもとより、北方人の戦士たちすら何がおきたかと目を見張り、それを見上げる。

いや――もはや水飛沫の彼方には、何もない。

それは暗黒の海の奥深くより、無差別に襲い来る暴虐に他ならないのだから。

ただ一つ、知覚できるとすれば――あるいはそれは、口であったのやもしれぬ。

無数に牙の生《は》え揃った、ただただ何かを喰らうためだけに存在する、顎《あぎと》。

それがのたうち、うねり、蠢きながら、深みから飛び出した事だけは――わかった。

不幸にも水面に落ちることができなかった者は、全てその顎に噛み砕《くだ》かれ、飲み込まれた。

嵐のように降《ふ》り注《そそ》ぐ海水に入り交じる、赤黒い血潮、臓物、散らばった四肢。

正気を疑うような光景は――時として言葉さえ忘れさせるものだ。

大波にくるくると振り回されるその一瞬、戦場からは波の音以外が消え失せていた。

「あ、い……い、今の……!?」

女神官が、四つん這いになりながら錫杖に縋りつき、よろめきながら立ち上がった。

「海蛇、ですか!?　でも、前に見たのとは、全然……！」

いつだったかに目の当たりにした大海蛇《シーサーペント》とは、何もかも違う。

あれも恐るべき怪物であったが、しかし、あれほどのおぞましさは――なかった。

「なんともはや、拙僧らの知る父祖の類ではありますまいが――……‼」

「下から来てる……！」

蜥蜴僧侶にしがっていた妖精弓手が長耳を振るい、弓を絞るのも忘れて金切り声をあげた。

「また、来る……ッ‼」

言葉とおり、またしてもどぉんと海が大きく打ち砕かれた。

水柱に飲み込まれたのは、冒険者らの乗り込んだ船の――すぐ傍の一艘だ。

小鬼どもと切り結んでいた戦士たちは、信じられないといった表情を残し、海中に沈む。

「あ、あ……ッ⁉」

奥方《フースフレイヤ》の上げた悲鳴は、同胞が失われたがためか、転覆するほどに船を襲った揺れのせいか。

あるいは――次に襲われるのは、頭領《ゴジ》の乗り込んだ船やもという、恐れだろうか。

「怪物《もこ》！　怪物《もこ》くっぞ《が来るぞ》⁉」

「幽鬼《ドラウグ》だぁ……！」

北方人たちも、思わず声をあげて狼狽《うろた》えた。

恐れ知らずの彼らが恐れるのは、海の魔だ。得体のしれぬ、深淵の主だ。

無論のこと、その程度で小鬼どもに後れを取るような彼らではないが――……。

「GOROGGB！　GOOBBG‼」

状況を理解していないゴブリンどもは、己《おのれ》のちからに敵が弱ったのだと見て取った。

あるいは、あんなものに怯《おび》えるのは間抜けだ、自分は違うと、そう思っているのだろう。

勢いを増したゴブリンどもが、態勢を立て直す前の戦士たちへと襲いかかる。

「蛇《じゃ》の目がでやがったか」

鉱人道士が、この大揺れの中でさえ一滴も零《こぼ》さぬ酒を呷《あお》り、顔をしかめた。

「因果の巡りよな。ひっくり返されっちまいかねんぞ……！」

状況は、悪い。

戦場音楽は激しさを増し、戦士の雄叫《おたけ》びと断末魔の叫びが入り乱れ、また海が沸騰する。

もはやこれは合戦の体をなしていない。

得体の知れぬ怪物に掻《か》き乱《みだ》される、この場に必要なものは兵士ではなかった。

この混沌の渦の只中に飛び込むことこそは——紛《まぎ》れもなく冒険に他なるまい。

「さて……」と、ゴブリンスレイヤーは静かに呟《つぶや》いた。「……お次は何だ？」

少なくとも——ゴブリンではないようだが。

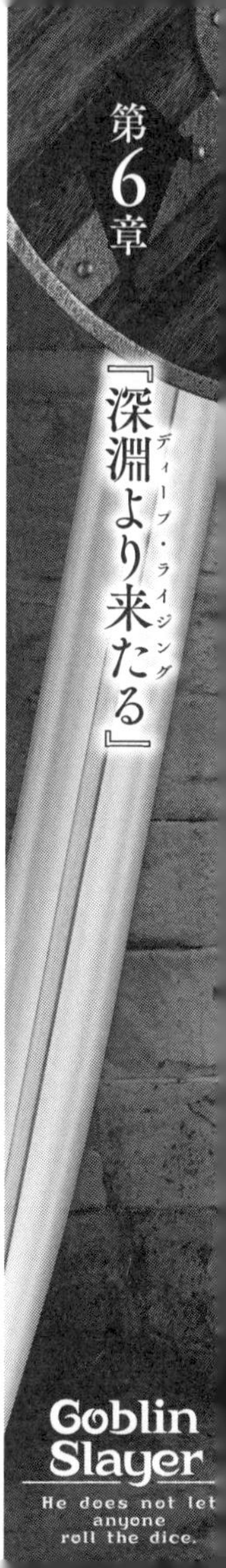
第6章
『深淵《ディープ・ライジング》より来たる』
Goblin Slayer
He does not let anyone roll the dice.

それこそは神代《かみよ》の時代から語られる、暴食の化身《ザ・グリード》であった。

「GOOROGB⁉」

「ぬ、おお、あああ……⁉」

悲鳴が上がり、波に呑《の》まれるものがもがき、甲斐《かい》なく姿を消して死んでいく。

只人《ヒューム》も、小鬼も、そこには何ら区別なく、全《すべ》ては平等である。

阿鼻叫喚とは、まさにこの光景そのものだ。

最初一つだけであった水柱は、一つ、二つと増えている。

海底から現れたのは、おぞましき怪物の群れなのではあるまいか。

三軍入り乱れる戦場は混沌と混乱と殺戮《さつりく》の坩堝と化していた。

「――おど《旦那》様！」

故《ゆえ》に奥方《フースフレイヤ》の声に喜色が溢《あふ》れたのも、無理からぬことだった。

黒鉄《くろがね》の物の具を赤黒く汚し、頭領《ゴジ》が仲間を引き連れて帰還を果たしたのだから。

「おお、かが《奥方》、戻ったぞ！」

そう叫ぶ彼は、まるで遊び回って家に飛び込んできた幼子のようにやんちゃで、朗らかだ。

戦場を思う様に掻き乱す海魔など物ともしないというようだが、しかし、そうはいくまい。

戦《いくさ》の興奮冷めやらぬ頭領《ゴジ》は、奥方《フースフレイヤ》が差し出した水差しの中身をがぶりと呷り、言った。

「あれはなんだ？」

「わからん」

応じたのはゴブリンスレイヤーであった。

彼は舷に立ち、戦士の怒号と小鬼の悲鳴、唸《うな》る波濤の入り乱れる戦場を睨《にら》み、付け加えた。

「ゴブリンではないな」

「そして刃は通るらしい！」

郎党らに水差しを渡し、好きに飲むよう命じながら頭領《ゴジ》は言い放つ。

びしゃり、と。彼が甲板上に放ったのは、すっぱりと断ち切られた海魔の一頭であった。

とすればその太刀《たち》から滴《したた》り落ちる粘液は、この怪物の血潮ということなのであろうか。

甲板に落ちて跳ねるその怪物は、恐るべき生命力を発揮し、未《いま》だ痙攣《けいれん》し、のたうち踊る。

思わず「ひっ」と声を漏《も》らしたのは――奥方《フースフレイヤ》か、女神官か。妖精弓手《エルフ》は「うへ」と呻《うめ》く。

「引きずりだせるかね？」

頭領《ゴジ》の問いかけは端的であり、ゴブリンスレイヤーの答えも同様であった。

「その後は」

「殺す」

事もなげに言うが、その証《あかし》は足元でのたくっている触手で十分であろう。

牙《きば》を剥《む》いて見せた頭領《ゴジ》は、その剣を杖《つえ》代わりに体を休めながら、苦笑して肩を竦《すく》めた。

「ま、少なくとも打ち合いにはなろうさ。小鬼どもが邪魔さえしなければな」

「よし」

そうと決まれば、ゴブリンスレイヤーの判断は早い。即断即決が要だと、言われたからだ。

「例の手だ。いけるか」

「でかいかんの」

鉱人道士《ドワーフ》は、面白《おもしろ》がりながらも「あれか」と顔をしかめた。術の悪用の一つであろうが。

「もそっと近づきてえとこだ。……おう、耳長の。どこが奴《やつ》の真上だね？」

「うええ……あの中に行くの？」

嫌なんだけど。妖精弓手が顔をしかめたところで、その美貌《びぼう》に陰りがないのは種族故か。

彼女がひょいと身を乗り出し、腰を蜥蜴僧侶《リザードマン》に支えてもらった船の向こうでは、また水柱。

どぉんという音と共に、小鬼か、北方人かの船が一隻引きずり込まれたに違いない。

急がねばならないことは、彼女だってよくわかっている。

長耳を引くつかせ、その宝石にも似た瞳《ひとみ》を凝らし、遥《はる》かな深みを見通して、一息。

「あの熊の皮被った奴。あの辺り、かなあ……。とにかくでっかいから、断言できないけど」

「ならそこまで行くのみだ」

いずれにせよ、ゴブリンは殺さねばなるまい。

ゴブリンスレイヤーは決断的に言い切ると、腰に帯びた北方人の剣を確かめ、頷《うなず》いた。

中途半端《ちゅうとはんぱ》に磨《す》り上げられた、身近な剣だ。普段より、よほど鋭く、研ぎ澄まされた。

そして鉄兜《てつかぶと》を巡らせて、女神官の方へと目を向ける。

「どうする」

「行きますとも……！」

「そうか」

迷いはなかった。彼女ははっきりと力強く言い切り、ゴブリンスレイヤーは応じた。

それで決まりだ。全ては海魔を討《う》つために。手短に。

「奇跡と術の残りは？」

「さっきの一回だけだ。温存できとる」

「わ、わたしもです！　今日はまだ一度も」

女神官はちらりと奥方《フースフレイヤ》を見やり、ほう、と吐息を漏らす。

「……奇跡なしの施術でも、あれだけできるのですね」

嗚呼《ああ》、まだまだわたしは未熟だ。

四方《しほう》世界において、尊敬し、憧《あこが》れる先達のなんと多いことであろうか。

魔女や、剣《つるぎ》の乙女《おとめ》、あるいはこの北方の姫騎士たる奥方《フースフレイヤ》のような女性に、なれるだろうか。

――どういう冒険者になりたいかは、自分で決めなくては、ですね。

女騎士に先だって言われた事を思い出せば、むしろ幸運と思うべきだろうが。

「《浄化《ピュアリファイ》》の奇跡でも使う？」

「あれは危ないのでダメです」

妖精弓手の思いつきにきっぱりと言い切る辺り、まだまだ幼さが抜けてはいないが――……。

「拙僧《せっそう》も同じく。ま、寒いのは堪えますがな。とはいえ……」

そうした女神官を見守る蜥蜴僧侶は、支えていた妖精弓手を、ひょいと猫のように下ろす。

「ありがと」と礼を述べる彼女へ「なんの」と返しながら、蜥蜴僧侶は目をぐるりと回した。

「船の守りに竜牙兵《ドラゴントゥースウォリアー》を残しておくべきかと。何ぞあれば、伝令もできましょうや」

「脅かさんようにな」

それが冗談だと気づいた者はいただろうか。女神官は、くすりと笑ったものだが。

「頼んだ」

「承知、承知。しからば――……」

じゃらりと蜥蜴僧侶の内懐より牙が投じられ、敬虔な蜥蜴人《リザードマン》が奇怪な手つきで合掌をする。

「《禽竜《イワナ》の祖たる角《つの》にして爪《つめ》よ、四足、二足、地に立ち駆けよ》！」

途端、祈禱《きとう》を受けた牙は見る間に膨れて自ずから組み上がり、一人の兵士と形を成す。

現れ出でた竜牙兵に北方人の戦士たちがどよめく中、冒険者たちは頷きあった。

「まずは突き進む。奴に」とゴブリンスレイヤーは海を見た。「術をかけるのが最優先だ」

「となれば、《水歩《ウォーターウォーク》》は節約だの。落ちたらどもこもならんから、気をつけねえとな」

「水中呼吸の指輪は先につけておいた方が良いですね」

ん、と。女神官は唇に指をあてがって思案する。ずいぶんと冷えたな、なんて。場違いな感想。

「山鼠の人も、落とされて少しは大丈夫でしたし。……食べられなければですけれど」

「そこはもう運を天よねー……」

諦《あきら》めたようにからからと笑いながら、妖精弓手が弓にゆるく矢を番《つが》え、肩を竦めた。

「頑張ってよね。それこそ落っこちたら、私たちじゃ引っ張ってあげれないんだから」

「うむ。ここは一番、踏ん張りどころですな。氷河に負けるなぞ、父祖に申し訳がたちませぬ」

よしと気合を入れた蜥蜴僧侶が、鉱人道士の矮軀《わいく》を担《かつ》ぎ上げ、準備万端。

冒険者たちは流れるように作戦会議から手順を見定め、意気も揚々と怪物に挑みに向かう。

それは北方人たちの勇気とは似て非なる、けれど尊い、冒険者の勇気であった。

「鍛治神さまは、祈りし者に勇気をふうじてける《封じてくださると聞きますが》と聞くだども……」

奥方《フースフレイヤ》が、その一つの瞳を眩《まぶ》しげに細めた。

「必要だろう?」頭領《ゴジ》が、剣を握りしめる。「冒険者は」

「ん……」

嗜虐《しぎゃく》の巫女《キジャ》は愛する人の言葉に頷いて、その豊かな胸いっぱいに海風を吸い込んだ。

財は失われ　一族は絶え
貴様自身もやがては死ぬ
だが我は知る
けっして滅びぬものはただ一つ
死者が摑《つか》みし勲《いさお》し也

紡《つむ》がれるのはいと高き神々の言葉。冒険者を、戦士たちの武勲《ぶくん》を讃《たた》える、祈りの言葉。
巫女《キジャ》の願いを受けて、天上の骰子《サイコロ》の音が鳴る。
それを確かに、海原めがけて走りだす冒険者たちの耳に届いていた。
骰子は投じられた。である以上、ここから何が起こるかは言うまでもない。
だが、あえて言葉として述べるならば、それはただ一言。
「いざ行け、冒険者よ……！」
冒険が、始まった。

§

「《いと慈悲深き地母神《ちぼしん》よ、闇《やみ》に迷える私どもに、聖なる光をお恵みください》!!」

「GOOROGBB!?」

「GOBBB!?　GOBRGBB!?!?」

戦いの嚆矢《こうし》となったのは嵐《あらし》の中に燦然《さんぜん》と輝く、地上の星そのものであった。

皆と共に駆ける女神官が高らかに掲げた錫杖《しゃくじょう》の灯火《ともしび》は、醜悪な小鬼どもの目を焼いた。

「邪魔ぁ!!」

顔を押さえて悶《もだ》える小鬼どもを、妖精弓手の文字通り矢継ぎ早に蹴《け》散らして、道を切り開く。

「――跳べッ!!」

船の上をひた走る冒険者らは、ゴブリンスレイヤーの号令一下、甲板を蹴った。

鈎《かぎ》によって固定された船と船の狭間《はざま》、波飛沫《しぶき》を上げる断崖を息もつかせず越えて、前へ。

「十二……ッ!」

「GBBOGB!?」

ゴブリンスレイヤーは着地点にいた小鬼の首を、一切《いっさい》の慈悲なく蹴り飛ばした。

頚椎のへし折れる乾いた音を踏み潰《つぶ》し、続けざま右手の小鬼へと北方の鉄剣を叩《たた》きつける。

「十三!」

「GOOB!?　GBGR!?」

喉笛《のどぶえ》を横一文字に切り裂かれた小鬼が、ぴゅうと笛のような音を立てて血を噴き、崩れる。

その躯《むくろ》を一顧だにせずゴブリンスレイヤーは駆け抜ける。敵は多く、目的地は遠い。

背後に置き去りにしたゴブリンどもが、聖なる光の衝撃から立ち直って蠢《うごめ》き出す。

上の森人《ハイエルフ》。地母神の愛娘。そうでなくとも冒険者どもは気に入らぬ。

手に手に雑多な武器を持ち、走り続ける彼奴《きゃつ》らへ追いすがらんと飛び出して——……。

「ふんぬ……ッ!!」

「GOROGBB!?!?」

無造作に叩きつけられた強靭な尾の一撃により、文字通り薙《な》ぎ払《はら》われた。

右に、左に。爪も牙も使えなかろうが、恐るべき竜の末裔なればこそ尾の一撃は致命的だ。

頭甲龍《エウオプロケファルス》ならずとも、その尾は筋骨の塊、生ける鞭《むち》そのものなのだから。

ぐしゃぐしゃに潰されたゴブリンどもは、同胞を巻き込みながら船の外へと吹き飛ぶ。

灰色の海の彼方へ沈めば、たとえ生きていたとしても這《は》い上がることはあるまい。

「しっかしお前さんの外套《がいとう》はべとつくの……!」

「潮風は考えておりませなんだ！」

その背におおわれた鉱人道士は、羽毛の外套にしがみつきながら周囲を睥睨した。

あれだけの大物に術をかけるとなれば、どれほど集中し、精霊に声をかけねばなるまいか。

なにしろ海魔は、海の生き物だ。水と大気と海の精霊に親しいのは、あちらの方だろう。

「ま、骰子次第てぇのも悪くねえ……！」

「――――また来るッ！　下！」

妖精弓手がその長耳をひくりと震わせて、声をあげるのと同時。

突き上げるような衝撃と共に、彼らの踏みしめていた船が大きく宙へ弾《はず》んだのだ。

「きゃ、あ……ッ⁉」

たまらず女神官が悲鳴をあげた。

転げそうになりながら見た先では、海が――壁のように隆起し、覆《おお》いかぶさってくる。

いや――――天地が、裏返っていた。

すぐ間近にあの海魔が飛び出し、船が転覆したのだと悟った時には、もう手遅れだ。

女神官は自分が空中に放り出されたと気づき、思わずぎゅっと目を瞑《つむ》り――――……。

――大丈夫、落ちても息は……できます……！

しっかと目を開いて咄嗟《とっさ》に錫杖を伸ばし、手がかりを求め、己にできうる限りのことをした。

水に落ちても即死はしまい。諦めればそこで冒険は終わりだ。そんなことは許されない。

おお、北風《セプテントリオン》の加護ぞあれ！

「無事か……！」

「はいっ！」

振り回されたその錫杖をゴブリンスレイヤーの籠手《こて》が摑み、ぐいと少女の体を引き上げる。

突き刺すような冷水が彼女の体に打ち付けるが、それでもここは海の只中《ただなか》ではない。

海魔により跳ね上げられたのが幸いし、一党《パーティ》は横転した船腹に降り立つことに成功していた。

もっとも蠢き伸びた触肢が他の船を喰《く》らう様を間近で見るのは、幸運なのかどうか。

船から放り出されてもがきながら、容赦なく喰らわれていく小鬼と、北方人の戦士たち。

一歩間違えばそうなっていた事を思えば、骰子の目は今の所、冒険者に微笑《ほほえ》んでいるのだが。

「あれ、絶対に水蛇の群れとかの類《たぐい》じゃあない……！　正体は不明だけど何か凄いのよ……！」

ぶるぶると猫めいて水飛沫を払い除けた妖精弓手が、上の森人にあるまじき悪態を吐く。

そう、助かったとはいえ、それも一時ばかりのこと。

横転した船は波間に揺れ動く木の葉そのものであり、そして見る間に沈み続けている。

船と船を繋《つな》ぎ止めていた鈎は当然外れ、目的地までの進路は断たれたも同然。

いずれにせよこのままでは、遠からず氷海に沈むより他ないが――……。

「鈎、あります……！」

女神官は常に持ち歩くよう心掛けている冒険者ツールから、鉤縄《かぎなわ》を引っ張り出した。

出かける時は忘れずに。いつだって、彼女はこの道具に助けられてきた。

「よし……！」

差し出されたそれを受け取ったゴブリンスレイヤーが、見事な投擲《とうてき》でそれを次の船へ繋ぐ。

溺《おぼ》れる小鬼が縋《すが》ろうとしてくるのを蹴飛《けと》ばして、冒険者らは沈む船から瞬く間に飛び移る。

「GOORGGB!!」

「十四！」

その甲板で待ち受けていた小鬼は、棺桶の釘《くぎ》のように脳天を打たれ、その生涯を終えた。

惚《ほ》れ惚《ぼ》れするほどの刃の鋭さ。北方人の剣は手応えなく小鬼を斬《き》り伏せ、血風が渦巻く。

死体の山を築きながら、前へ、前へ。次の船へと冒険者らは、海を飛び越えて突き進む。

「そういえばオルクボルグ、今回はあんまり投げてないわね」

縦横無尽に矢を叩き込《こ》みながら、妖精弓手がふと思い出したように呟《つぶや》く。

「惜しくなった？」

「ははは、かみきり丸にも珍しいことがあろうもんだ」

鉱人道士がからからと笑うのに、ゴブリンスレイヤーは答えない。

何よりもまずは、目の前のゴブリンを殺さねばなるまい。

「十五だ……！」

「見えてきましたぞ！」

小鬼の死体を蹴り飛ばしたゴブリンスレイヤーは、蜥蜴僧侶の声に前方を振り仰《あお》ぐ。

帆柱に吊《つ》るされた、もはや種族の判別もつかぬ女の遺骸が、荒れ狂う風に揺れていた。

醜悪な旗印だ。

あの下で、ゴブリンの長は先陣を切るでもなく、喚き散らしてふんぞり返っているのだろう。

——つくづくと、ゴブリンらしい事だ。

「跳ぶぞ！」

ゴブリンスレイヤーはそれ以上の感想を抱くこともなく、次の船めがけて舷を蹴った。

何よりもまずは————目の前のゴブリンを殺さねばなるまい。

§

————まったく、愚図どもめ。

そのゴブリンは自分の船へ冒険者が上がりこんで来た時、真っ先に同胞への怒りを抱いた。

どいつも、こいつもだ。好き勝手に騒ぐばかりで、ろくな仕事もできやしない。

口を開けばぎゃあぎゃあと喚き散らして、こちらにああしてくれ、こうしてくれ、とばかり。

そのクセ、これだ。あんな間の抜けた只人どもを食い止めることすらできやしない。

そう、間抜けな只人どもだ。

連中を率いているのは、あの騒ぎ立てている男らしいが、まったく馬鹿《ばか》としか思えぬ。

一番偉い奴がまっさきに飛び込んでいくなんて、何を考えているのだろう？

己が一番賢く、強く、偉いから、群れも強いのだ。己が死ねば、何もかも終わりではないか。

誰《だれ》も彼もそれを理解していないから、おかげでこうしてわざわざ動かねばならぬのだ。

ゴブリンの長は飽き飽きしたとばかりに鼻を鳴らし、その手に輝ける戦斧を掴み取った。

それはこの熊皮の外套を纏《まと》った軀が身につけていたもので、長に相応《ふさわ》しい武具と確信できた。

刃にまとわりつく不可思議な光が魔力のそれだという事は、ゴブリンにでもわかろうものだ。

だからこそ、そのゴブリンは己が死なない事を確信していた。

こうしている今も尚《なお》、どばん、どばんと海面が破裂し、船は揺れ動いている。

間抜けなことに海に放り出された小鬼が、只人が、貪《むさぼ》り食われては死んでいく。

しかし、彼は自分が食われる事はないと、はっきりわかっていた。

何故なら彼は長であり、あの間抜けどもとはまったく違う存在だからだ。

状況を冷静に観察している自分なら、あんな風に落ちることなどないのは言うまでもない。

そう――状況の把握だ。

ゴブリンの長は、手にした戦斧を誇示するように、大気を薙いだ。

風を切る唸り声を聞けば、小鬼どもはそれだけで怯えて、従順に従うものだ。

そして只人にしろ獣人にしろ、捕虜らはひぃと悲鳴を漏らし、長を満足させた。

「――――ＧＯＲＲＧＧＢＢ……！」

だからその貧相な装備の、自分とはまるで違う、冒険者の頭目《リーダー》の態度はいささか不満だった。

表情が粗末な鉄兜のせいで見えないのはともかくも、たじろぎもしないとは。

――まあ、良い。

どうせこちらに勝てる気でいるのだろうが、あの頭目《リーダー》を殺せばそれで全て終いだ。

寸詰まりの鉱人《ドワーフ》も、それを担いで端でうずくまっている鈍い蜥蜴も、己の敵ではない。

この眼の前の男さえ殺せば――そうすれば上の森人も、痩《や》せっぽちの小娘も自分のものだ。

手足をへし折り、飽きるまで弄《もてあそ》んで、まだ生きていれば部下にやっても良い。

無論――あの忌々《いまいま》しい、隻眼《せきがん》の女とてそうだ
残った目玉も抉《えぐ》りとったらどんな風にさえずるだろう？

小鬼の長は薄汚れた冒険者など通り越し、遠からぬ未来の勝利を確信して、笑みを浮かべる。

そうなれば、まずは手始めにこの男を早々と片付けてしまうべきだ。

「GOOROOOGGBB!!　GOOROGGBBB！！！」

ゴブリンの長は吠《ほ》え猛《たけ》り、その手に握った戦斧で嵐を起こすかのように振り回した。

直撃すれば貧相な兜ごと相手の頭蓋《ずがい》を打ち砕き、手足にであれば鎧《よろい》ごと吹き飛ばす。

これを見ても平静を保てる者はいまい。見ろ、あの冒険者は腰の剣を抜こうともしない。

「GOOOROOOGGBB！！！！」

無論、だからといって容赦などしてやる理由はない。

今まで奴らこそが小鬼を殺してきたのだから、これは正当なる報復だ。

小鬼は小鬼らしい思考のまま、その鬱憤を叩きつけるべく斧を振り上げ踏み込み――……。

「GOOROGGBBB⁉」

次の瞬間、その右腕を、想像を絶するほど禍々《まがまが》しい刃によって噛《か》みちぎられた。

§

「GOOROGGBBB⁉」

新調した南洋式の投げナイフは依然期待通りの性能を発揮し、小鬼の右腕を切り飛ばした。

戦斧を握った腕がくるくると宙を舞う時には既に、ゴブリンスレイヤーは甲板を蹴っている。

ゴブリンは何やら喚いているようだが――それを聞く必要も、意味も何らあるまい。

なるほど、北方人の鍛え上げた鋼の刃。それに宿った神秘。恐るべきものだ。

熊皮を纏いし者《ベルセルク》。恐れを知らぬ戦士。脅威の一言であろう。

盾を噛み砕《くだ》き、人を千々に引きちぎり、神をもバラバラにする蛮勇。凄《すさ》まじい限りだ。

だが――――……。

――ゴブリンの何を恐れるべきだ?

恐怖を知らぬ偉大な蛮人《バーバリアン》をこそ恐れども、身命を惜しむ小鬼の、何を。

「GORROGGBB⁉」

ゴブリンスレイヤーの右手が、腰から北方人の剣を引き抜いた。

短く、中途半端な、けれど研ぎ澄まされた鋼の刃だ。何の不満もない。自分には勿体《もったい》ない。

ゴブリンは右腕を押さえて喚いている。痛みに悶え、泣き喚き、全てを呪っていた。

距離は後一つ、二つ、三つ。狙《ねら》うべきは喉《のど》だが、いささかでかい。腹で十分か。

――なに、後の始末は北の海がつけてくれる。

「GOROOGGBB!?　GBB!?」

雪の中に突き入れるように手応えすらなく、繰り出した剣は小鬼の腹を突き破った。

臓腑《ぞうふ》を掻き乱すように柄《つか》を捻《ひね》ると、濁った悲鳴をゴブリンがあげる。

「これで、十六……！」

苦痛に身悶《みもだ》えたか、あるいは縋り付こうとしたか、間違っても抵抗ではあるまい。

こちらに片手を振り回す小鬼の頭に彼は左手を伸ばし、その熊革を引《ひ》っ摑んだ。

――ああ、そうとも。

「勿体ない代物だ」

そしてゴブリンスレイヤーは、容赦なくゴブリンを蹴り飛ばした。

ず、と。刃が引き抜け薄汚い血が吹き出すなか、小鬼はあっさりと凍える海に落ちていく。

小鬼に相応しいほどに呆気《あっけ》ない、どぼんという水音。それも波に攫《さら》われて消えるだろう。

時を同じくして数度宙で回転した戦斧が、鈍い音を立てて甲板に突き立った。

左手には、腐りかけた熊革。そして戦斧。ゴブリンスレイヤーは、息を吐く。

「それにしても……」

彼は鞘《さや》に剣を納め、熊の革を雑嚢《ざつのう》へとねじ込みながら、頷きを一つ。

「やはり、投げるにはこちらの方が向いているな」

ゴブリンスレイヤーは満足げに呟いて、南洋式の短剣に繋いだ綱《つな》を手繰《たぐ》り寄せた。

新調した事に、まったく後悔はなかった。

なにしろ値段が違うのだ。少なくとも彼の持つ、他の装備とは。

「――そっちはどうだ？」

「何とかなるんじゃない!?」妖精弓手が矢を放ちながら怒鳴る。「アレに食われなけりゃ！」

腰後ろの鞘に投げナイフを納めながら、ゴブリンスレイヤーは波に弾む甲板の上を走った。

無知は罪だが、知らぬというのは幸福でもある。

小鬼の族長が乗った船は、海魔の――群れだか一頭だか知らぬが――間近に流れていたのだ。

にもかかわらずゴブリンどもがまるで気にした風がないのは、所詮《しょせん》は小鬼だからだろう。

次なる長は己だと喚く小鬼どもを寄せ付けぬよう、妖精弓手と女神官が奮闘していた。

「術さえ、かかれば……たぶん、後は――……！」

貧弱な細腕とはいえ、この程度の修羅場《しゅらば》は幾度となく潜り抜けている。

錫杖を振り回す様はまだまだ拙《つたな》いが、小鬼程度を振り払うならば十分過ぎるほどだ。

その二人に守られる形で、舷に身を乗り出すは蜥蜴僧侶と、その背上の鉱人道士。

「――よぉし、取っ捕まえたぞ！」

鉱人道士が、その小さくも太く逞《たくま》しい手で虚空《こくう》を握りしめながら、快哉を挙げた。

引き上げる腕の呪術めいた動きは、まるで釣り竿を振りかぶるが如《ごと》し動きだ。

「踏ん張っとくれよ、鱗《うろこ》の！」

「拙僧とて落ちたくありませぬからなぁ」

南洋に棲まう蜥蜴人にとって、北海の厳しさはいかほどであろうか。

しかし沼地に暮らす彼らは、水場に親しんだ生き物でもあった。

濡《ぬ》れ、揺れ、傾《かたむ》き、容赦なく人を振り落とそうとする船の上に、鋭い蹴爪《けづめ》が食い込んだ。

まるで大樹のようにその体軀《たいく》と尻尾《しっぽ》を駆使して、蜥蜴僧侶はその身を安定させる。

鉱人道士が見えざる釣り竿をぐいと引き、水中のそれを捉《とら》える手応えに牙を剝いた。

そして水上に獲物を引きずり出すべく、精霊へと叩きつけるように吠えた。

「《踊れ踊れ水精《ニンフ》に風精《シルフ》、陸と海の境《はざかい》で、転ばぬよう気をつけて》！」

比喩《ひゆ》でなく――――海が爆発《ばくはつ》した。

襤褸船《ぼろぶね》は瓶《びん》の中の菓子のように波間で激しく上下に揺さぶられ、叩きつけられた。

噴き上がる海水は太陽を覆い隠し、一挙に全てを暗黒へと押し潰していく。

飛沫は霧のように白く世界を塗《ぬ》り潰し――――しかしそれでも、その存在を隠す事はできない。

「OOCCTAAAAAAAAAAALLUUUUUUUUSS！！！！！！」

「な――――……………」

「ひ……ッ」

正気を削るような光景であった。

海水から弾《はじ》き出《だ》され水面で踊るそれを直視すれば、誰であれ一時の恐慌に襲われたであろう。

巨大な海蛇の群れ。なるほど、そう思ったのも間違いではあるまい。

山のようにそびえ立つ、非幾何学的に捻じくれた触手と、肉と、何もかも喰らう牙の塊。

寄せ集めたそれを粘土のように捏《こ》ね繰り回して、頭足類の形にしたような――一つの怪物。

遥か昔、恐らくは神代の戦の頃から海の底に棲まう、深淵の主。

それこそは神代の時代から語られる、暴食の化身《ザ・グリード》であった。

「ふむ」

誰もが言葉を失うその威容を前に、ゴブリンスレイヤーは小さく呟いた。

それは驚き以上に確信と、ひどく満足したような言葉だった。

「やはり、彼の人々はゴブリンなぞに負けるわけがないのだ」

§

「ははは、これはまた、でかいな！　大名《ビッグネーム》だ！」

一人の英傑が、嵐の海の中を突き進んでいた。

崩れかけた船から船へ飛び移る、黒鉄の鎖帷子《くさりかたびら》を纏い、鋼の剣を手にした一人の男。

南方から来たりて北方の頭領《ゴジ》となった、一人の騎士だ。

彼に付き従うのは物を言わぬ竜牙兵の盾持ちただ一人。

無論、暴食の化身たる海魔はそんな小さな獲物とても逃しはしない。

強引に地上に引きずり出された事で微睡《まどろ》みから覚めたその触腕は、一挙に押し寄せてくる。

だが――剣を鈍器と嘲《あざけ》るものがいたならば、己の不勉強を恥じるべきでろう。

「ぬ、ん……!!」

一刀、であった。

ずんと踏み込んだ頭領《ゴジ》は、群がる影を一網打尽に叩き斬り、前へ踏み込む。

覆い被《かぶ》さるように迫りくる触手を、大剣を頭上に振り回して払い除け、はたき切る。

槍の如く突きこまれる触手は下から上に受け流し、根本を裏刃にて流し目切る。

それはさながら紅蓮《ぐれん》の旗のように。剣を右、左と振り回し突き返し、じりじりと前へ。

鍛えに鍛え、練りに練った、これなるは武技の極《きわ》み、その一つに他ならない。

「OOCCTAAAAAAAAAALLUUUUUUUUUSSS!!!!!!」

海魔にはたして、痛覚があるのかはわからない。知性も、理性も、その存在は定かでない。

無限に等しい触手を数本叩き切られた程度で、しかし髪の毛ほどにも感じるのだろうか。

だが――だが、それでも、海魔は吠えた。

欠伸《あくび》であろうが、寝起きにたかる蟲《むし》に対してだろうが、海魔は確かに吠えたのだ。

ただ一人、目前に立つ、只人に向けて。

「今日が貴様の」頭領《ゴジ》は、歌うように牙を剝いた。「命日《たづび》だ……！」

鋼と怪異とが音を立てて激突した。

蠢く触腕が何本も、ただそれだけで戦士一人を擦り潰せそうな勢いで押し寄せる。

頭領《ゴジ》は一歩も下がらず、むしろ前へ突き進みながら迎え撃った。

剣を振るうならば動きを止めてはならぬ。その勢いこそが次の攻撃へと通じるのだ。

守りの剣は常に切っ先を相手に向けた楔《くさび》の形に振るべし。攻撃線を反《そ》らし、前へ出る。

右左《タルホ》、左右《レベツ》、上下《アルティバーツ》！

縦横無尽に振り回される刃は、決して全ての攻撃を払いのける事ができたわけではない。

頭領《ゴジ》に代わって一撃を受け、竜牙兵が盾ごとあっさりと打ち砕かれる。

頭領《ゴジ》は「見事！」と叫び、さらに前へ、前へ。

そう、頭領《ゴジ》の剣は確かに海魔へと届いていた。

――ならば、問題はない。当て続ければ殺せるものだ。

足元の船が打ち砕かれれば次の足場へと飛び移り、剣でもって肉棘《とげ》を薙ぎ払う。

頭領《ゴジ》は立ち、撃ち、斬った。

一刀ごとに血が飛び、肉が弾け、その全てを大波が洗い流していく。

吐く息が白く立ち上るのは、頭領《ゴジ》の血潮の熱さ故だろう。

おお、神々よ御照覧あれ！ 北方の魔海にて繰り広げられる、英傑と怪物の戦いを。

百手巨人《ヘカトンケイル》や大鉄騎《バトルメック》と並び評される、混沌の大駒《ウォーロード》。

それをただ一人の英傑《ユニークユニット》でもって迎え撃つ、この光景を。

これなる光景をもたらした――――冒険者たちの輝かしき冒険を。

四方世界に数多《あまた》ある冒険、その全てが皆、どれもが輝かしき綺羅星《きらぼし》なのだから。

「……熊皮の戦士《べるせるく》なんて、どってことありましね！」

奥方《フースフレイヤ》は荒れ狂う海波も物ともせず、愛する男の戦いをただ見つめ、笑みを浮かべた。

その様を見て、北方人の戦士たちは――顔を見合わせた。

自分たちは何をしている？ 状態をわかっていない小鬼どもと戯《たわむ》れているだけか？

見よ、冒険者は約定を守ったではないか。

自分たちが驚き、戸惑い、態勢を崩す中、意図もあっさりとあの海魔を釣り上げてのけた。

そして我らが頭領《ゴジ》の戦いを見るが良い。

自分たちが何もできずに見守っている中、あの海魔へ鋼の剣ただ一振りで挑んでいるのだ。

もしも――――もしも、だ。この戦いを終えた後、生き延びた自分たちを見れば人は何を言うか。

傷一つない兜を、鎧を、盾を見て。刃こぼれ一つない剣を見て。何を思うだろうか。

冒険者たちに敵の釣り出しを任せ、頭領《ゴジ》が戦っている間、見て頂いただけ？

自分たちは雑魚《ざこ》を蹴散らした。仕事はした。だから英雄の決着を見守っていただけ？

嗚呼、そんな事は——そんな事は、我慢ならない。

いやしくも戦士たるもの、不名誉を背負って生き存《なが》えるよりは、死す事こそが本懐だ。

「……神を讃えよ《ガイギャックス》！」

「神を讃えよ《ガイギャックス》!!」

八者の円の第九柱、星辰の彼方に去りし偉大なる神にも届けと戦士たちは高らかに吠えた。

なに、死んでも二人目、三人目の兄弟が後を受け継ぐのだ。何を恐れる事があろう。

「GOROGGB⁉」

「GOB⁉　OROGGBB！？！？」

その心意気は、未来永劫《みらいえいごう》、小賢《こざか》しいだけの小鬼どもにはわかるまい。

怯え、戸惑っていた戦士たちが高らかに吠えて、傷も物ともせずに突き進んでくるのだ。

こうなってはもはや、ゴブリン風情《ふぜい》にどうこうできるようなものではない。

戦士たちの雄叫びが、小鬼どもの断末魔が、嵐の海に響き渡って木霊《こだま》する。

「海魔が、なにでがんすか。うちのお旦那《ど》様は、恐れ知らず《てんぽこぎ》の……」

故に彼女は微笑む。こんなものに、最愛の君が負けるわけはないのだから。

「『蜂を殺すもの《べーおうるふ》』に、がんす……！」

唸る触手は肉の鞭と化し、音の疾《はや》さを置き去りにして頭領《ゴジ》の鎧を打つ。

鎖帷子の鉄環が弾けて飛び散り、肉が千切《ちぎ》れ、血が飛沫く。が、それが何だ。

その一打と引き換えに、頭領《ゴジ》は海魔の懐《ふところ》へと飛び込む機会を得ていた。

「おお……ッ！」

踏み込みと同時に放たれる肉槍を、頭領《ゴジ》はあっさりと右左に振り払《タルホ》い、さらに一歩前へ。

斬撃の勢いは螺旋となり、頭領《ゴジ》はそれに抗《あらが》う事なく舳先から海魔へと飛びかかった。

これなるは両手剣が極意の一つ。死を意味する、第十四の型に他ならない。

鋼の刃が海魔の触腕を刎《は》ね飛ばし、波よりも高くおぞましい体液を噴き上げさせる。

「OOCCCTAAAAAAAAAAALLUUUUUUUUUUSSS！！！！！！」

「《船には速さを、楯には守りを、刃には血風を》！」

海魔の絶叫よりも高らかに、奥方《フースフレイヤ》は己の祈りを歌い上げた。

その眼帯に覆われた瞳から零れ落ちた光は、稲妻となって彼女の腕の大樹を走り抜ける。

光の矢は雷電となって迸《ほとばし》り、頭領《ゴジ》の心臓を撃った。

「――――《そして乙女には口吻《こうふん》を求めん》!!」

稲妻は唸りを上げてその身を覆う。踊る光芒は、頭領《ゴジ》の兜を伝って虚空へ弾ける。

それは――女神官の目には、金色に輝く雄々《おお》しき角のように見えた。

そう、子供が夢想する勇ましき北方人たちの兜から伸びた、偉大なる大神の角のように。

頭領《ゴジ》の太刀に絡《から》みついた稲光は、その刃をどこまでも、どこまでも膨れ上がらせる。

彼は笑ってその雷電の剣を振り被るべく、己の肩へと担いだ。

苦痛があればこそ生の喜びがある。

熱し冷やしてこそ鋼は鍛えられる。

稲妻を帯びた鉄の神。それは夫婦神の言祝《ことほ》ぎ宿りし、真なる奇跡の賜物《たまもの》だ。

これなるは——鋼の秘密を解き明かした者のみが担える、斬鉄の剣に他ならぬ。

「おう、冒険者！！！！」

怨敵へと狙い定めながら、頭領《ゴジ》が朗らかに声をあげた。

「————合わせろ！」

§

「ゴブリンスレイヤーさん！」

誰よりも早く、錫杖に灯火《スパーク》を掲げたのは女神官であった。

嵐の海。崩れかけた船の上。大海魔。小鬼の群れ。戦の最中。北への旅。冒険。

刹那《せつな》。小鬼殺しの脳裏《のうり》に閃光《せんこう》のように直感《インスピレーション》が瞬いた。

「——《追風《テイルウインド》》だ！」

「ほいきた！」

大物を釣り上げたばかりだというのに、鉱人道士は疲労も滲《にじ》ませず、一瞬の躊躇《ちゅうちょ》なく応じた。

こうした時、絶対に何かをやらかすのがこの男だという事は、よく思い知っている。

「《風の乙女《シルフ》や乙女、接吻おくれ。わしらの船に幸ある為に》……!」

北海の乙女たちは歌い踊りながらも、自身らの友に手を貸してくれた。

腐りかけ、もはや船の形をしているだけの材木が、風に押されて駆け始めた。

それは妖精弓手ですら思わずよろめくほどで――彼女はちらと女神官の方へ目を向ける。

舳先に立った、年の離れた大事な友だちは、錫杖を掲げて一心に祈りを捧《ささ》げている。

――まったくもう、立派になっちゃったなぁ。

きっと気づかぬのは当人ばかりなのだろう。只人は早い。それが羨《うらや》ましく、少し寂《さび》しい。

「ああ、もう……いっつもこうよね!」

妖精弓手は殊更《ことさら》明るく声を張り上げて、蜥蜴僧侶の背を叩いた。

「あと一踏ん張り、落っこちないようにね……!」

「うむ、無論ですとも」

彼の尻尾が足に絡まるのにくすぐったそうに笑いながら、妖精弓手は甲板の上を駆ける。

なに、オルクボルグが何をしでかすにしろ、あの海魔を叩くのに間違いはあるまい。

上の森人の弓矢を一射でも多く浴びせておけば、確実にやつの集中力《ヒットポイント》も削がれよう。

もっとも――オルクボルグが粘ついた液の入った瓶を取り出した時は「げ」と呻きもしたが。

「上古の鉱人《ハイラードワーフ》の真似《まね》は、前にやめてって言わなかったっけ？」

「あれとは違う策だ」ゴブリンスレイヤーは、事もなげに言う。「備えろ」

「はっはっは……」

――後で絶対に蹴っ飛《と》ばしてやろう。

そう思う事さえ愉快で、妖精弓手は舷に足をかけて大弓を引き絞り、矢を放った。

「OOCCTAAAAAAAAALLUUUUUUUUSSS！！！！！！」

そしてゴブリンスレイヤーの手に火が灯《とも》る。

瓶に詰められた黒い液体に点《つ》いた炎を、彼は思い切り、甲板の大穴から内へ叩き込む。

これなるはメディアの火、ペトロレウム、あるいはイラニスタンの油。

「即ち、燃える水だ」

ごっ、と。轟音《ごうおん》を伴って炎が吹き上がった。

劫火《ごうか》は瞬く間に船を舐《な》めて、全てを赤黒く染め、照らし上げ――――……。

「《いと慈悲深き地母神よ、その御手にて、どうぞこの地をお清めください》！」

その中にあって、少女の祈りが天に届かぬ事があろうものか。

魂削るほどの純粋な祈禱は天上に届き、少女が希《こいねが》う望みは慈悲深き地母神の御下へと届く。

彼の神は先行きを思って、少しばかり苦笑したに違いない。けれどもそれを是となされた。

嫋《たお》やかな見えざる指が小鬼に汚された船の甲板を撫《な》で、清めた。

炎が上がる中で、この甲板に満ち満ちているのは間違いなく、聖なる空気そのものだ。

もっとも――炎が吸い込んでいくから、呼気の指輪がなければ立つことも危ういだろうが。

火炎は船の疾さも、送り込まれる風も、何もかもを呑んで激しさを増していく。

「やはりこれだけ火を焚《た》くならば、この指輪は必要だな」

改めてその事実を確かめた小鬼殺しは、北方の戦士が遺した戦斧を掴み、腰帯に挟んだ。

そして足元に転がっていた小鬼の腕を「ふん」と面白くもなさそうに、海へ蹴り落とす。

後はもう、振り返りもしない。やるべき事は、ただ一つ。

「い、い、術を解け！」ゴブリンスレイヤーは叫んだ、「跳ぶぞ！」

「鱗の、任せっぞ！」

「承知……！」

「ひゃ……ッ⁉」

「やっぱり、後で蹴る！」

小鬼殺しが女神官を担ぎ、蜥蜴僧侶が鉱人道士を背負い、妖精弓手が楽しげに宙へ跳ぶ。

そして冒険者たちは、己の冒険へけりをつけた。

§

その小鬼は、自らの幸運に感謝して、ひそかにほくそ笑んでいた。
全身を切り刻まれ、腹を刺され、腕もどこもかしこも潮が染《し》みて、ひどく痛む。
だがそれでもその小鬼は生きていた。辛うじて、であったにしても。
転げ落ちた船の壁面に、その小鬼は引っかかっていた。おかげで、生き存えた。
馬鹿な冒険者たちは間抜けにも、自分を見逃したのだ。いずれ思い知らせてやろう。
何もしていないのに、こんな目に遭《あ》わされたのだ。同じ目に遭わせても、良いはずだ。
小鬼は、腕一本でひどく苦労しながら、どうにか甲板に這い上がった。
――どうにも、頭がくらくらする。
「GOROGB……？」
気づけば、周囲には火の手があがっていた。
耐《た》え難《がた》いほどに熱いはずなのに、どうしてかそれほどの熱を感じない。
だが――ひどくムカつく、嫌な空気だった。反吐《へど》が出そうだった。
小鬼は全てを呪いながらも、それでも己の境遇に満足していた。
どうしてか船は勢いよく進んでいるようだし。これなら助かる。自分は生き延びた。
だから戻って、そして冒険者どもを、いつか必ず、殺して――――……。
「GORRGGB！？！？」
顔を上げた小鬼が最後に見たものは、大顎《おおあご》の彼方に広がる虚無の暗黒であった。

地上にあって、雷電竜の咆哮が轟《とどろ》き渡った。

電光の刃は狙い違わず海魔に叩き込まれ、燃え上がる船が大槍と化して刺し穿つ。

「OOCCTAAAAAAAAAAALLUUUUUUUUUSSS!?!?!?」

海魔が悲鳴をあげて、のたくった
雷電を纏いし斬鉄の一撃、炎の船――どれも恐るべき威力だが……それでは、足りない。

ただそれだけでは、決して致命的一撃《クリティカルヒット》たりえない。

何よりも海魔に衝撃をもたらしたのは、今まで感じたこともない、偉大な神気《フレア》だった。

地母神の祝福を与えられた聖なる船の重みが、海魔に覆いかぶさっていたのだ。

そして――――《水　歩《ウォーターウォーク》》の術が、解かれた。

大海魔と船とが、ドッと水飛沫を上げて、沈む――落ちる。落ちていく。

今まで水精によって押し上げられていたその重量、質量とが、一気に海水を押しのける。

そのうねりは潮の流れを大きく吸い込んで――そして打ち返す。

戦場に散らばる残骸《ざんがい》も、生き延びた小鬼も、北方人たちも全て巻き込み、飲み込んで。

大波濤であった。

§

「ねっぱれぇーっ！！！」

しかし、そんな事は入江の民《ヴィーキング》たちにとっては日常茶飯事だ。

小鬼よりも、海魔よりも、よほど与《くみ》し易《やす》い、毎日付き合っている喧嘩《けんか》仲間も同然の存在だ。

彼らは号令一下、焦《あせ》りもせず戸惑いもせずに櫂《かい》を取って回し、船を漕《こ》いで波へ乗る。

一端の北方人ともなれば、それは一流の戦士であり、一流の船乗りである事と同義である。

「GORGGB⁉」

「GORBBGG！？！？」

そしてもちろん、小鬼どもは決してそうではない。

船も、海も、その何たるかをまったく心得ていないゴブリンどもは、抗う事すら許されない。

飲み込まれる。飲み込まれる。小鬼どもは、決して生きてこの海から出ることはできまい。

四方世界の自然は、万物全てに対して平等だ。

対応できる者には恵みを、できない者には滅びをもたらす。

正しく――北の海は、己の手で全ての始末をつけたのだった。

§

「まったく、滅茶苦茶《めちゃくちゃ》をやるな」

一転して陽光の差し出した空の下、頭領《ゴジ》は呆《あき》れたような笑みを浮かべた。

海魔と雷電の剣とすれ違う形で、炎の船から飛び込んできた冒険者たち。

甲板に降り立ち、徐々に穏やかさを取り戻しつつある海を前にして、彼らは健在だった。

「そうか？」

ゴブリンスレイヤーは鉄兜から海水を滴らせながら、小首を傾げて言った。

「いつも通りだが」

妖精弓手が、思い切り彼を蹴り飛ばした。

見事に転げた小鬼殺しを上の森人は指差して笑い、わたわたと女神官が駆け寄っていく。

「わ、わたしが思いついたことですので……！」

その言葉に妖精弓手は天を振り仰いで顔を覆った。

地母神は目を逸《そ》らしている事であろうから、きっとその願いは届くまい。

そんな三人を眺めて、蜥蜴僧侶が愉快げに目を回し、鉱人道士がやれやれと腰の酒を掴んだ。

「あれで死んだかの、あのデカブツは？　怪しいもんだが――……」

「さぁて」と蜥蜴僧侶が重々しく呟いた。「だとしても、あれが最後の一匹とは思えませぬ」

「なんでぇ、そりゃぁ」

この大一番で誰よりも働いた術師は、友人の冗句に、がぶり、がぶりと旨そうに酒を呷る。

「……戻ったら、また宴《ドレッカ》だな」

頭領《ゴジ》の見る先では、北方人たちが天に向けて剣を突き上げ、勝関《かちどき》を上げていた。

助け出された捕虜たちが泣きじゃくり抱き合い、北方人らに揉《も》みくちゃにされ、騒いでいる。

その大歓声を心地よさそうに聞きながら、頭領《ゴジ》は己の剣にもたれて、笑った。

「とりあえずは、君のご期待に添えたかな？　なあ――……」

頭領《ゴジ》に名前を呼ばれた奥方《フースフレイヤ》は、くすくすと声を漏らす。

「おど《旦那》様。こどば、もどっでですや《戻っていますよ》」

「おっと」

指摘された頭領《ゴジ》は、ばつが悪そうに頬《ほお》を掻いた。どうにも、まだまだ未熟だ。

「ええと……かが《奥方》。どうど《いつも》、おおぎの《ありがとう》」

そう言ってはにかんだ頭領《ゴジ》へ、奥方《フースフレイヤ》はさっと顔を寄せた。

兜の奥、隙《すき》だらけのその唇へ、微かに触れるようにして。

「あいしていますよ、わたしのへいか」

「――――」

「あや？」

「もう一度！　かが《奥方》、頼む！」

「やんだんずー《いやですよー》」

悪戯っぽく微笑んで、奥方《フースフレイヤ》は頭領《ゴジ》から踊るように逃れていく。

その腰で揺れる黒鉄の鍵《かぎ》を大事そうに撫でながら、彼女はどこまでも幸福そうだった。

「これは、後で返しておいてくれ」

二人を眺めながら、ようよう身を起こし、甲板に腰を下ろしたゴブリンスレイヤーが言った。

手近な北方人——あの傷顔の戦士だ。傷は増えていた——に差し出したのは、二つの武器。

今まで腰に帯びていた北方人の剣と、そして魔法の戦斧であった。

「ええがし《良いのか》？」

「良い武器だ」と彼は言った。そして、付け加える。「俺《おれ》には勿体ない」

ふむ。傷顔の戦士は小さく息を漏らすと「わがづだ」と、恭《うやうや》しく武器を受け取った。

入江の民には、たとえナイフといえど誰かに差し出すなら代価を受け取れという言葉がある。

争いが絶えぬ土地だ。それだけに、争いを避けるための約定も、知恵も多い土地だ。

受け取るには——あまりにも多いものを受け取っていた。

若き恋人、夫婦らの幸福そうな笑顔は、この北方でどれだけ尊いものだろうか。

「何より、ええええしぎだけな《良い戦いだったものな》」

「ふむ？」

「ぜに《報酬》の話だ」

傷顔の戦士は、丁重に剣と斧を抱え直しながら、言った。

「わぁがた《お前ら》冒険者ばのすと《盗人》でなく、傭兵なのかや？」

「いや」

ゴブリンスレイヤーは首を横に振った。反射的と言っても良いほどだった。

だから彼は言葉を探すために、数秒の間、沈黙しなければならなかった。

「……いや」と、彼は重ねて言った。「冒険者とは、冒険をする者だ」

冒険者とは、危険を冒す者だ。

富、名誉、勲し、あるいは民草《たみくさ》のために広野を行き、迷宮に挑み、竜を屠《ほふ》る者だ。

そうあるべきで――――そうありたいと、思っていた。そうなりたいと、思っている。

「俺《おれ》は小鬼を殺す者《ゴブリンスレイヤー》だ」

ゴブリンどもに邪魔をされる事ほど腹立たしいことはなかった。

だが、ゴブリンどもの邪魔をする事ほど、痛快なことはなかった。

「報酬は……これから先、この地に冒険者が訪れた時に、冒険者として扱ってくれれば良い」

「ほったげでええがし《それで良いのか》？」

「いいや」

遠巻きに見守っていた女神官は、聞き違いかと思って、僅《わず》かに目を見張った。

そうでないなら。そうでないのならば。彼女はもしや、初めて聞いたのかもしれなかった。

だけど決して、今まで感じたような居心地の悪さは覚えなかった。

だって、そうではないか。

彼が——錆《さ》びた蝶番《ちょうつがい》がきしむような音を立てて——声をあげて、笑ったのだ。

「それが、良いんだ」

そしてゴブリンスレイヤーは、極《きわ》めて大事な事であるかのように、付け加えた。

「あと、鞘《さや》を一振り拵《こしら》えてくれ」

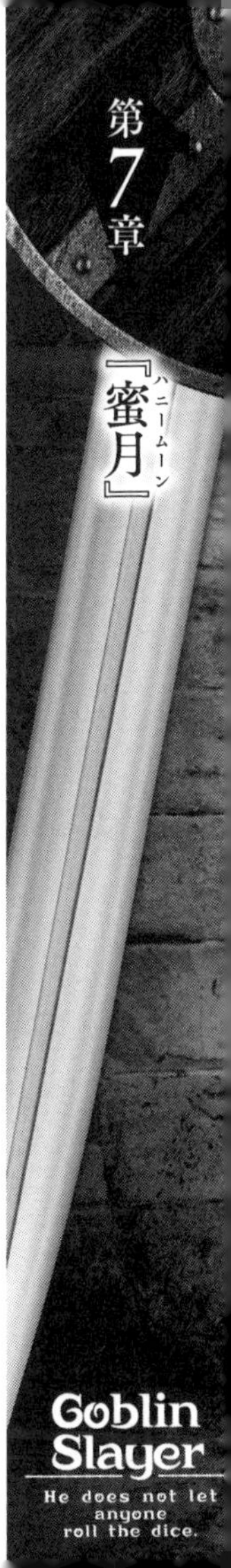
Goblin Slayer
He does not let anyone roll the dice.

第7章 『蜜月《ハニームーン》』

春の訪れは、欠伸《あくび》をしたくなるような陽気によってわかるものだ。

くぁ、と思わず漏《も》れたそれを隠しもせず、牛飼娘はのんびりと柵に腰掛け、足を揺らした。

空は青く、日差《ひざ》しはぽかぽかとしていて、風は心地よい。これ以上ないと言って良い、昼。

「んー……」

別に仕事をサボっているわけではない。

今日やらなければならない事はだいたい全部終わらせてしまった。

だけど今日やっておいた方が良いこととか何日もかかることとかに、手をつける気はしない。

——別に良いよね。

そんな日があったって、と。彼女は思う。

仕事が終わって時間ができたからといって、そこでまで仕事をやる必要はないものだ。

やるべき事は終えたのだし、のんびりしたって誰《だれ》に文句を言われる筋合いもない。

「……しょ、と……っ」

牛飼娘は木登りをした子供がそうするように、柵に体重をかけて上体を後ろに倒した。

ぐるりと視界が裏返って、上下さかしまの世界が広がる。空は緑の芝生《しばふ》、足元は青一色。

子供時分にはスカートを穿《は》いていたものだから、行儀が悪いと叱《しか》られたけれど――……。

――あ、や。今でも行儀は悪いのかな?

伯父に見つかったら小言を言われそうだと思うと、それもまた愉快であった。

冬場の遠出は未《いま》だに厳しくされるけど、誰かに叱られるという経験は、途絶えて久しい。

もっとも――久しく、愉快であったからといって、叱られたいわけでもないが。

――まあ、見つかったら見つかった時だよね。

牛飼娘は遊び呆ける子供がそうするように、胡乱《うろん》な思考をうっちゃった。

今はのんびりと、この日差しとか、風とか――つまり、春の気配を愉《たの》しめば良いのだ。

「――……あっ」

そのさかしまな視界に、ひょこりと、襤褸《ぼろ》切れに似た房飾りが降りてきた。

緑色の頭上より、揺れ動きながら下がってくるのは――安っぽい、見慣れた鉄兜《てつかぶと》。

いつもより大荷物なのは、なにしろ今回は遠出だったから致し方あるまい。

流石《さすが》に南に下ってきて暑くなってきたのか、外套《がいとう》はしまい込んでいるようだった。

きっと、彼のことだ。丁寧に畳んで、背嚢《はいのう》の奥に入れてあるに違いない。

気にかかると言えば――それはそれは見事な剣が、腰に揺れている事だったけれど。

「今回は、動物はいないねー」

なんて、逆立ちしている彼に、牛飼娘はにこにこと話しかけた。

彼は「む」と小さく唸《うな》って立ち止まり、しげしげと、彼女の様子を見つめた。

「……何をしている？」

「んー？　……っとねー……」

牛飼娘は足を振り、反動をつけて体を起こした。

ぐるんと視界がまた回って、今度見えるのは先程までと反対に柵の内側。

とんと突いた足でそのままステップを踏むように、牛飼娘は体を回して振り返る。

そこにはやっぱり相変わらずの、薄汚れた鉄兜。彼女は、それがとても嬉《うれ》しかった。

「待ってた」

「……そうか」

「うん、そうなのです」

牛飼娘がにこにこと言うと、彼は「そうか」ともう一度、こっくりと鉄兜を縦に振った。

だから、彼女が返す言葉はたった一言で良い。

「おかえり？」

「ああ。……ただいま」

§

牧場の母屋《おもや》までの決して遠くはない道すがら、彼の話を聞くのが彼女は楽しかった。

もっともその言葉はどれも端的すぎて、逐一あれこれと聞いていかねばならなかったけれど。

――だって、そうしなきゃあ。

山を越えた。小鬼を殺した。北国を見て回った。よくわからん怪物が出た。小鬼を殺した。

それで話が終わってしまいかねないもの、と。牛飼娘は思う。

かといって冒険の細々したことを話されても、牛飼娘にはやっぱりよくわからない。

鉱人《ドワーフ》の地下都市といわれてもピンとこない。

北方の人々の家々も、暮らしも、氷の海も、船も、ぼんやりとした絵が浮かぶだけ。

足が何本もある怪物――などと言われても、牛飼娘にわかるのは、虫くらいのもので。

「ムカデみたいな感じ？」

「では、ないように思う」

彼は首を左右に振った後、しばし考え込んでから、付け足した。

「悪魔の魚、とかなんとかいうらしいが。詳しくは知らん。見たこともない」

「ふぅん……」

一事が万事、その調子なのだった。

けれど質問には必ず答えて、訥々《とつとつ》と語る彼の説明を聞くのが、牛飼娘は好きだった。

よくわからないが、棒を回した事を、身振り手振りを交えて説明するあたり――……。

――楽しかったんだろうな。

と、そう思うのだ。それが何よりも、嬉しい事だった。

「良かったね？」

「ああ」と彼は頷《うなず》いた。「回せはしなかったが」

「大きかったんでしょ？　なら、仕方ないよ」

そう言いながら、牛飼娘は母屋の扉を開けた。

家の中はどうしてかまだ冬が少しだけ隠れていて、空気が僅《わず》かにひんやりとしている。

伯父はまだ作業中で戻ってはいないのだろう。

彼と二人、こっそりと母屋に戻るのは、どうしてか心がうきうきと弾《はず》む。

牛飼娘はとことこと食堂を通って台所の方へ向かい、「お茶を淹《い》れるね」といった。

何にしてもまずは火を付けないといけない。火を付けるなら、お湯だって沸かしたい。

「土産《みやげ》がある」

だから彼がそう言ったのは、牛飼娘がぱたぱたと動き回るのを眺めた後だった。

火にかけた水が沸くまでの合間に彼女が席に戻ると、彼は荷物を置いて、重々しく言った。

「なあに？」

「まずは、これだ」

そう言って彼が卓上にごとりと置いたのは、腰に下げていた立派な長剣であった。

素人《しろうと》である牛飼娘の目から見ても、それはそれは見事な剣のように思えた。

柄《つか》には丁寧に革が巻かれ、鍔《つば》はぴかぴかに磨き上げられている。きっと、刃もそうだろう。

装飾らしい装飾はないのに、それがとても良い品である事だけはひと目でわかった。

だって、そうだ。

剣も立派だけれど、なんと言っても、素晴らしいのはこの鞘のように思えたのだ。

黒鉄《くろがね》と銅で施《ほどこ》された金具はぴかぴかに磨かれていて、毛皮も丁寧に油が塗られ、輝いている。

どんな思いが込められているにせよ、その価値だけは、はっきりと理解できる。

「わ」と牛飼娘は目を瞬かせた。「気になってたよ。どうしたの、これ？」

「剣は拾った。鞘は、拵《こしら》えてもらった」

彼の答えは端的だったが、それだけで、牛飼娘には十分な説明だった。

彼が依頼して、作ってもらったのだ。彼は出会いに恵まれたのだ。

「良かったね」

そう言うと彼は少し押し黙った後に「飾ろうと思うが」と、遠慮がちに言った。

牛飼娘は卓上で両手を組むと、その上に頬《ほお》を乗せて彼を見た。

鉄兜の庇《ひさし》の向こうにどんな顔があるか、彼女にはとてもよくわかるのだ。

「納屋《なや》に飾れば良いと思うよ」

だから、そう言われた彼が押し黙り、こっちを見つめるのだって、わかっていた。

「……良いのか」

「それが一番、ぴったりだと思うからね」

彼は「うん」と小さく頷いて、本当に嬉しそうにその剣を手にとった。

それをためつすがめつ眺め、鞘から刃を少し覗《のぞ》かせては、兜を上下させている。

ずっと昔、祭りで木剣を買ってもらった時と同じような仕草に、牛飼娘には思えた。

だからそれを邪魔しないように、牛飼娘はそっと席を立った。

朝の残り火をもう一度熾《おこ》して、水桶から移したお湯が沸《わ》いたら、次はお茶だ。

冒険者ギルドの受付嬢から分けて貰《もら》った茶葉だが、淹《い》れ方は見様見真似《みようみまね》の聞きかじりだ。

なに、四方《しほう》世界でいっとうおいしいものを淹れようと思うのでなければ、それで十分。

「もうひとつ、ある」

そうして、ぼそりと彼が呟《つぶや》いたのは、彼女が二つのカップを手にして卓に戻った時だった。

彼は荷物の中をがさごそと漁り、大事そうに包んだ酒壺を取り出して、ごとりと卓に置く。

牛飼娘の頭に疑問符が浮かぶのがわかったのだろう。彼はひどく淡々と、その名を告げた。

「蜂蜜酒《ミード》だ」

「へえー……！」

こればっかりは、先程の長剣の時と反応が変わってしまうのは許して欲しい。

蜂蜜のお酒。もちろん知っているし、飲んだこともある。

だが、北で作られるものはまた違うだろう。興味深く、牛飼娘は酒壺へ身を乗り出した。

「これも、貰ったの？」

「ああ」と彼は頷いた。「良くはわからんが、家について聞かれてな」

「家？」

「独り身で、お前や伯父さんと一緒に住んでいると答えた。すると『これを持って帰れ』と」

「ふぅん……。結構な量あるもんねえ。一緒に飲みなさいって事かな？」

酒壺はきちっと蓋《ふた》をしてあっても、ふんわりと甘い匂《にお》いが漂っている。

揺さぶればそれだけで、とぷんと耳に心地よい音がしそうで、なんだかわくわくしてきた。

「じゃあ、夜ごはんの時に飲んでみよっか？」

「ああ」と彼は頷いた。「俺はあまり、酒の飲み方を知らないが」

「あたしだって知らないよ」

そう言って、牛飼娘はくすくすと声をあげて笑った。

「ね、北の人って、角《つの》の生《は》えた兜って被ってるの？」

その笑みを残したまま、牛飼娘はくるくると空中に人差し指で二つ、頭上に弧を描いた。

「ほら、君が昔に被っていたみたいなの」

「ああ」とゴブリンスレイヤーは頷いた。「俺は、たしかに見た」

二人は温かな茶から湯気が立つ間に、様々な、とてもたくさんの事を話し合った。

北への旅路で伯父から貰い受けた外套が殊《こと》の外《ほか》役に立ったということ。

初めて見る北方の地は、昔に二人で聞いた叙事詩とは違っていて、でもその通りだったこと。

北方人の戦士たちの逞《たくま》しいこと。強いこと。英傑揃《そろ》いであったこと。

北の寒さ。北の暖かさ。目を瞠《みは》るような文化や、遊び、料理。歌。

荒れ狂う海の凄《すさ》まじさ。そこに潜む、得体の知れない怪物。捕まっていた娘たち。

海魔に挑む北方の英傑。そして彼に恋する最果ての姫騎士。二人の仲睦《なかむつ》まじい姿。

その英雄が振るう巨大な剣。彼の兜から伸びた、勇ましく雄々《おお》しき大神の角。

助けた女の子が幾人かは故郷に戻り、幾人かは北方人たちのもとに留まって結婚すること。

地母神《ちぼしん》に仕《つか》える神官の子に、昇級の話が持ち上がっているらしい事。

他にも、たくさん、たくさん、彼は拙《つたな》い喋《しゃべ》り方と、少ない語彙を駆使して、精一杯に話した。

彼女はその話に相槌《あいづち》を打ち、時に質問をし、時に先を促し、心から楽しく耳を傾《かたむ》けた。

それはそれは胸躍るような物語の数々であり――――……。

つまるところ、冒険とは斯《か》くの如《ごと》しなのであった。

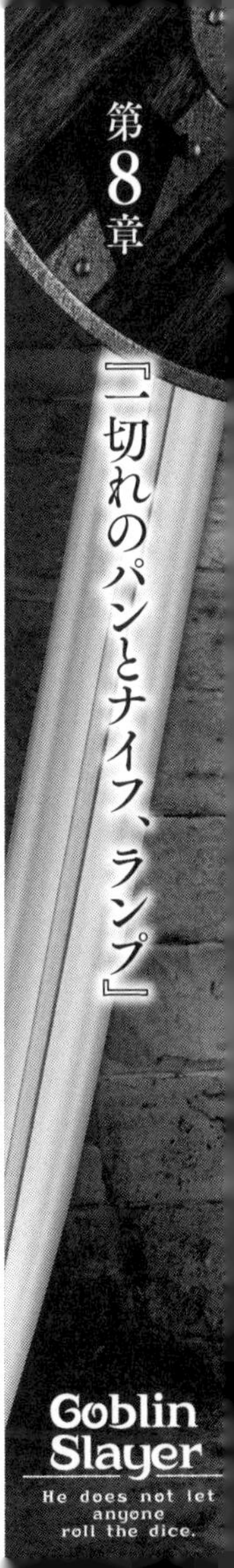
第8章
『一切れのパンとナイフ、ランプ』
Goblin Slayer
He does not let anyone roll the dice.

それは何年も後のことかもしれないし、その後すぐに、だったのかもしれない。

「わぷ……！」

一人の少女が雪原に頭から倒れ込んで、くぐもった声をあげていた。

尾根《おね》に吹き溜《ふだ》まった雪に足を取られた彼女は、うーっと情けない呻《うめ》き声と共に起き上がる。

彼女は自分が躓《つまず》いたのが雪庇《せっぴ》と呼ばれるものだという事を知らなかった。

運が悪ければ——骰子《サイコロ》の出目が悪ければ——そのまま麓《ふもと》まで転げ落ちた事を知らなかった。

そうなれば鉄の如《ごと》き氷と鋭い岩肌に刻まれ、挽肉《ひきにく》のように摩《す》り下ろされた事を知らなかった。

だが——そうはならなかった。

少女はただ自分の不器用さと意地悪な雪とを呪い、口をへの字にして立ち上がる。

ぷるりと頭を振ると、鉢金《はちがね》から溢《あふ》れた黒髪がぱらぱらと広がって、纏《まと》わりついた雪が散った。

それは春が待ちきれずに飛び出した兎《うさぎ》のような様相で、実際、大差はなかったのだけれど。

——沢に降りるなって、ホントだったな。

出立《しゅったつ》前に、そんな助言を彼女は先達から受けていた。迷っても沢に降りるな。尾根《おね》に登れ。

実際、理由はわからなかった。だって降りた方が里に出るじゃないかと、今も思う。

そもそも少女は沢というものを知らなかった。

なんとなく、水が流れているところかなと思っていた。

実際のところ沢とはつまり谷のことで、迷って降りたところで、散々であった。

沢は寒いし、日も差さないし、下しか見えないし、雪も積もっていて滑るしで……うん。

——次に迷ったら、尾根に登ろう。

うん、と少女は気合を入れた。と同時に、腹の虫がくうくうと情けない音を立てて騒ぎ出す。

彼女は頼りないほどに薄い腹に手を当てて、への字にしていた唇をぎゅっと噛《か》んだ。

なにしろ途中で飛び出した兎人の里でもらった大きなパンは、とっくに食べてしまったのだ。

そういえば——……。

——あのお屋敷に飾ってあった怪物の牙《きば》は、すごかったなぁ……。

いつか自分も、ああいう怪物と戦うのだろうか。戦えるのだろうか。

想像するだにちょっぴり恐ろしく、ほんの少し、わくわくした。

「……あ、そうだ……！」

かじかんだ指を、少女は格好つけて鳴らそうとして、音が出なくても満足したようだった。

そういえば水袋の中に、まだ確か水で薄めた葡萄酒《ぶどうしゅ》が残っていたはず。

少女はおぼつかない手つきで鞄《かばん》を下ろすと、不慣れな詰め方をした荷物から、水袋を取り出す。

そして、んくんくと喉《のど》を鳴らしながら、残量を気にもせず、空っぽのお腹《なか》へと注《そそ》ぎ込んだ。

ほう、と。息を吐いた少女は、もたもた荷物をしまって鞄を背負い、ゆっくりと立ち上がる。

自分が生死の端境《はざかい》を骰《さい》の目だけを頼りに突っ切ったと知らぬまま、少女は山を降りていく。

――こんなところ、初めてきた。

薄汚れた狭い家。淀《よど》んだ瞳《ひとみ》の父親。冷たさしかない人々の暮らす村。縮こまった自分。

過去の自分には、到底想像もつかない場所――世界の果て……いや。

――ここは、果てじゃあないんだ。

少女の視界には、山裾《やますそ》を降りた先にある奇異な様式の街と、海が見て取れた。

海の上を、ちっぽけな――けれど大きく思える――船が、さらに北へ向けて走っている。

ここは北の最果てではない。さらに北がある。ずっと遠く、ずっと向こうへ。

「……ふ、ふ……っ！」

ただそれだけの事が、何故だろう、彼女には本当に嬉《うれ》しかったのだ。

雪を蹴《け》って走る度、ぱたぱたと背中の鞄が弾《はず》んで音を立てた。頰《ほお》が熱く、視界は白く眩《まぶ》しい。

傍《そば》から見れば、何のことはない。小娘が雪山を転げるようにして、降りているだけだ。

腰《こし》に帯びた剣は危なっかしく重たげで、足跡に加えてもう一筋、雪道に線を描いている。

見ていられない。それこそ彼女がもう半ば忘れている、郷里の人々なら指差して笑ったろう。

だが彼女には何の関係もなかった。彼女は精一杯に誇らしく、勇ましく、歩いていた。

何故なら少女の胸にあったのは、その気持ちと、興奮と、黒縞瑪瑙《ブラックオニキス》の護符だけ。

背中に始原《プロパテール》の大渦を背負った彼女を突き動かすには、それで十分だった。

賢《さか》しらな者はあれこれと言い募るだろうが――他に一体何が必要だというのだ？

「あ……！」

黒髪の少女が声を漏らしたのは、白い雪景色の向こうに滲《にじ》む、黒い点に気づいたからだ。

雪の光が眩しくて何度か瞬きを繰り返し、やっとそれが人――街の人だと、見て取れる。

見事な羊毛の服を着て、腰帯をきゅっと結び、無骨な斧を帯びた、大きな大きな男の人。

もじゃもじゃと髭《ひげ》の生《は》えた顔は鉱人《ドワーフ》にも似ているけれど、体格はまったく違っていた。

――角《つの》の兜《かぶと》は、かぶってないんだ。

それはほんの少し残念だったけど、そしてやっぱり少し怖かったが、少女は息を吸い込んだ。

「あの、すみません……っ」

蚊《か》の鳴くような細い声だった。だがそれでも、精一杯に大声を出そうと振り絞った声だった。

はたして――北方人の男の人は、気がついてくれたようだった。

無論それは声ではなく、少女の影にかもしれないが。少女にはどっちでも関係はなかった。

「おお、しらねおなんこだの！」

体に似た大きな声と、大きな笑みだった。

「どさきたがや⁉」

「あっち、から……です……っ」

少女はその小枝のような細い腕をぶんぶんと振って、自分が下ってきた山の上の方を指した。

必死になって山道を進んで、崖に張り付いて、乗り越えて、やっとここまで来たのだ。

怒られないかな。怒鳴られないかな。襲われたら、どうしよう。荷物に何があったっけ。

僅《わず》かな言葉のやりとりで急に不安になった少女は、もじもじとその場で立ち尽くした。

男はそんな少女を値踏みするようにじぃっと見た後、ほどなくして、「ああ」と頷いた。

「おめ、冒険者か?」

「……ッ!　はいっ」

少女は、ぱっと日が昇るように微笑《ほほえ》んで、黒髪を弾ませながら大きく頭を上下させた。

「ぼーけんしゃ、ですっ!」

小さな胸いっぱいに誇りを蓄え、彼女は元気よく、四方世界へとその足を踏み出していった。

あとがき

ドーモ、蝸牛《かぎゅう》くもです！

ゴブリンスレイヤー十四巻、楽しんで頂けましたでしょうか？

今回は北海にゴブリンが出たのでゴブリンスレイヤーがゴブリン退治をするお話でした。

かの蛮人コナンをはじめ、彼《か》の地を舞台に様々な英雄譚《えいゆうたん》が古くより繰り広げられています。

本作をきっかけにそうしたものに興味を持って頂けたら、それはとても嬉しいことです。


以前にあとがきでお話しました、弓矢が上手いだけのヒーローのキャンペーン。

あれも数年かけて無事完結を迎え、つくづくとＴＲＰＧは良いものだなと思いました。

趣味でヒーローごっこしてるだけどうそぶいていた少年が、街のために奔走《ほんそう》して。

一人では無理だから色々な人の力を借りて、仲間を頼《たよ》り、やがて自らヒーローとして立つ。

四方《しほう》世界にも多くの冒険者がいて、英雄がいて、各々《おのおの》の物語を繰り広げているものです。

お話の主役としてはゴブリンスレイヤーさんですが、世界の中心ではないわけで。

勇者ちゃんたちや仕掛人《ランナー》たち、あるいは北方の頭領《ゴジ》や奥方《フースフレイヤ》、辺境の冒険者たち。

彼らが何をしてどうやっているのかというのも、やはり重要なお話の一部だったりします。

そんなお話の一貫である鍔鳴《ダイ・カタナ》の太刀も、手にとって頂けたらありがたく思います。

下巻をお待たせしてしまっているのは、申し訳ないですけれども。


そうした冒険者たちになれる、ゴブスレＴＲＰＧのサプリメントが発売決定しました。

そうした冒険者たちの姿が見られる、ゴブスレアニメの二期も制作決定しました。

なんてこった。びっくりですね。

自作が漫画になってアニメになってＴＲＰＧになって劇場版で、サプリに二期。

これはなかなか凄《すご》いことのように思います。そう滅多に体験できる事じゃあない。

これもひとえに多くの皆様の応援あってこそですので、本当にありがとうございます。


いつも応援してくださっている読者の皆様、担当編集さん、編集部や関係各所の方々。

今回も素敵なイラストを描いて下さった神奈月《かんなつき》先生、コミカライズ担当の漫画家の皆様。

ゲーム仲間の友人たちに、創作関係の友人たち。

まとめサイトの管理人様、ウェブで応援してくれている皆さん。

今後とも、どうぞよろしくお願いいたします。


十五巻は草原にゴブリンが出たのでゴブリンスレイヤーが退治するお話になるかと思います。

サプリ、アニメ、外伝、新刊、精一杯頑張りますので、楽しんで頂ければ幸いです。

ファンレター、作品の
ご感想をお待ちしています

〈あて先〉

〒106－0032
東京都港区六本木2－4－5
ＳＢクリエイティブ（株）
GA文庫編集部 気付

「蝸牛くも先生」係
「神奈月昇先生」係

本書に関するご意見・ご感想は
右の QR コードよりお寄せください。

※アクセスに発生する通信費等はご負担ください。

https://ga.sbcr.jp/

ゴブリンスレイヤー 14

発　行	2021年3月31日　初版第一刷発行
	2023年10月12日　　第三刷発行
著　者	蝸牛くも
発行人	小川 淳
発行所	SBクリエイティブ株式会社

〒106－0032
東京都港区六本木2－4－5
電話　03－5549－1201
　　　03－5549－1167（編集）

装　丁	AFTERGLOW
印刷・製本	中央精版印刷株式会社

ISBN978-4-8156-0812-5
Printed in Japan　　GA 文庫

第16回 GA文庫大賞
GA文庫では10代～20代のライトノベル読者に向けた
魅力溢れるエンターテインメント作品を募集します！
物語が、華ひらく。
イラスト／風花風花
大賞賞金300万円+コミカライズ確約！
リニューアルで選考課程を一新!!!
◆募集内容◆
広義のエンターテインメント小説（ファンタジー、ラブコメ、学園など）で、日本語で書かれた未発表のオリジナル作品を募集します。希望者全員に評価シートを送付します。
※入賞作は当社にて刊行いたします　詳しくは募集要項をご確認下さい
応募の詳細はGA文庫公式ホームページにて
https://ga.sbcr.jp/